Sur l'auteur

Richard Powers est né à Evanston, dans l'Illinois, en 1957. *Trois fermiers s'en vont au bal*, son premier roman, a valu à l'auteur d'être cité par le magazine *Esquire* comme l'un des trois plus grands auteurs de la décennie, aux côtés de Martin Amis et de Don DeLillo. Richard Powers a écrit depuis une dizaine d'autres ouvrages, dont *Le temps où nous chantions*, élu meilleur livre de l'année 2003 par *The New York Times* et *The Washington Post*, et *La Chambre aux échos*, couronné par le National Book Award. Après *L'Arbre-Monde*, prix Pulitzer 2019 et Grand Prix de littérature américaine 2018, il publie *Opération âme errante* (le cherche midi, 2019) et *Sidérations* (Actes Sud, 2021).

Du même auteur
aux Éditions 10/18

TROIS FERMIERS S'EN VONT AU BAL, n° 3887
LE TEMPS OÙ NOUS CHANTIONS, n° 4053
LA CHAMBRE AUX ÉCHOS, n° 4269
L'OMBRE EN FUITE, n° 4317
GÉNÉROSITÉ, n° 4577
GAINS, n° 4720
LE DILEMME DU PRISONNIER, n° 4839
ORFEO, n° 5104
L'ARBRE-MONDE, n° 5475
OPÉRATION ÂME ERRANTE, n° 5573
SIDÉRATIONS, n° 5841

RICHARD POWERS

SIDÉRATIONS

Traduit de l'anglais (États-Unis)
par Serge Chauvin

10/18

ACTES SUD

Titre original :
Bewilderment
Éditeur original :
W. W. Norton & Company, New York.

ISBN 978-2-264-07990-9
Dépôt légal : mars 2023

Ceux qui contemplent la beauté de la terre y puisent des forces qui dureront aussi longtemps que la vie.

RACHEL CARSON,
Printemps silencieux.

Il faut donc avouer, pour la même raison,
que le ciel, le soleil et la terre et la lune,
la mer et le restant des choses existantes,
plutôt qu'uniques, sont en innombrable nombre.

LUCRÈCE,
De la nature des choses.

Mais alors, on risque de ne jamais les trouver ? Nous avions installé le télescope sur la terrasse, par une claire soirée d'automne, à la lisière d'une des ultimes poches de ténèbres de l'est des États-Unis. C'était dur à dénicher, des ténèbres aussi belles, et ainsi concentrées en un seul lieu elles illuminaient le ciel. Nous avons pointé la lunette vers une trouée entre les arbres, au-dessus de notre cabane de location. Robin a écarté son œil du viseur : mon triste et singulier garçon au bord de ses neuf ans, en porte-à-faux avec ce monde.

« Tu as absolument raison. On risque de ne jamais les trouver. »

Je m'efforçais toujours de lui dire la vérité, dès lors que je la connaissais et qu'elle n'était pas mortelle. Quand je mentais, de toute façon, il le sentait.

Mais il y en a partout, non ? Vous l'avez prouvé, les mecs.

« Enfin, pas vraiment prouvé. »

Peut-être qu'elles sont trop loin. Qu'il y a trop d'espace vide, un truc comme ça.

Ses bras firent des moulinets, comme toujours quand les mots lui faisaient défaut. L'heure du coucher approchait, ce qui n'arrangeait rien. Je posai la main sur sa tignasse châtain-roux. Du même roux qu'elle – Aly.

« Et si par hasard on n'entend jamais le moindre son venir de là-haut ? Qu'est-ce que ça indiquerait ? »

Il me fit taire d'un geste de la main. Alyssa disait souvent que quand il se concentrait, on entendait les rouages. Ses yeux se plissèrent, plongés vers le sombre ravin d'arbres en contrebas. Son autre main rabotait sa fossette au menton – une autre de ses habitudes quand il réfléchissait. Il rabotait avec tant de vigueur que je dus intervenir.

« Hé, Robbie ! Il est temps d'atterrir. »

Sa paume fusa pour me rassurer. Tout allait bien. Il voulait simplement s'abandonner à la question une minute encore, jusque dans le noir de la nuit, tant que c'était possible.

Tu veux dire si on n'entendait jamais rien, jamais jamais ?

J'encourageai mon petit scientifique d'un hochement de tête – vas-y en douceur. Finie pour ce soir, la contemplation des étoiles. Nous avions eu droit à la plus claire des soirées, en une région connue pour ses pluies. La lune du chasseur flottait sur l'horizon, pleine, grasse et rouge. Encadrée par le cercle d'arbres, si nette qu'elle semblait à portée de main, la Voie lactée se déversait, tels d'innombrables gravillons mouchetés dans le lit noir d'un torrent. En retenant son souffle, on pouvait presque voir les étoiles tournoyer.

Rien de probant. Voilà ce que ça indiquerait.

J'éclatai de rire. Il me faisait rire au moins une fois par jour, de bon cœur. Cet esprit rebelle. Ce scepticisme radical. Il était tellement moi. Il était tellement elle.

« Non, confirmai-je. Rien de probant. »

Par contre, si jamais on entendait quelque chose, rien qu'un tout petit son, ça indiquerait un paquet de trucs !

« Effectivement. » Il y aurait amplement le temps, un autre soir, de dire exactement quoi. Pour le moment, c'était l'heure de se coucher. Il plaqua son œil contre le fût du télescope pour un dernier regard au noyau scintillant de la galaxie Andromède.

Dis, papa, on peut dormir à la belle étoile cette nuit ?

Je l'avais retiré de l'école pour l'emmener en forêt toute une semaine. Il y avait encore eu des problèmes avec ses camarades, et on avait besoin d'une pause. Ça n'aurait eu aucun sens de le traîner jusqu'aux Smoky Mountains pour lui refuser une nuit en plein air.

Nous rentrâmes nous équiper pour cette aventure. Le rez-de-chaussée était une grande pièce lambrissée qui sentait le pin, épicé de bacon. La cuisine empestait le plâtre et les torchons humides – les senteurs d'une forêt pluviale tempérée. Des Post-it s'accrochaient aux placards : *Filtres à café sur le frigo. Ne pas utiliser ces assiettes, merci !* Un gros classeur vert d'instructions était grand ouvert sur la table de chêne cabossée : caprices de la plomberie, emplacement des fusibles, numéros d'urgence. Chaque interrupteur de la maison était étiqueté : *Plafonnier, Escalier, Couloir, Cuisine.*

Les hautes baies vitrées donnaient sur ce qui, demain matin, serait une immensité ondulante de montagnes succédant aux montagnes. La cheminée dallée était flanquée de deux canapés rustiques et effrangés, ornés d'un défilé d'élans, de canoës et d'ours. On fit main basse sur les coussins pour les disposer sur la terrasse.

On peut prendre de quoi grignoter ?

« C'est pas une bonne idée, mon pote. *Ursus americanus*, ça te dit quelque chose ? Il y en a deux par kilomètre carré ici, et ils sont capables de sentir des cacahuètes jusqu'en Caroline du Nord. »

Je te crois même pas ! Il leva un doigt. *Mais ça me rappelle un truc !*

Il fila dans la maison et en rapporta un épais livre de poche : *Mammifères des Smoky Mountains*.

« T'es sérieux, Robbie ? Il fait nuit noire. »

Il brandit une lampe torche de secours, de celles qu'on recharge par un mouvement de manivelle. Elle l'avait fasciné le matin à notre arrivée, et il avait exigé que je lui explique le secret de cette magie. Et là, il ne se lassait pas de fabriquer ses électrons.

Nous établîmes notre camp de base. Il avait l'air content, ce qui était le seul but de ce voyage exceptionnel. Allongés sur nos couchettes installées à même les planches de la terrasse fléchissante, nous récitâmes ensemble, à voix haute, la vieille prière laïque de sa mère, avant de nous endormir sous les quatre cents milliards d'étoiles de notre galaxie.

Je n'ai jamais cru aux diagnostics posés sur mon fils. Quand une pathologie se voit attribuer trois noms différents en autant de décennies, quand elle exige deux sous-catégories pour rendre compte de symptômes absolument contradictoires, quand en l'espace d'une génération elle passe de l'inexistence au statut de maladie infantile la plus diagnostiquée du pays, quand deux médecins veulent à eux seuls prescrire trois traitements différents, c'est qu'il y a un problème.

Mon Robin ne dormait pas toujours très bien. Il urinait au lit plusieurs fois par saison, et il en restait courbé de honte. Les bruits le déstabilisaient ; il préférait baisser le volume de la télé jusqu'à un niveau pour moi inaudible. Il ne supportait pas que le singe en tissu ne soit pas sur son perchoir au-dessus de la machine à laver, dans la buanderie. Il dépensait chaque dollar de son argent de poche pour des cartes à échanger – *Collectionne-les toutes !* – mais les gardait intactes, par ordre de numérotation, sous les pochettes en plastique d'un classeur spécial.

Il pouvait flairer un pet à l'autre bout d'une salle de cinéma bondée. Se concentrer des heures sur les

Minéraux du Nevada ou les Rois et Reines d'Angleterre – dès lors que ça se présentait sous la forme d'un tableau. Il dessinait constamment et avec talent, en s'appliquant à rendre des détails qui m'échappaient. Des édifices et mécanismes complexes, une année durant. Puis des animaux et des plantes.

Ses propos étaient des énigmes sorties de nulle part pour tout le monde sauf moi. Il pouvait réciter des scènes entières de films après une seule vision. Il répétait sans arrêt ses souvenirs, et chaque réitération des détails le rendait plus heureux. Quand il finissait un livre qu'il aimait, il le reprenait aussitôt à la page 1. Il fondait ou explosait pour un rien. Mais il pouvait tout aussi bien être submergé de joie.

Les nuits difficiles où Robin se repliait dans mon lit, il tenait à être du côté le plus éloigné des terreurs sans fin qui rôdaient derrière la fenêtre. (Sa mère aussi avait toujours préféré le côté protégé.) Il rêvassait, avait du mal à affronter toute échéance, et, effectivement, refusait de se concentrer sur ce qui ne l'intéressait pas. Mais jamais il ne s'agitait, ne courait partout ou ne parlait sans s'arrêter. Il pouvait rester tranquille pendant des heures face aux choses qu'il aimait. Alors dites-moi, à quelle déficience imputer tout ça ? Quel mal était la clé de mon fils ?

Les hypothèses ne manquaient pas, y compris des syndromes liés aux millions de tonnes de toxines déversées chaque année dans ce pays sur les produits alimentaires. Son deuxième pédiatre insistait pour le situer « dans le spectre ». J'avais envie de lui dire que tout être vivant sur cette petite planète aléatoire se situe quelque part dans le spectre. C'est le principe même d'un spectre. J'avais envie de lui dire que la vie elle-même est une aberration du spectre, et que chacun d'entre nous vibre sur une fréquence unique dans le continuum de l'arc-en-ciel. Et puis j'ai eu envie de le baffer. Pour ça aussi, il doit y avoir un nom.

Mais bizarrement, dans le *Manuel diagnostique et statistique des troubles mentaux*, il n'y a pas de nom pour la tendance compulsive à diagnostiquer les gens.

Quand l'école exclut Robin pour deux jours et mit sur l'affaire ses propres médecins, je me fis l'effet d'être un anachronisme, un dinosaure. À quoi bon chercher des explications ? Les vêtements synthétiques lui donnaient d'horribles plaques d'eczéma. Ses camarades le harcelaient parce qu'il ne comprenait pas leurs ragots malveillants. Sa mère était morte broyée quand il avait sept ans. Son chien bien-aimé était mort d'égarement quelques mois plus tard. Fallait-il aux médecins d'autres motifs de troubles du comportement ?

Face à l'échec des traitements à soulager mon enfant, je développai une théorie farfelue : la vie est une chose qu'il faut cesser de vouloir corriger. Mon fils était un univers de poche dont je n'atteindrais jamais le fond. Chacun de nous est une expérience en soi, et nous ne savons même pas ce qu'elle est censée tester.

Ma femme aurait su parler aux médecins. *Personne n'est parfait*, aimait-elle à dire. *Mais vous savez quoi ? Nous sommes tous merveilleusement imparfaits.*

Le petit garçon qu'il était voulut évidemment visiter Gatlinburg, le Las Vegas des ploucs. Trois petites villes agglomérées, deux cents crêperies : comment résister ?

On quitta la cabane en voiture, pour vingt-cinq kilomètres de route en lacets le long d'une rivière incroyable. Il nous fallut presque une heure. De la banquette arrière, Robin scrutait l'eau, surveillait les rapides. Pour son nouveau jeu préféré : un bingo animalier.

Un grand oiseau ! s'écria-t-il. « De quelle espèce ? »

Il feuilleta fébrilement son guide. J'avais peur que ça lui donne mal au cœur. *Un héron ?* Il releva les yeux vers la rivière. Au bout d'une demi-douzaine de virages, il s'excita de nouveau.

Un renard ! Un renard ! Je l'ai vu, papa !

« Gris ou roux ? »

Gris. Oh, waouh !

« Tu sais, le renard gris grimpe aux branches des plaqueminiers pour manger les kakis. »

Je te crois même pas. Il consulta son *Mammifères des Smoky Mountains*. Le livre me donna raison.

Il poussa un grognement et me cogna le bras. *Comment tu sais tous ces trucs, d'abord ?*

Parcourir ses livres avant son réveil me donnait une longueur d'avance. « Qu'est-ce que tu crois ? Je suis biologiste, non ? »

Tu parles ! Un astrobiologiste de mes deux !

Avec un grand sourire, pour vérifier s'il avait franchi une limite impardonnable. Je restai bouche bée, mi-choqué mi-amusé. Son problème, c'était la colère, mais elle n'avait généralement rien de méchant. Honnêtement, un brin de méchanceté l'aurait peut-être protégé.

« Holà, mon bonhomme ! T'as failli te retrouver sur le banc de touche pour tout le reste de ta huitième année sur Terre. »

Son sourire se raffermit, et il se remit à surveiller la rivière. Mais au bout de deux kilomètres sur cette route de montagne, il posa la main sur mon épaule. *Tu sais, papa, je disais ça pour rigoler.*

Sans quitter la route des yeux, je répondis : « Moi aussi. »

Nous fîmes la queue pour le Bizarrorium. L'endroit le déstabilisait. Des gamins de son âge couraient partout chaotiquement, s'agglutinaient en bandes pour improviser des méfaits. Robbie grimaçait, prostré sous leurs hurlements. Au bout d'une demi-heure dans la galerie des monstres, il me supplia pour qu'on s'en aille. L'aquarium lui réussit mieux, même si la raie venimeuse qu'il voulait portraiturer refusait de poser.

Après un déjeuner de frites et d'oignons frits, nous prîmes l'ascenseur pour l'observatoire. Il faillit vomir sur le sol vitré. Les poings serrés, les mâchoires crispées, il décréta que c'était génial. Une fois remonté en voiture, il parut soulagé d'être débarrassé de cette visite.

Sur le chemin du retour, il resta songeur. *Ça n'aurait pas été l'endroit préféré de maman.*

« Non, sans doute pas. Même pas dans son top 3. »

Il éclata de rire. Je savais le faire rire, si je choisissais bien le moment.

La soirée était trop nuageuse pour contempler les étoiles, mais on dormit tout de même dehors, sur nos coussins rustiques où paradaient élans et ours. Deux minutes après qu'il eut éteint sa torche, je murmurai : « Demain, c'est ton anniversaire. » Mais il dormait déjà. À mi-voix, je récitai pour deux la prière maternelle, pour pouvoir le rassurer s'il se réveillait en sursaut, horrifié de son oubli.

Il me réveilla dans la nuit. *Combien d'étoiles tu as dit qu'il y avait ?*

Impossible de me fâcher. Même arraché au sommeil, j'étais ravi qu'il poursuive sa contemplation.

« Multiplie tous les grains de sable de la Terre par le nombre d'arbres. Cent mille quatrillions. »

Je l'obligeai à réciter vingt-neuf zéros. Au bout de quinze, son rire dégénéra en grognements.

« Si tu étais un astronome de l'Antiquité et que tu comptais en chiffres romains, tu n'aurais jamais réussi à écrire ce nombre. Toute ta vie n'aurait pas suffi. »

Et combien ont des planètes ?

Ce nombre-là ne cessait de changer. « La plupart en ont sans doute au moins une. Beaucoup en ont plusieurs. À elle seule, la Voie lactée pourrait bien avoir neuf milliards de planètes comparables à la Terre dans les zones habitables de ses étoiles. Et si tu ajoutes les dizaines d'autres galaxies du Groupe local… »

Mais alors, papa… ?

C'était un enfant sensible à la perte. Et forcément, le Grand Silence l'affectait. La démesure du vide lui inspirait la même question qu'à Enrico Fermi lors de ce fameux déjeuner à Los Alamos, trois quarts de siècle plus tôt. Si l'univers était plus grand et plus vieux qu'on ne pouvait l'imaginer, cela posait un problème évident.

Papa ? Avec tous ces endroits où habiter ? Comment ça se fait qu'il n'y ait personne nulle part ?

Au matin, je fis mine d'avoir oublié la date. Mais mon petit prince aux neuf ans tout frais ne fut pas dupe. Tandis que je préparais un porridge super-deluxe avec une demi-douzaine d'ingrédients, Robbie bouillonnait, rebondissait contre le plan de travail, gesticulait tout excité. Le record de vitesse de dévoration fut largement pulvérisé.

Allez, on ouvre les cadeaux.

« Les quoi ? En voilà, un postulat, dis donc ! »

Pas un postulat. Une hypothèse.

Il savait déjà ce que je lui offrais. Cela faisait des mois qu'il négociait pour l'avoir : un microscope numérique qui, connecté à ma tablette, lui permettrait d'afficher sur l'écran des images agrandies. Il passa la matinée à le tester sur de la mousse cueillie à la surface d'une mare, des cellules prélevées à l'intérieur de sa joue, le dessous d'une feuille d'érable. Il aurait été comblé de passer le reste du séjour à étudier des échantillons et à prendre des notes dans son calepin.

Tout en appréhendant de le pousser à bout, je produisis le gâteau acheté en douce à la petite épicerie fifties en bas de la montagne. Son visage se mit à resplendir, et puis il se reprit.

Un gâteau, papa ?

Il fila comme une flèche vers le carton, que j'avais omis de cacher. Il étudia les ingrédients en secouant la tête.

C'est pas vegan, papa.

« Robbie, c'est ton anniversaire. Et ça arrive… quoi ? Une fois par an, maximum ? »

Il refusa de sourire. *Beurre. Produits laitiers. Œufs. Maman n'aurait jamais acheté ça.*

« Oh, tu sais, j'ai vu ta mère manger du gâteau, et plus d'une fois ! »

Je regrettai ces paroles à peine prononcées. Il avait l'air d'un écureuil timide, hésitant entre accepter la gourmandise offerte qui le tentait tellement et s'enfuir dans les bois.

Quand ça ?

« De temps en temps, elle faisait une exception. »

Robin scruta le gâteau, une concoction carotteuse si innocente que sa vertu aurait dégoûté n'importe quel autre enfant. Son petit Éden d'anniversaire n'avait pas tardé à être envahi de serpents.

« C'est pas grave, mon grand. On peut le donner aux oiseaux. »

Dans ce cas… on peut peut-être le goûter d'abord ?

Aussitôt dit, aussitôt fait. À chaque bouchée délectable, il se reprenait, redevenait songeur.

Elle était grande comment ?

Il connaissait sa taille. Mais aujourd'hui il lui fallait un chiffre.

« Un mètre cinquante-huit. Bientôt, tu seras plus grand qu'elle. Son truc, c'était la course, tu sais bien. »

Il hocha la tête, moins pour moi que pour lui-même. *Menue mais puissante.*

C'est ainsi qu'elle se qualifiait, quand elle se préparait à livrer bataille au Capitole. Moi, j'aimais la dire « petite mais planétaire ». Une expression piquée dans un sonnet de Neruda que je lui avais récité par un soir d'automne qui s'acheva en hiver. J'avais dû recourir aux mots d'un autre pour lui demander de m'épouser.

Et toi, comment tu l'appelais ?

J'étais toujours ébranlé lorsqu'il lisait dans mes pensées. « Oh, plein de trucs. Tu sais bien. »

Mais quoi, comme trucs ?

« Aly, par exemple, le diminutif d'Alyssa. Et Alliée, parce que c'est ce qu'elle était pour moi. »

Et Miss Lissy.

« Ça, ça ne lui a jamais plu. »

Maman ! Tu l'appelais maman !

« Oui. Ça m'arrivait. »

C'est trop bizarre, ça craint ! Je tendis la main pour lui ébouriffer les cheveux. Il se dégagea brusquement mais me donna une seconde chance. *Et moi, d'où il vient, mon nom ?*

Il ne le savait que trop bien. Il connaissait l'histoire par cœur, c'en était presque malsain. Mais il n'avait pas demandé à l'entendre depuis des mois, et ça ne me gênait pas de la répéter.

« La première fois qu'on est sortis ensemble, ta mère et moi, c'était pour observer les oiseaux. »

Avant Madison. Avant tout le reste.

« Avant tout le reste. Ta mère était incroyable ! Elle n'arrêtait pas d'en repérer à droite et à gauche. Des fauvettes, des grives, des gobe-mouches – chacun de ces oiseaux était un vieil ami à elle. Elle n'avait même pas besoin de les voir. Elle les reconnaissait à l'oreille. Et moi, pendant ce temps, j'étais là à tâtonner, à buter sur ces petits trucs marron que je n'arrivais pas à distinguer… »

En regrettant de ne pas l'avoir invitée au cinéma ?

« Ah, tu vois bien que tu as déjà entendu cette histoire ! »

Peut-être bien.

« Et enfin, j'ai vu une superbe tache brillante rouge orangé. J'étais sauvé. Je me suis mis à crier : *Hou, hou, hou !* »

Et maman a dit : « Qu'est-ce que t'as vu ? Qu'est-ce que t'as vu ? »

« Elle était toute contente pour moi. »

Et là tu as dit un gros mot.

« Oui, c'est bien possible. J'étais tellement humilié. "Oh, pardon. Désolé. C'est juste un *robin*. Un vulgaire rouge-gorge." Je me suis dit que je ne la reverrais jamais. »

Il attendit la chute ; il avait besoin, obscurément, de la réentendre à haute voix.

« Mais ta mère regardait aux jumelles comme si j'avais découvert la forme de vie la plus insolite qu'elle ait jamais vue. Et sans la quitter des yeux, elle a dit : "Le *robin*, c'est mon oiseau préféré." »

Et c'est là que t'es tombé amoureux d'elle.

« C'est là que j'ai su que je voulais passer tout le temps possible avec elle. Je le lui ai avoué, plus tard, quand je l'ai mieux connue. On s'est mis à dire ça tout le temps. Chaque fois qu'on faisait quelque chose ensemble : lire le journal, se brosser les dents, remplir sa feuille d'impôts, sortir la poubelle. Toutes les choses banales ou ennuyeuses qu'on fait sans y penser. On échangeait un regard, comme par télépathie, et l'un de nous s'écriait : "Le *robin*, c'est mon oiseau préféré !" »

Il se leva, posa son assiette sur la mienne, les emporta jusqu'à l'évier et fit couler de l'eau.

« Hé ! C'est ton anniversaire. C'est à moi de faire la vaisselle. »

Il se rassit en face de moi avec un air qui disait *Regarde-moi dans les yeux.*

Je peux te poser une question ? Mais faut pas mentir. La franchise, c'est important pour moi, papa. En vrai, le robin, *c'était son oiseau préféré ?*

Je ne savais pas comment être un bon parent. La plupart du temps, je reproduisais ce que je l'avais vue faire. Chaque jour, je commettais assez de gaffes pour le marquer à vie. Mon seul espoir, c'était que toutes ces erreurs finissent par s'annuler mutuellement.

« En vrai ? L'oiseau préféré de ta mère, c'était celui qu'elle avait sous les yeux. »

Cette réponse le déstabilisa. Notre drôle de garçon, curieux, étrange entre tous, étrange comme tout un chacun. Accablé sous le poids de l'histoire, avant même d'avoir appris à parler. *Six ans et demi, presque soixante*, avait dit Aly, quelques mois avant sa mort.

« Mais le *robin*, c'était notre oiseau officiel, à elle et moi. Celui qui rendait tout exceptionnel. Il suffisait de dire le mot pour que la vie soit plus belle. On n'a jamais envisagé d'autre prénom pour toi. »

Il montra les dents. *Tu te rends compte de ce que c'est, de s'appeler Robin ?*

« Qu'est-ce que tu veux dire ? »

Ben, à l'école. Au parc. Partout. C'est moi qui ai à le porter, tous les jours.

« Robbie, écoute-moi. On t'a encore embêté à l'école ? »

Il ferma un œil, se crispa. *Quand tout le CE2 joue les têtes de cons, t'appelles ça m'embêter ?*

Je levai les mains pour lui demander pardon. Alyssa disait toujours : *Cet enfant, le monde va le mettre en pièces.*

« C'est un prénom digne et honorable. Pour les garçons comme pour les filles. Avec un nom pareil, tu peux faire de grandes choses. »

Ouais. Sur une autre planète, peut-être. Y a mille ans. Merci à tous les deux, vraiment.

Il se concentra sur son microscope en m'ignorant. La prise de notes s'intensifia. De l'extérieur, on aurait pu prendre sa recherche au sérieux. Dans un rapport confidentiel, son institutrice de CE1 l'avait qualifié de *lent, mais pas toujours précis*. Elle avait raison sur le lent, tort sur le précis. Avec le temps, il parviendrait à une précision plus exacte qu'elle ne pouvait l'imaginer.

Je sortis sur la terrasse pour respirer les arbres. Une étendue de forêt se déployait dans toutes les directions. Cinq minutes plus tard – une éternité pour lui –, Robin sortit et se lova sous mon bras.

Excuse-moi, papa. C'est un chouette prénom. Et je comprends que je sois... tu sais bien. Troublant.

« Tout le monde est troublant. Et tout le monde est troublé. »

Il me glissa dans la main une feuille de papier. *Regarde un peu. Qu'est-ce que t'en dis ?*

Du haut du coin supérieur gauche, un oiseau de profil, au crayon de couleur, observait le centre de la page. Il l'avait bien dessiné, jusqu'à la gorge rayée et aux taches blanches autour de l'œil.

« Voyez-vous ça ! L'oiseau préféré de ta mère. »

Et celui-ci ?

Un second oiseau de profil lui faisait pendant dans le coin supérieur droit. Là non plus, pas d'erreur possible : un corbeau aux ailes repliées, tel un homme en smoking marchant les mains derrière le dos. Mon nom de famille était dérivé de *Bran* : le corbeau, en irlandais. « Très joli. C'est le fruit des pensées de Robin Byrne ? »

Il reprit la feuille pour l'étudier, planifiant déjà de menues corrections. *On pourrait imprimer ça sur du papier à lettres quand on sera rentrés ? J'ai vraiment, vraiment besoin de papier à lettres.*

« Ça peut se faire, mon petit prince. Après tout, c'est ton jour. »

Je l'emmenai sur la planète Dvau, comparable à la nôtre en taille et en température. Elle avait des montagnes, des plaines, des eaux de surface, une atmosphère dense de nuages, de vent et de pluie. Les fleuves y érodaient les roches en grands canaux qui charriaient les sédiments jusqu'à des mers houleuses.

Mon fils frétillait avidement. *Ça ressemble à ici, papa ? Ça ressemble à la Terre ?*

« Un peu. »

C'est quoi la différence ?

La réponse n'allait pas de soi, sur cette côte rocheuse et rougeâtre où nous nous trouvions. Il fallut regarder derrière nous. À perte de vue, rien ne poussait.

Elle est morte ?

« Pas morte. Vérifie au microscope. »

Il s'accroupit pour recueillir sur une lamelle un peu de la pellicule qui recouvrait une flaque laissée par la marée. Partout des créatures : spirales et bâtonnets, ballons et filaments, nervurés, poreux ou dotés de flagelles. Il aurait pu passer sa vie à en dessiner toutes les variétés.

Tu veux dire qu'elle est juste jeune ? Qu'elle commence à peine ?

« Elle est trois fois plus vieille que la Terre. »

Il parcourut des yeux le paysage désolé. *Alors où est le problème ?* Pour mon fils, le foisonnement de créatures évoluées relevait d'un droit imprescriptible.

Je lui expliquai que Dvau était quasi parfaite : au bon endroit d'une bonne galaxie, avec la bonne métallicité et un faible risque d'annihilation par les radiations ou autres perturbations fatales. Elle tournait à la bonne distance autour du bon type d'étoile. Comme la Terre, elle avait des plaques tectoniques, des volcans et un puissant champ magnétique, ce qui stabilisait les cycles carboniques et les températures. Comme la Terre, elle était inondée d'eau par les comètes.

Nom d'un chien. Alors qu'est-ce qu'il a fallu à la Terre ?

« Plus qu'une planète n'en mérite. »

Il claqua des doigts, mais ils étaient trop petits et caoutchouteux pour produire un son. *J'ai compris. C'est à cause des météores !*

Mais Dvau, comme la Terre, disposait dans une lointaine orbite de grandes planètes qui la protégeaient d'un bombardement trop extrême.

Alors où est le problème ? Il paraissait au bord des larmes.

« Elle n'a pas de grande lune. Rien de proche pour stabiliser sa rotation. »

On s'éleva en orbite et le monde se gondola. On regarda les jours changer chaotiquement et avril, en un clin d'œil, se faire décembre, puis août, puis mai.

On regarda passer des millions d'années. Les microbes se heurtaient à leurs limites comme une bouée contre un quai. Chaque fois que la vie tentait de se dégager, la planète en tournoyant la réprimait, la réduisait à des extrêmophiles.

Pour toujours ?

« Jusqu'à ce qu'une éruption solaire consume l'atmosphère. »

En voyant son expression, je me maudis de lui avoir révélé ça trop tôt. *C'est pas grave*, mentit-il bravement. *Pas trop*.

Dvau s'étendait aride jusqu'à l'horizon. Il secoua la tête, tentant de déterminer si cette planète était une tragédie ou un triomphe. Il me regarda. Lorsqu'il parla, ce fut pour poser la première question de la vie, partout dans l'univers.

Et quoi d'autre, papa ? Et ailleurs ? Montre-moi, montre-moi une autre.

Le lendemain, nous avons filé dans les bois. Robin était une vraie pile électrique. *Neuf ans, papa. J'ai le droit de m'asseoir à l'avant !* La loi le libérait enfin de son siège-auto sur la banquette arrière. Toute sa vie il avait attendu la place du passager. *Waouh ! C'est trop bien, ici.*

La brume s'agglutinait dans les plis des montagnes. On traversa le village qui s'étendait sur deux pâtés de maisons de part et d'autre de la route : quincaillerie, épicerie, trois grills, loueur de bouées, boutiques de sport. Et puis on pénétra dans deux cent mille hectares de forêt convalescente.

Devant nous, le vestige d'une chaîne de montagnes jadis bien plus haute que l'Himalaya survivait sous forme de collines ondulées. Citron, ambre et cannelle – toute la gamme des couleurs caduques – coulaient le long des torrents. Oxydendrons et gommiers doux empourpraient la crête. Au sortir d'un virage se déploya le parc. Robin exhala une longue voyelle stupéfaite.

On laissa la voiture à l'entrée de la piste. Je portais sur une armature notre tente, les sacs de couchage et le réchaud. Robin le frêle trimballait un petit sac à dos rempli de pain, de soupe aux haricots, d'ustensiles et de guimauve, courbé en deux sous le poids. Une fois franchie une crête, on redescendit vers une aire de campement isolée qui ce soir serait rien qu'à nous, un emplacement en bord de rivière qui jadis m'avait suffi comme planète.

L'extravagance de l'automne envahissait tout le sud des Appalaches. Les rhododendrons plongeaient dans les ravins et couvraient les pentes de buissons qui rendaient Robin claustrophobe. Au-dessus de cette orgie broussailleuse s'élevait une canopée de caryers, de sapins-ciguë et de tulipiers non moins luxuriants.

Robin s'arrêtait tous les cent mètres pour dessiner une plaque de mousse ou une fourmilière grouillante. Ça m'allait très bien. Il dénicha une tortue tabatière qui dévorait une masse ocre de bois pourri. À notre approche, elle se redressa d'un air de défi, le cou tendu. Toute fuite était exclue. C'est seulement quand Robin se laissa tomber à genoux à côté d'elle que la créature se rétracta. Il suivit du doigt, sur le dôme de la carapace, les lettres cunéiformes qui énonçaient d'illisibles messages en alphabet martien.

On gravit la gorge plantée de feuillus en suivant un sentier défriché dans les années 1930 par des chômeurs guère plus âgés que Robin, du temps où le service public n'était pas encore l'ennemi. J'écrasai une feuille de gommier en forme d'étoile, mi-jade d'août, mi-brique d'octobre, et je proposai à Robin de la sentir. Il poussa un cri de surprise. La bogue grattée d'une noix de caryer lui procura un nouveau choc. Je lui fis mordiller la pointe bordeaux d'une feuille d'oxydendron pour qu'il comprenne pourquoi on le surnommait « bois amer ».

L'humus altérait l'air. Sur deux kilomètres, la piste monta aussi raide qu'un escalier. Des ombres spectrales nous suivaient dans notre traversée des feuillus en pleine mue. On contourna un affleurement de rochers moussus et le monde changea d'un coup : aux feuillus caducs succéda la sécheresse des pins et des chênes. C'était une année de faînée. Les glands s'amoncelaient sur le sentier. À chaque pas on en dispersait en tous sens.

Dans une clairière en forme de cuvette aux abords du chemin, surgissant du tapis de feuilles mortes, se dressait le champignon le plus ouvragé que j'aie jamais vu. Il se déployait en un hémisphère couleur crème plus gros que mes deux mains réunies. Un ruban cannelé et fongique ondoyait sur lui-même pour former une surface aussi alambiquée qu'une collerette élisabéthaine.

Waouh ! Qu'est-ce que… ?

Je n'avais pas la réponse.

Un peu plus loin, il faillit marcher sur un mille-pattes jaune et noir. La bête se recroquevilla en boule dans ma main. De mon autre main, je brassai l'air vers le nez de Robin.

La vache !

« Ça sent quoi ? »

Ça sent maman !

J'éclatai de rire. « Ben oui, c'est vrai. Ça sent l'extrait d'amande. Comme maman parfois quand elle préparait un gâteau. »

Il plaqua ma paume contre ses narines, transporté. *C'est trop dément, c'est sauvage !*

« Oui, c'est bien le mot. »

Il en voulait encore, mais je déposai la créature dans un massif de laîches et on reprit la route. Je ne dis pas à mon fils que cette délicieuse odeur était celle d'un cyanure. J'aurais dû. La franchise, c'était important pour lui.

Deux kilomètres de piste en descente nous déposèrent dans une clairière au bord d'un torrent rocailleux. À des poches de rapides écumants succédaient des bassins d'eau profonde. Des kalmies et des bouquets de sycomores pommelés flanquaient les deux rives. Le site était encore plus beau que dans mon souvenir.

Notre tente était une merveille d'ingénierie, plus légère qu'un litre d'eau et guère plus large une fois repliée qu'un rouleau de papier-toilette. Robin la monta lui-même. Il planta les sardines, les tordit pour les ajuster aux œillets de la toile, plaqua les pinces sur l'exosquelette tendu, et abracadabra ! nous avions un foyer pour la nuit.

On a besoin de la bâche ?

« Tu crois en ta bonne étoile ? »

Oh oui, il y croyait. Et moi aussi. Six types de forêt différents nous entouraient. Mille sept cents plantes à fleurs. Davantage d'essences d'arbres que dans toute l'Europe. Trente variétés de salamandre, rendez-vous compte. Sol 3, ce minuscule point bleu dans le cosmos, avait des arguments, quand on prenait le temps de se détacher de l'espèce dominante pour y voir plus clair.

Au-dessus de nous, un corbeau grand comme un singe volant du *Magicien d'Oz* s'éleva vers la cime d'un sapin blanc. « Il est venu pour l'ouverture du camp Byrne. »

Nos hourras le firent fuir. Et puis, d'un commun accord, après une montée bien raide, sac au dos, en une journée qui avait encore battu de trois degrés le record historique de chaleur, on opta pour une baignade.

Une passerelle taillée dans le tronc d'un tulipier ventru enjambait une cascade, entre des rochers éclaboussés d'une composition à la Pollock de lichen, de mousse et d'algues. L'eau était si limpide qu'on en voyait le fond rocheux. On se fraya un chemin vers l'amont jusqu'à une grande pierre bien plate. Je rassemblai mon courage et me laissai glisser dans le flot. Sous les yeux de mon fils, sceptique mais avide d'y croire.

L'eau assaillit ma poitrine et me poussa vers un éboulis. Ce qui du rivage paraissait plat était en fait une cordillère de micro-montagnes submergées. Je plongeai dans les remous. Mon pied dérapa sur une pierre lissée par des siècles d'eau vive. Et puis je retrouvai les gestes. Je m'assis dans le torrent en laissant la rivière froide se fracasser sur moi.

Au premier contact du courant glacial, Robin se mit à hurler. Mais la douleur ne dura qu'une demi-minute et ses cris se muèrent en rire. « Reste au ras de l'eau, lui lançai-je. Rampe. Mobilise l'amphibien en toi. » Robbie s'abandonna à l'extase du bouillonnement.

Je ne l'avais jamais rien laissé faire d'aussi dangereux. À quatre pattes, il luttait contre le courant. Lorsqu'il eut trouvé ses appuis de bipède, on rejoignit une cuvette rocheuse au milieu du flot où, bien calés parmi les pierres, nous pouvions affronter le martèlement du jacuzzi. C'était comme surfer à l'envers : se pencher vers l'arrière, s'équilibrer par un ajustement constant de dizaines de muscles. La pellicule d'eau sur les cailloux, la lumière qui en découpait la surface ondoyante, et l'étrange flot fixe de vagues permanentes qui rugissaient par-dessus notre abri dans les rapides écumants hypnotisaient Robin.

La rivière semblait presque tiède à présent, réchauffée par la force du courant et par notre adrénaline. Mais l'eau spiralait sauvagement. En aval, les rapides disparaissaient sous une arche d'orangers. De l'amont derrière nous, le futur se déversait sur notre dos pour rejoindre le passé constellé de soleil.

Robin contemplait ses bras et ses jambes submergés. Il résistait aux torsions et distorsions de l'eau. *On dirait une planète où la gravité change tout le temps.*

Des poissons à rayures noires longs comme mon petit doigt surgirent pour baiser nos membres. Il me fallut un moment pour comprendre qu'ils se repaissaient de nos peaux mortes. Robin était aux anges. Il était devenu la vedette de son aquarium.

On remonta le courant en marchant en crabe, les jambes bien écartées, les bras tâtonnant pour trouver des prises au fond. Robin glissait de profil d'une cascatelle à l'autre, en jouant les crustacés. Une fois calé dans un nouveau semis de rochers, j'inhalai l'écume fumante – tous ces ions négatifs dégagés par ce bouillonnement d'air et d'eau. Le jeu de sensations entremêlées m'exaltait : l'air écumeux, la morsure du courant, la chute libre de l'eau, la dernière baignade à deux de l'année. Et, telle une vague du torrent rocailleux, je m'élevai quelques instants avant de m'écraser.

À cent mètres en amont, Alyssa dévalait le courant, les pieds en avant, dans une combinaison de plongée qui l'enveloppait comme une seconde peau. Je m'ancrai en aval pour l'intercepter au passage, mais elle continuait de glapir tandis que le flot l'entraînait vers les rapides. Son corps ballotté flottait vers moi, menu mais puissant, enflant dans sa descente, et puis, au moment même où mes muscles se tendaient pour l'attraper, elle me passa au travers.

Robbie lâcha prise et fila avec le courant. Je tendis un bras pour faire barrage et il s'y cramponna. À tâtons, il parvint à ma hauteur et me regarda bien en face. *Hé, quoi de neuf ?*

Je soutins son regard. « Toi, tu es neuf. Moi, je suis vieux. Enfin, juste un peu. »

Papa ! Il darda l'air de sa main libre, pour exhiber d'un grand geste toutes les preuves qui nous entouraient. *C'est quoi, ce coup de mou ? Regarde où on est ! Combien de gens ont cette chance ?*

Personne. Personne au monde.

Il s'assit dans les remous, toujours accroché à moi, pour tenter de comprendre. Il ne lui fallut guère plus de trente secondes. *Attends voir. Tu es venu ici avec maman, c'est ça ? En voyage de noces ?*

Tel était son super-pouvoir. Je secouai la tête, émerveillé. « Comment tu fais, Sherlock ? »

Il fronça les sourcils, se hissa hors de l'eau. Titubant sur place, il étudia tout le cours d'eau d'un œil neuf. *Voilà qui explique tout.*

De retour au campement, je ressentis une soif intense d'actualités. Dans le monde entier se produisaient des événements brûlants dont je ne savais rien. Des mémos de collègues s'accumulaient dans ma boîte de réception à l'ancienne. Sur cinq continents, les astrobiologistes formaient une mêlée autour des dernières publications. Des morceaux de banquise se détachaient de l'Antarctique. Des chefs d'État éprouvaient les limites ultimes de la crédulité collective. Des petites guerres éclataient partout.

Je luttai contre ma crise de manque informationnel tout en grattant avec Robin des aiguilles de pin pour faire du feu. Nous avions suspendu nos sacs à un fil de fer tendu entre deux sycomores, hors de portée même des ours engraissés. Une fois la flambée lancée, notre seule responsabilité au monde consisterait à faire cuire nos haricots et griller de la guimauve.

Robin contemplait les flammes. D'un ton monocorde et robotique qui aurait inquiété son pédiatre, il psalmodiait : *La vraie vie.* Puis, une minute plus tard : *Je me sens à ma place.*

Nous ne faisions rien d'autre qu'observer les

étincelles, et nous le faisions bien. Une ultime strie pourpre de soleil frangeait les crêtes à l'ouest. Les flancs de montagne boisés, après avoir inhalé toute la journée, commençaient enfin à souffler. Des ombres clignotaient autour du feu. Robin pivotait la tête au moindre bruit. Ses grands yeux brouillaient la limite entre excitation et peur.

Trop noir pour dessiner, murmura-t-il.

« Oui », dis-je, même s'il en était sûrement capable, jusque dans le noir.

Ça ressemblait à ça, Gatlinburg ?

La question me prit par surprise. « Les arbres étaient plus grands. Beaucoup plus vieux. Ici, ils sont jeunes, moins de cent ans pour la plupart. »

En cent ans, une forêt peut sacrément grandir.

« Oui. »

Il plissa les yeux, renvoyant une multitude d'endroits – Gatlinburg, Pigeon Forge, Chicago, Madison – à l'état sauvage. J'avais fait pareil, dans mes pires nuits après la mort d'Alyssa. Mais dans l'esprit de cet enfant, celui qui m'avait permis de tenir bon, un tel souhait paraissait malsain. N'importe quel parent digne de ce nom aurait tenté de l'en dissuader.

Robin m'épargna cet effort. Sa voix demeurait sourde, robotique. Mais je vis ses yeux étinceler en observant le feu. *Le soir, maman lisait de la poésie à Chester ?*

Comment savoir ce qui le faisait sauter d'une pensée à l'autre ? Depuis longtemps, j'avais renoncé à suivre le fil.

« Effectivement. » C'était le rituel préféré d'Alyssa, bien avant que je surgisse dans sa vie. Au bout de deux verres de vin rouge, elle soumettait le plus ingrat des beagles jamais rescapé d'un chenil à ses strophes favorites.

De la poésie... À Chester !

« Moi aussi, j'écoutais. »

Je sais, fit-il. Mais manifestement, je ne comptais pas pour grand-chose.

Les braises crachotèrent, puis redevinrent lingots d'un gris rougeâtre. Un instant, je craignis qu'il ne me demande de citer les poèmes préférés d'Aly. Au lieu de quoi il dit : *On devrait prendre un autre Chester.*

La mort de Chester avait failli le tuer. Tout le chagrin qu'il avait refoulé pour Alyssa, afin de me protéger, éclata lorsque le vieux clebs infirme rendit l'âme. Les accès de rage le submergèrent, et je laissai quelque temps les médecins le mettre sous traitement. Son obsession, c'était d'avoir un autre chien. Depuis longtemps, je résistais. Confusément, cette simple idée me traumatisait.

« Je sais pas trop, Robbie. » Je remuai les cendres avec un bâton. « Je crois pas que ça existe, un autre Chester. »

Les bons chiens, ça existe, papa. Y en a partout.

« C'est une sacrée responsabilité. Le nourrir, le promener, nettoyer derrière lui. Lui lire de la poésie tous les soirs. Et, tu sais, la plupart des chiens n'aiment même pas la poésie. »

Je peux être quelqu'un de très responsable, papa. Plus responsable que jamais.

« On verra, d'accord ? La nuit porte conseil. »

Il noya le feu sous plusieurs litres d'eau, pour prouver son sens des responsabilités. On se faufila sous la tente à deux places pour s'y allonger côte à côte, sur le dos, sans bâche – seule la plus fine des toiles nous séparait de l'univers. Les cimes des arbres ondulaient sous la lune du chasseur. Une pensée se dessina sur son visage tandis qu'il observait leurs crêtes mouvantes.

Et si au-dessus des arbres, on accrochait un grand ouija, à l'envers ? Alors elles pourraient nous envoyer des messages, et on pourrait les lire !

Un oiseau s'excita dans les bois derrière nos têtes : encore un message crypté qu'aucun humain ne saurait jamais décoder. *Bois-pou-rri. Bois-pou-rri.* Je faillis prononcer ce surnom, mais c'était inutile. L'engoulevent s'obstinait. *Bois-pou-rri. Bois-pou-rri. Bois-pou-rri. Bois-pou-rri.*

Robin m'agrippa le bras. *Il est déchaîné !*

L'oiseau répétait son surnom en boucle à la nuit fraîchissante. Nous nous mîmes à compter ensemble, tout bas, mais parvenus à cent il fallut renoncer car l'oiseau ne montrait aucun signe de fléchissement. Et il persévérait encore lorsque les yeux de Robin commencèrent à se fermer. Je lui secouai doucement le bras.

« Ohé, bonhomme ! On a oublié. "Puissent tous les êtres sensibles…" »

« ... être exempts de souffrances inutiles. » Ça vient d'où, d'ailleurs ? Je veux dire, avant maman.

Je lui expliquai. Ça venait du bouddhisme, des Quatre Incommensurables. « Il y a quatre choses bonnes qui méritent d'être pratiquées. Faire preuve de bonté envers tout être vivant. Demeurer constant et serein. Être heureux du bonheur de toute créature. Et avoir conscience que toute souffrance est aussi la nôtre. »

Maman était bouddhiste ?

J'éclatai de rire, et il me flanqua une bourrade à travers les deux sacs de couchage. « Ta mère était une religion à elle toute seule. Quand elle disait quelque chose, c'est que ça méritait d'être dit. Quand elle parlait, tout le monde écoutait. Même moi. »

Une demi-voyelle s'échappa de lui, et il s'enveloppa de ses bras. Un gros animal fouisseur faisait craquer des brindilles sur la pente au-dessus de notre tente. Des créatures plus petites fouillaient la couche de feuilles. Des chauves-souris cartographiaient la canopée sur des fréquences inaudibles pour nous. Mais rien ne troublait mon fils. Lorsque Robin était heureux, il cochait toutes les cases des Quatre Incommensurables.

« Elle m'a dit un jour que, quels que soient les trucs pas cool qui lui arrivaient dans la journée, si elle prononçait ces mots avant de se coucher, elle était prête à tout affronter le lendemain matin. »

Une dernière question, dit-il. *Redis-moi ce que tu fais exactement ?*

« Oh, Robbie. Il est tard. »

C'est sérieux. Quand quelqu'un me pose la question à l'école, qu'est-ce que je suis censé répondre ?

Telle avait été la raison de son exclusion temporaire, un mois plus tôt. Un fils de banquier quelconque avait demandé à Robin ce que je faisais. Robin avait répondu : *Il recherche de la vie dans le cosmos.* Sur quoi un fils de publicitaire avait lancé : *C'est quoi, le point commun entre le père de Robinet et une feuille de PQ ? Il est à destination Dur Anus, pour explorer les trous noirs*. Robin avait pété les plombs, et apparemment menacé de tuer les deux garçons. De nos jours, c'était un motif de renvoi définitif et de traitement psychiatrique immédiat. On s'en était tirés à bon compte.

« C'est compliqué. »

Il désigna d'un geste les bois qui nous entouraient. *On a tout notre temps.*

« J'écris des programmes qui prennent en compte tout ce qu'on sait sur tous les systèmes de n'importe quelle planète – les minéraux, les volcans, les océans, toute la physique et la chimie – et qui combinent toutes ces données pour essayer de prédire quels genres de gaz il peut y avoir dans son atmosphère. »

Et pourquoi ?

« Parce que l'atmosphère fait partie du processus de vie. Le mélange de gaz peut nous indiquer si la planète est vivante. »

Comme ici ?

« Exactement. Mes programmes ont même prédit l'atmosphère de la Terre à différentes périodes de l'Histoire. »

On ne peut pas prédire le passé, papa.

« Si, on peut – quand on ne le connaît pas encore. »

Et comment tu peux déterminer quels gaz il y a sur une planète à cent années-lumière d'ici alors que tu peux même pas la voir ?

J'expirai profondément, altérant l'atmosphère de notre tente. La journée avait été longue, et ce qu'il voulait savoir exigerait dix ans d'études intensives pour être saisi. Mais une question d'enfant, c'était le point de départ de toutes choses. « Bon, OK. Tu te rappelles les atomes ? »

Ouais. Ils sont tout petits.

« Et les électrons ? »

Encore plus petits.

« Les électrons d'un atome ne peuvent exister que dans certains états d'énergie. Comme s'ils se trouvaient sur les marches d'un escalier. Quand ils changent de marche, ils absorbent ou dégagent de l'énergie à des fréquences spécifiques. Et ces fréquences dépendent du type d'atome qui les contient. »

Waouh, c'est dément ! Il regarda les arbres au-dessus de la tente en souriant de toutes ses dents.

« Tu trouves *ça* dément ? Attends un peu la suite.

Quand tu observes le spectre de lumière émanant d'une étoile, tu peux voir des petites lignes noires correspondant aux fréquences de ces marches d'escalier. On appelle ça la spectroscopie, et ça t'indique quels atomes composent l'étoile. »

Des petites lignes noires. Qui viennent d'électrons à des milliards de milliards de kilomètres. Qui c'est qui a trouvé ça ?

« C'est qu'on est très malins comme espèce, nous les humains. »

Il ne réagit pas. Je me dis qu'il avait dû retomber dans le sommeil : la fin rêvée d'une belle journée. Même l'engoulevent bois-pourri semblait d'accord et avait sonné le couvre-feu. Dans son sillage, le silence s'emplit du bourdonnement de scie des insectes, et du mugissement de la rivière.

Je dus m'assoupir moi aussi, car Chester était assis, le museau sur ma jambe, en geignant tandis qu'Alyssa nous lisait des vers sur l'âme recouvrant l'innocence première.

Papa. papa ! J'ai compris.

J'émergeai doucement des filets du sommeil. « Compris quoi, mon chéri ? »

Dans son excitation, il ne releva pas le petit nom affectueux. *Pourquoi on peut pas les entendre.*

Dans ma torpeur, je ne voyais pas de quoi il parlait.

C'est quoi, déjà, le nom des mangeurs de cailloux ?

Il tentait encore de résoudre le paradoxe de Fermi : comment se faisait-il, compte tenu de tout l'espace et tout le temps de l'univers, qu'il n'y ait apparemment personne ailleurs ? Il s'accrochait à cette question depuis notre premier soir dans la cabane, quand il avait regardé la Voie lactée au télescope : Où étaient donc passés les autres ?

« Les lithotrophes. »

Il se frappa le front. *Les lithotrophes ! Blâââ... Bon, mettons qu'il y ait une planète rocheuse pleine de lithotrophes qui vivent au cœur de la roche. Tu vois le problème ?*

« Pas encore. »

Mais enfin, papa ! Ou alors ils vivent dans du méthane liquide, un truc comme ça. Bref, ils sont super-lents, presque pétrifiés. Un jour pour eux, c'est comme un siècle pour nous. Alors imagine, peut-être que leurs messages prennent trop de temps pour qu'on se rende compte que ce sont *des messages ! Genre, ça leur prend cinquante années humaines pour envoyer deux syllabes.*

Notre engoulevent reprit sa rengaine, très loin. Dans ma tête, Chester, infiniment stoïque, se débattait encore avec les vers de Yeats.

« C'est une super-hypothèse, Robbie. »

Et peut-être qu'il y a un monde aquatique où des oiseaux-poissons super-intelligents et super-rapides vont à mille à l'heure en essayant d'attirer notre attention.

« Mais ils nous envoient leurs messages trop rapidement pour qu'on puisse les comprendre. »

Exactement ! On devrait essayer d'écouter à des vitesses différentes.

« Ta mère t'aime, Robbie. Tu le sais, hein ? » C'était notre petit code à nous, et il le prit en compte. Mais ça ne calma en rien son excitation.

Parles-en au moins à l'institut SETI, d'accord ?

« Promis. »

Sa phrase suivante me réveilla. Une minute, trois secondes, une demi-heure plus tard – comment savoir ?

Tu te rappelles comme elle disait toujours : « Tu es riche de quoi, mon enfant ? »

« Oui, je me rappelle. »

Il tendit les mains vers les preuves. La montagne au clair de lune. Les arbres inclinés par le vent. Le mugissement de la rivière toute proche. Les électrons qui dévalaient l'escalier de leurs atomes dans cette atmosphère spécifique. Son visage, dans le noir, aspirait à l'exactitude. *Riche de tout ça. Riche gros comme ça.*

Quand enfin il me laissa dormir, impossible de trouver le sommeil. On était bien tous les deux, à camper dans les bois avec des haricots en boîte et un carnet à dessins. Mais dès l'instant où on retrouverait la civilisation, je serais dans le travail jusqu'au cou, et Robin de retour dans une école qu'il détestait, entouré de gamins qui le trouvaient flippant. Une fois à Madison, l'Éden perdrait ses arbres.

Être parent m'avait toujours terrifié, bien avant le jour où Alyssa avait fait irruption dans mon bureau du bâtiment Sterling en s'écriant : « Que vous le vouliez ou non, professeur, on va avoir de la compagnie ! » Je l'avais serrée dans mes bras, sous une ovation de mes collègues amusés. Mais ce fut la dernière fois que je remplis mes responsabilités paternelles avec un succès sans équivoque.

Je n'étais pas plus capable d'élever un enfant que de parler swahili. La perspective terrifiait tout autant Alyssa, à sa manière, exaltée et ravie. Mais finalement la sagesse collective des parents, amis, médecins, infirmières et sites Internet nous enhardit au point d'ignorer tous les conseils et de nous débrouiller au jugé. Des dizaines de milliers de générations d'humains désemparés avaient réussi à résoudre les pièges de l'éducation enfantine suffisamment bien pour que le jeu continue. Nous ne serions pas les pires, me disais-je. En l'occurrence, jamais nous n'eûmes le temps d'évaluer notre score parental. La vie devint un exercice d'alerte sitôt que Robin sortit de couveuse.

Mais on apprend sur le tas que les enfants ont pour nos erreurs une tolérance que je n'avais jamais imaginée. Qui aurait cru qu'un gamin de quatre ans puisse se renverser sur lui un barbecue rempli de briquettes brûlantes et s'en tirer sans autre dommage qu'une cicatrice au creux des reins en forme d'huître d'un rose brillant ?

D'un autre côté, les multiples risques de mal faire ne cessaient jamais de m'étonner. Quand il avait six ans, je lus à mon fils *Le Lapin de velours*, et c'est seulement à huit ans qu'il m'avoua les mois de cauchemars que cela lui avait causés. Deux ans de terreurs nocturnes qu'il avait eu honte de me confier : tel était Robin. Dieu sait ce que l'enfant de onze ans pourrait me révéler sur ce que je lui faisais subir à présent. Mais, lui qui avait survécu à la mort de sa mère, il survivrait bien à mes bonnes intentions.

Cette nuit-là sous notre tente, je restai à songer que depuis deux jours il s'inquiétait du silence d'une galaxie qui devrait grouiller de civilisations. Comment protéger un tel enfant de sa propre imagination, *a fortiori* des quelques carnassiers de CE2 qui lui pourrissaient la vie ? Alyssa nous aurait permis d'aller de l'avant, tous les trois, propulsés par son infinie mansuétude et sa volonté de bulldozer. Sans elle, je me débattais.

Je m'agitai dans mon sac de couchage, en m'efforçant de ne pas réveiller Robin. Un chœur d'invertébrés enflait et refluait. Deux chouettes rayées répétaient leur duo : *Qui coud pour vous ? Qui coud pour vous – oh ?* Qui coudrait jamais pour cet enfant, à part moi ? Je ne pouvais concevoir que Robin s'endurcisse assez pour survivre à cette planète et à son système de Ponzi. Et peut-être que je n'en avais pas envie. Je l'aimais extraterrestre. J'aimais avoir un fils si ingénu que ça crispait ses condisciples trop snobs. Ça me plaisait d'être le père d'un gamin dont l'animal favori, indétrônable depuis trois ans, était le nudibranche. Le nudibranche est trop sous-estimé.

Angoisses nocturnes d'un astrobiologiste. Je flairais le souffle des arbres, j'entendais la rivière où pour la première fois Alyssa et moi avions nagé ensemble, qui continuait de polir ses galets malgré la nuit. Un bruit s'échappa du sac de couchage à côté de moi. Robin implorait dans son sommeil. *Arrêtez ! Je vous en supplie ! Arrêtez !*

L'une des solutions au paradoxe de Fermi était si étrange que je n'avais jamais osé en parler à Robin. Il en aurait fait des cauchemars pendant des mois. Un million de milliards de connexions neuronales étaient couchées sur le matelas gonflable à côté de moi : une synapse pour chaque étoile dans deux mille cinq cents Voies lactées. Ça en faisait, des motifs de surchauffe.

Mais voici la solution dont je ne lui avais jamais parlé : Imaginons que la vie soit facile à faire démarrer à partir de rien. Imaginons qu'elle ait surgi dans chaque fissure du trottoir cosmique depuis des milliards d'années avant l'apparition de la Terre. Après tout, elle a bien surgi ici dès l'instant où la planète s'est stabilisée, à partir de la même matière qui existe partout ailleurs dans l'univers.

Et imaginons qu'au fil des ères d'innombrables millions de civilisations aient émergé, souvent assez durables pour s'aventurer dans l'espace. Ces voyageurs cosmiques se trouvèrent, entrèrent en communication et partagèrent leur savoir, chaque nouveau contact accélérant leur progrès technologique. Ils bâtirent pour récolter l'énergie d'immenses sphères qui englobaient des soleils entiers, développèrent des ordinateurs grands comme des systèmes solaires. Ils canalisèrent l'énergie produite par les quasars et les éruptions de rayons gamma. Ils peuplèrent des galaxies comme autrefois nous nous sommes répandus à travers les continents. Ils apprirent à tisser l'étoffe même de la réalité.

Et quand ce consortium eut maîtrisé toutes les lois du temps et de l'espace, il sombra dans la tristesse de l'accomplissement. L'Intelligence absolue céda à la nostalgie du nomadisme et de l'artisanat de ses origines perdues. On créa des jouets pour se consoler : d'innombrables planètes hermétiques où la vie pourrait de nouveau évoluer à son état brut et immaculé.

Imaginons à présent que la vie, dans un de ces terrariums, évolue pour aboutir à des créatures qui ont deux mille cinq cents fois autant de synapses qu'il y a d'étoiles dans une galaxie. Même avec un tel cerveau, il leur faudrait des millénaires pour découvrir qu'elles sont prisonnières à jamais d'un simulacre de nature sauvage, à contempler un firmament virtuel. Prisonnières de l'enfance. Seules.

Le catalogue des solutions au paradoxe de Fermi appelle celle-ci l'Hypothèse du Zoo. Les zoos donnaient la nausée à Robin. Il ne supportait pas de voir confinées des créatures sensibles.

Mes parents m'avaient élevé dans la religion luthérienne, mais j'avais perdu la foi à l'âge de seize ans. Toute ma vie j'ai cru que quand une personne meurt, toute la beauté, la sagesse, l'espoir – mais aussi toute la souffrance et la terreur –, tout ce qu'ont emmagasiné ses mille billions de synapses se disperse en pur bruit. Mais cette nuit-là dans les Smoky Mountains, sous notre tente deux places, je n'ai pu m'empêcher d'adresser une supplique à la personne entre toutes qui connaissait le mieux Robin. « Alyssa. » Mon épouse pendant onze ans et demi. « Aly. Dis-moi ce que je dois faire. On est bien ensemble, dans les bois. Mais j'ai peur de le ramener à la maison. »

À trois heures du matin, il se mit à pleuvoir des cordes. Je sortis laborieusement sous la pluie battante pour installer la bâche. Au début, ce pandémonium terrifia Robin. Mais, à force de courir dans tous les sens sous le déluge, il se mit à ricaner comme un corbeau. Il riait encore quand on rentra sous la tente, trempés jusqu'aux os, baignant dans la flaque de notre naïf optimisme.

« Apparemment, j'aurais dû insister pour mettre la bâche. »

Ça valait le coup, papa. Je serais prêt à recommencer !

« Ah ouais ? Amphibien, sors de ce corps ! »

Après avoir préparé du porridge sur le réchaud, on leva le camp tard dans la matinée. La piste avait une tout autre allure en sens inverse. De nouveau il fallut escalader et franchir la crête. Robin fut étonné que tant de végétation pousse encore, si tard dans la saison. Je lui montrai un hamamélis, qui attendait de fleurir en janvier. Je lui parlai de la mouche-scorpion des neiges, qui passerait l'hiver à patiner sur la glace et à se nourrir de mousse.

Bien trop vite, on se retrouva à l'entrée de la piste.

Apercevoir la route entre les arbres me brisa le cœur. Les voitures, le bitume, la pancarte énumérant les interdictions : après une nuit dans les bois, le parking avait un goût de mort. Je fis de mon mieux pour ne rien laisser paraître. Et Robin, de son côté, essayait sûrement de me protéger.

Sur le chemin de la cabane, nous fûmes pris dans un embouteillage. Je freinai derrière une Subaru Outback chargée de VTT haut de gamme. La file de véhicules s'étirait devant nous à perte de vue : un kilomètre de 4 × 4 à touche-touche, tous avides des derniers vestiges de nature sauvage de l'est du pays.

Je jetai un regard à mon passager. « Tu sais ce que c'est, ce bouchon ? Une queue aux ours. » Je lui avais dit qu'on avait des chances d'en voir un : la région concentrait la population d'ours noirs la plus dense du continent. « Vas-y, descends. Avance un peu et jette un coup d'œil. Mais ne t'éloigne pas de la chaussée. »

Il me dévisagea. *T'es sérieux ?*

« Évidemment ! Je ne vais pas te laisser ici. Je te récupérerai quand j'arriverai à ta hauteur. » Il resta figé. « Allez, vas-y, Robbie. Y a plein de gens là-bas. Les ours vont pas te faire de mal. »

Son regard me rendit tout honteux : ce n'étaient pas les quadrupèdes qui l'inquiétaient. Mais il s'arracha à la voiture et se mit à avancer d'un pas chancelant, longeant l'embouteillage. Cette petite victoire aurait dû me réjouir.

On avançait au pas. Des klaxons retentirent. Des voitures tentèrent un demi-tour sur l'étroite route de montagne. D'autres se garèrent sur le bas-côté, anarchiquement, déversant leurs passagers. Les gens échangeaient des infos. Des ours. Où ça ? Une mère et trois petits. Là-bas. Non, là-bas. Une garde forestière tentait de débloquer le trafic. Personne ne lui prêtait attention.

Quelques minutes plus tard, j'atteignis l'attroupement. Des gens désignaient les bois tandis que d'autres réglaient leurs jumelles. D'autres encore pointaient comme des canons les téléobjectifs antireflets de leurs appareils photo montés sur trépied. Une file de gens tenaient la nature en respect avec leurs téléphones portables. On aurait dit des badauds au pied d'un building, guettant une personne perchée sur un rebord de fenêtre du dixième étage.

C'est alors que je remarquai la petite famille qui, méfiante, regagnait les fourrés. La femelle jeta un regard par-dessus son épaule aux humains assemblés. Dans la foule, je repérai Robin, qui avait les yeux baissés, dans la mauvaise direction. Il se détourna, m'aperçut et revint d'un bon pas vers la voiture. Le trafic était toujours au point mort. Je baissai la vitre. « Tu peux rester encore, Robbie. »

Il courut pour me rejoindre, monta et fit claquer la portière.

« Tu les as vus ? »

Je les ai vus. Ils étaient super. D'une voix belliqueuse. Il regardait droit devant lui, vers la Subaru toujours coincée devant nous. Je sentis pointer la crise.

« Robbie. Qu'est-ce qui ne va pas ? Qu'est-ce qui s'est passé ? »

Sa tête se détourna et il cria : *Mais tu les as pas vus ?*

Il baissa les yeux vers ses mains posées sur ses genoux. Je me gardai bien d'insister. Le spectacle terminé, la route se dégagea enfin. Au bout d'un kilomètre, il reprit la parole.

Ils doivent vraiment nous détester. Ça te plairait, toi, d'être un monstre de foire ?

À travers la vitre, il fixa la rivière sinueuse. Quelques minutes plus tard, il dit : *Un héron*. Comme un simple constat.

J'attendis encore trois kilomètres. « Ils sont très intelligents, tu sais. *Ursus americanus*. Selon certains savants, ils sont presque aussi intelligents que les hominidés. »

Plus intelligents, oui !

« Qu'est-ce qui te fait dire ça ? »

On était sortis du parc, et on traversait les tirs croisés de l'économie des loisirs. Robin écarta les mains pour désigner toutes ces preuves. *Ils font pas ça, les ours !*

La confiserie, la baraque à hamburgers, le loueur de bouées, la solderie, les autos tamponneuses. On bifurqua à gauche derrière le centre d'accueil des visiteurs pour remonter vers notre cabane. « Tu sais, Robbie, ils se sentent seuls, voilà tout. »

Il me regarda comme si j'avais renié mon appartenance au clan des êtres sensibles. *Mais qu'est-ce que tu me racontes ? Ils se sentaient pas seuls. Ils étaient dégoûtés.*

« Pas la peine de crier. Je te parle pas des ours. »

Au moins, cette énigme le calma un peu.

Si les gens se sentent seuls, c'est parce qu'on est des têtes de cons. On leur a tout volé, papa.

Tous les signes étaient réunis, des doigts raidis aux lèvres tremblantes en passant par la rougeur qui lui couvrait le cou. Une poignée de minutes suffirait à anéantir toute la douceur des derniers jours. Je n'avais pas l'énergie d'endurer deux heures de hurlements de bête blessée. Des années d'expérience m'avaient appris que mon meilleur recours était la diversion.

« Écoute-moi, Robbie. Imagine que demain l'équipe du radiotélescope Allen donne une conférence de presse et annonce qu'on a des preuves irréfutables de l'existence d'extraterrestres intelligents. »

Papa...

« Ça serait le jour le plus exaltant de l'histoire de la Terre. Une seule annonce et tout serait changé. »

Il interrompit ses tics, quoique toujours dégoûté. Mais chez Robin, neuf fois sur dix, la curiosité l'emportait sur le dégoût. *Et alors ?*

« Et alors... imagine qu'à leur conférence de presse ils annoncent qu'on a trouvé des traces d'une intelligence extraterrestre dans toutes les Smoky Mountains et que... »

Oh non, pitié... ! Il darda ses mains en l'air. Mais j'avais réussi à le distraire. Je voyais son regard caresser cette hypothèse. Sa bouche se tordait, amusée malgré elle. Cette foule de gens brandissant leurs portables au bord de la route redevenaient ses semblables. Il comprenait à présent : Nous, les humains, mourions d'envie d'avoir de la compagnie. Notre espèce était devenue si tragiquement avide de tout contact non humain qu'elle provoquait des kilomètres d'embouteillages pour la simple vision fugace de toute créature intelligente et sauvage.

« Personne n'a envie d'être seul, Robbie. »

La compassion lutta avec l'intégrité et perdit. *Avant, il y en avait partout, papa. Avant qu'on s'attaque à eux. On a tout confisqué ! On mérite d'être seuls.*

Ce soir-là on se rendit à Falacha, une planète si obscure qu'on eut de la chance de la trouver. Elle errait dans le vide de l'espace, orpheline sans soleil. Elle avait eu jadis une étoile à elle, mais avait été éjectée de son système natal dans sa jeunesse troublée. « Quand j'étais élève, expliquai-je à Robbie, on n'en parlait même pas, des planètes vagabondes. Mais aujourd'hui, on estime qu'elles sont peut-être encore plus nombreuses que les étoiles. »

On regarda Falacha dériver dans le vide interstellaire, la nuit intemporelle, à des températures à peine supérieures au zéro absolu.

Papa, pourquoi on est venus ici ? Y a pas d'endroit plus mort dans l'univers.

« C'est justement ce que croyait la science, quand j'avais ton âge. »

Toute croyance sera surmontée, avec le temps. La première leçon de l'univers, c'est de ne jamais déduire à partir d'un seul exemple. Sauf quand on ne dispose que d'un seul exemple. Dans ce cas : il faut en trouver un autre.

Je lui fis remarquer l'atmosphère de serre dense et le noyau brûlant et irradiant. Je lui fis voir comment les effets de marée d'une énorme lune tordaient et pinçaient la planète, accélérant son réchauffement. On se posa à la surface de Falacha. *Pas mal !* s'écria mon fils tout excité.

« Plus chaud que la température de dégel de l'eau. »

En plein milieu du vide de l'espace ! Mais sans soleil. Sans plantes. Sans photosynthèse. Sans rien.

« La vie peut se nourrir de plein de choses, lui rappelai-je. La lumière n'en est qu'une parmi d'autres. »

On descendit au fond des océans de Falacha, dans leurs fissures volcaniques. On pointa nos lampes frontales sur les tranchées les plus profondes, et il poussa un cri. Partout des créatures : des crabes blancs et des palourdes, des vers tubicoles mauves et des draperies vivantes. Le tout s'alimentait à la chaleur et aux mélanges chimiques suintant de trous d'aération hydrothermiques.

Robbie était aux anges. Insatiable, il regardait les microbes, les vers, les crustacés apprendre de nouveaux tours, se nourrir d'eux-mêmes, répandre leurs nutriments sur les fonds marins et dans les eaux environnantes. Des siècles passèrent, des millénaires, des ères entières. Les océans de Falacha s'emplirent de vie, de mille créatures aux formes insensées, qui nageaient, feintaient, rusaient.

« Ça suffit pour aujourd'hui », dis-je.

Mais il voulait continuer à regarder. Les trous d'aération déglutissaient et rafraîchissaient. Les courants aquatiques se modifiaient. D'infimes bouleversements et des catastrophes locales favorisaient les plus méfiants. Des berniques sessiles se transformèrent en nageuses autonomes, et ces nageuses développèrent un pouvoir de prédiction. Des aventuriers pèlerins colonisèrent des régions neuves.

Mon fils était hypnotisé. *Qu'est-ce qui se passera dans un milliard d'années ?*

« Il faudra qu'on revienne voir. »

On s'écarta de cette planète noire comme de la suie. Elle rétrécit sous nos yeux, et en un rien de temps redevint invisible.

Et comment diable on a fait pour découvrir un tel endroit ?

C'était bien là que l'histoire devenait surréaliste. Sur une planète bien plus chanceuse, une lignée de créatures lentes, faibles, nues, gauches avait réchappé plusieurs fois de l'extinction et tenu le coup assez longtemps pour découvrir que la gravité courbe la lumière, partout dans l'univers. Sans raison valable et pour un coût déraisonnable, nous avions construit un instrument capable de percevoir la plus infime courbure de la lumière des étoiles produite par ce minuscule objet, à des dizaines d'années-lumière.

Arrête, dit mon fils. *Tu me racontes des histoires.*

Et c'était bien ça que nous faisions, nous autres Terriens. On improvisait, on se racontait des histoires, avant de les prouver aux yeux de l'univers.

On prit la route dès l'aube. Robbie était au mieux de sa forme quand le soleil se levait. Il tenait ça de sa mère, qui pouvait résoudre des dizaines de crises caritatives avant le petit-déjeuner. Ce matin-là, il était même disposé à considérer l'exil comme une aventure.

Le pays était tellement instable quand nous étions partis qu'après des jours de réseau irrégulier j'appréhendais ce qui nous attendrait au retour. J'attendis qu'on soit sortis du Tennessee pour mettre les infos. Au bout de deux gros titres, je le regrettai. L'ouragan Trent, avec des vents de cent cinquante kilomètres à l'heure, avait rendu à la mer une bonne part de la péninsule sud-est de Long Island. Les flottes américaine et chinoise jouaient au cache-cache nucléaire au large de l'île de Hainan. Un paquebot de dix-huit étages baptisé *La Belle des mers* avait explosé dans le port de Saint John's, à Antigua ; il y avait des dizaines de morts et des centaines de blessés parmi les passagers. Plusieurs groupes terroristes en revendiquaient la responsabilité. À Philadelphie, dans une guerre attisée par les réseaux sociaux, les milices de la Vraie Amérique avaient attaqué une manifestation des Humains Unis pour l'Égalité, faisant trois morts.

Je voulus zapper, mais Robbie m'en empêcha. *Il faut qu'on sache, papa. C'est ça, être un bon citoyen.*

C'était peut-être vrai. C'était peut-être même ça, être un bon parent. Mais c'était peut-être aussi une monumentale erreur de jugement de le laisser entendre tout ça.

Concernant les incendies qui avaient détruit trois mille maisons dans la vallée de San Fernando, le Président rejetait la faute sur les arbres. Il ordonnait par décret d'abattre quatre-vingt mille hectares de forêt publique – dont une partie ne se trouvait même pas en Californie.

Nom de Dieu de merde ! s'écria mon fils. Je m'abstins de corriger son langage. *Il a le droit de faire ça ?*

Le présentateur répondit pour moi. Au nom de la sécurité nationale, le Président avait à peu près tous les droits.

Ce président, c'est une mouche à merde.

« Ne dis pas des choses pareilles, mon petit gars. »

C'est pourtant vrai.

« Robbie, écoute-moi. Tu peux pas parler comme ça. »

Et pourquoi ?

« Parce que maintenant on peut te mettre en prison. Tu te rappelles qu'on en a parlé, le mois dernier ? »

Il s'affaissa sur son siège, moins désireux soudain d'être un bon citoyen.

N'empêche que c'est vrai. Il est comme j'ai dit. Il démolit tout.

« Je sais. Mais on peut pas le dire tout fort. Par ailleurs… tu es totalement injuste. »

Il me regarda, perplexe. Deux secondes plus tard,

il éclata d'un sourire aveuglant. *C'est vrai ! La mouche à merde, c'est un sacré animal.*

« Et à propos, tu sais que les bousiers s'orientent d'après une carte mentale de la Voie lactée ? »

Il me regarda bouche bée. Ce détail paraissait trop bizarre pour être inventé. Il sortit son calepin et prit note de vérifier mes dires quand on serait rentrés.

En franchissant les collines déclinantes du Kentucky, en longeant le musée de la Création divine et de l'Arche de Noé, en traversant des comtés qui manifestement n'avaient que faire de la science, on écouta *Des fleurs pour Algernon*. Je l'avais lu à onze ans. Ce roman avait quasiment inauguré ma bibliothèque de science-fiction, grosse de deux mille volumes. Je l'avais acheté dans une librairie d'occasion : un livre de poche bas de gamme arborant en couverture un visage flippant, à mi-chemin entre la souris et l'homme. Le payer de mes propres deniers me faisait l'effet de percer le code de l'âge adulte. En le tenant ouvert entre mes mains, j'accédai par un tunnel spatiotemporel à une autre Terre. Finalement, je n'aurai jamais rien amassé d'autre que des univers parallèles, petits, légers et portatifs.

Ce n'est pas exactement *Algernon* qui m'entraîna sur la voie de la science. Le déclic avait déjà eu lieu avec les « singes de mer », des crustacés d'eau salée qu'on m'avait expédiés dans un état incroyable de métabolisme ralenti. À l'âge de Robbie, j'avais déjà synthétisé mes premières données sur leur taux de reproduction. Mais *Algernon* enflamma mon imagination proto-scientifique et me donna envie d'expérimenter sur un objet à la taille de ma vie. Je n'avais pas relu cette histoire depuis des décennies, et un trajet de douze heures paraissait l'alibi idéal pour la revisiter avec Robbie dans mon sillage.

Il fut pris d'emblée par l'intrigue. Il m'obligeait sans cesse à interrompre le récit pour me presser de questions. *Il est en train de changer, papa. T'entends comme il emploie des mots plus longs ?* Un peu plus tard, il demanda : *C'est pour de vrai, cette histoire ? Enfin, je veux dire : est-ce qu'un jour ça pourrait arriver pour de vrai ?*

Je lui répondis que tout pouvait arriver pour de vrai, quelque part, un jour. C'était peut-être une erreur.

Lorsqu'on arriva dans le sud de l'Indiana, avec sa longue succession de fermes industrielles, il était complètement happé par l'histoire, et limitait son commentaire à des acclamations ou des huées. Des kilomètres d'affilée passaient avec Robin penché en avant, la main sur la boîte à gants, sans même penser à regarder par la fenêtre. Il produisait des synapses aussi vite que Charlie Gordon, dont le QI atteignait des hauteurs vertigineuses. Robbie grimaça au récit de Charlie rejeté par ses collègues. L'ambiguïté morale des savants Nemur et Strauss l'affectait tellement que je dus lui rappeler de respirer.

À la mort d'Algernon, il me fit arrêter l'audiolivre. *Sérieusement ?* Il n'arrivait pas à assimiler la nouvelle. *La souris est morte ?* Son visage était effleuré par la tentation de ne pas écouter la suite. Mais *Algernon* avait déjà anéanti presque tout ce qu'il lui restait d'innocence. L'œil mental connaît deux sidérations : l'arrachement à la lumière, l'entrée dans la lumière.

« Tu sais ce que ça veut dire ? Tu devines la suite ? » Mais Robin ne voyait pas les conséquences pour Charlie. Et il s'en moquait un peu. Je relançai le récit. Une minute plus tard, il m'imposa une nouvelle interruption.

Mais la souris, papa ? Laaaa sou-ou-ou-riiiis ! Sa voix imitait le pleurnichement d'un enfant beaucoup plus jeune. Mais sous la surface, le jeu était sérieux.

On s'arrêta pour la nuit dans un motel de l'Illinois, près de Champaign-Urbana. Il refusa de dormir avant de connaître la fin. Allongé sur son lit, il endura le déclin final de Charlie avec un stoïcisme de sphinx. Le livre achevé, il hocha la tête et me fit signe d'éteindre. Je lui demandai ce qu'il en pensait, mais il se contenta de hausser les épaules. Il fallut attendre d'être plongés dans le noir pour qu'il pose la question.

Et maman, elle avait lu cette histoire ?

Je fus pris de court. « Je ne sais pas. Je pense. Sûrement. C'est un peu un classique. Pourquoi tu me demandes ça ? »

Pourquoi, d'après toi ? rétorqua-t-il, plus sèchement peut-être que prévu. Lorsqu'il reprit la parole, ce fut d'une voix penaude. Il entrait dans la lumière, ou il s'en arrachait. Impossible de le savoir. *Tu sais bien. La souris, papa. La souris.*

On arriva à Madison peu après midi, le jour où j'avais promis de le ramener à l'école. Je reçus le SMS automatique signalant que Robbie était absent sans motif valable et me demandant si j'étais conscient de la situation *(Merci de répondre O ou N)*. J'aurais dû le conduire directement en classe. Mais il ne restait que quelques heures de cours, et j'éprouvais ce que j'éprouvais toujours quand je devais le confier à des gens qui ne le pigeaient pas. J'avais envie de le garder pour moi un peu plus longtemps.

Je l'emmenai avec moi sur le campus. Je redoutais d'entrer après une si longue absence. On récupéra mon courrier et je fis le point avec ma thésarde et assistante, Jinjing, qui m'avait remplacé pour mes cours de premier cycle. Elle couvrit Robin de mamours comme si c'était son petit frère, resté à Shenzhen. Elle l'emmena voir la vitrine de météorites et les photos transmises par la sonde Cassini. Je profitai de l'occasion pour me laisser briefer par mon collègue Carl Stryker, qui coécrivait avec moi un article sur la détection de biosignatures gazeuses émises par des exoplanètes repérées par lentille gravitationnelle. L'article avait du retard, par ma faute.

« On va finir par se faire doubler par le MIT », dit Stryker. Forcément. Si ça n'était pas le MIT, ce serait Princeton ou l'EANA, l'Association européenne d'astrobiologie. Ça ne suffisait pas de faire de la recherche. Tout n'était qu'une course à la promotion, à la reconnaissance professionnelle, une lutte pour avoir sa part des subventions (une vraie peau de chagrin) et son ticket de la Loterie suédoise. En vérité, ni Stryker ni moi ne gagnerions jamais le gros lot à Stockholm. Mais conserver des financements, c'était déjà bien. Et je remettais tout en cause, faute d'avoir affiné mes données de modélisation pour l'article.

« C'est encore à cause du gamin ? » demanda Stryker.

Je fus tenté de répliquer : *Il a un nom, tête de con*. Au lieu de quoi je répondis que oui, c'était à cause du gamin, en suppliant silencieusement mon collaborateur de lâcher un peu de lest. Stryker n'avait plus guère de lest à lâcher. Quinze ans plus tôt, l'Eldorado des exoplanètes avait rendu les mécènes officiels aussi généreux envers les astrobiologistes que les princes de la Renaissance envers le premier aventurier venu disposant d'une caravelle. Mais à présent la Terre était plus instable, et les vents du financement avaient tourné.

« Il nous faut les corrections d'ici lundi, Theo. Je rigole pas. »

Je lui dis que pour lundi c'était faisable. Je quittai son bureau en me demandant à quoi aurait ressemblé ma carrière dans ce domaine naissant si je ne m'étais pas marié. J'aurais peut-être eu un peu plus de chance, professionnellement. Mais rien au monde ne pourrait se comparer à la chance d'avoir eu dans ma vie Alyssa et Robin.

Ma vie avait connu sa propre ère hadéenne, durant mon enfance à Muncie. L'enfer sur tous les plans. Les détails sont devenus miraculeusement flous. Je grandis vite. Ma mère abritait en elle six personnalités différentes, approximativement, dont une bonne moitié pouvaient être vraiment dangereuses pour moi et mes deux sœurs aînées. Lorsque mon père entama son lent suicide à coups de calmants, j'avais déjà remplacé la chorale par un hobby plus accaparant : rester seul dans ma chambre à paniquer.

Quand j'avais treize ans, papa nous obligea, mes sœurs et moi, à nous endimancher et à l'accompagner au tribunal où il comparaissait pour détournement de fonds. Le subterfuge dut marcher, puisqu'il n'écopa que de huit mois. Mais on perdit la maison, et désormais il ne gagna plus que le salaire minimum. Je n'aurais jamais survécu à ces années sans les cerveaux en bocal, les sphères de Dyson, l'arcologie, l'action fantasmagorique à distance, l'afrofuturisme, la SF vintage et les machines synchrones. Des rayons alpha au point Oméga, j'évoluais dans un monde parallèle engendrant des scénarios d'une si infinie variété qu'elle ridiculisait ce petit caillou cocardier perdu dans la cambrousse galactique où j'étais censé vivre. Rien ne pouvait m'atteindre, dès lors que la réalité couramment admise n'était qu'un minuscule atoll dans un océan sans rivages.

En terminale, j'effectuais déjà un apprentissage accéléré pour une future carrière d'ivrogne. Mes deux meilleurs amis et compagnons de bas-fonds me surnommaient le Chien Enragé. Étonnamment, j'achevai mes études secondaires en évitant la taule. Mais, sans la bourse offerte par le fabricant d'orgues électroniques chez qui deux ou trois personnalités de ma mère travaillaient comme secrétaire, jamais je ne serais allé en fac. Et encore, si je m'y résignai, c'est que ça valait toujours mieux que mon job d'été – nettoyer des fosses septiques pour une entreprise qui avait pour slogan : « Les eaux usées ne feront pas de vieux os. »

En route donc pour l'université publique, un établissement phare du Midwest. Je m'inscrivis à un cours d'initiation à la biologie, au hasard, pour avoir un module de culture générale. Il était enseigné par une bactériologiste nommée Katja McMillian. Elle ressemblait à une cigogne cylindrique, avec la gaucherie d'une éternelle lycéenne. Mais tous les lundis, mercredis et vendredis, elle se dressait au milieu d'un chaudron de quatre cents étudiants, incandescente. Trois fois par semaine, inlassablement, elle s'employait à nous prouver que nous ne soupçonnions pas de quoi la vie était capable.

Il y avait des créatures qui à mi-vie se réagençaient à en devenir méconnaissables. Des créatures qui percevaient les infrarouges et les champs magnétiques. Des créatures qui changeaient de sexe en fonction des promesses du voisinage, et des cellules isolées capables d'action collective par consensus sensoriel. Cours après cours, une révélation se dessina : les récits de SF d'*Astounding Stories* faisaient pâle figure comparés à la professeure McMillian.

En semaine douze, juste avant la fin du semestre, elle en arriva à ses créatures chéries. Une révolution couvait, et la professeure McMillian était déjà sur les barricades. Des chercheurs découvraient de la vie là où la science savait qu'elle ne pouvait pas vivre. La vie parvenait à vivoter à des températures au-dessus de l'ébullition, en dessous de la glaciation. Elle squattait des endroits qui, au dire des professeurs qui avaient formé McMillian, étaient trop salés, trop acides, trop radioactifs pour qu'une quelconque créature y survive. La vie se ménageait un chez-soi tout là-haut, à l'extrême de l'espace. La vie vivait dans la roche la plus dense.

Assis au fond de l'amphi, je me disais : *Voilà ma tribu. Enfin.*

La professeure McMillian m'engagea comme assistant pour un travail de terrain : passer l'été à étudier les formes de vie inconnues d'une fondrière que quelqu'un avait découverte par hasard sous les eaux du lac Huron. Elles comptaient parmi les créatures les plus bizarrement créatives sur Terre, convertissant leur photosynthèse, tels Jekyll et Hyde, de l'anoxygénique à l'oxygénique quand le soufre savoureux venait à manquer. Cette biochimie délirante régissant les extrêmophiles bipolaires de la professeure McMillian donnait à comprendre comment la vie pouvait prendre le dessus et remodeler une planète hostile pour la rendre plus accueillante au vivant. Travailler avec McMillian, c'était un rêve éveillé, pour un mec qui adorait être dehors par tous les temps.

Sa lettre de recommandation emphatique – *mais presque entièrement exacte*, me dit-elle, *quoique essentiellement prédictive* – me permit de décrocher une inscription en thèse et une charge de cours à l'université de Washington, à Seattle. Je n'aurais pu espérer mieux, compte tenu de mes compétences, qui consistaient à rester sans bouger pour observer des choses, bizarres de préférence. La microbiologie était bien représentée, et les sectateurs des extrêmophiles m'adoptèrent comme un des leurs.

Je m'intégrai à une équipe pluridisciplinaire qui modélisait la façon dont les eaux de fonte oxygénées avaient maintenu des organismes en vie entre les glaciers et la mer, au temps où la Terre était gelée comme une boule de neige géante. Selon nos modèles, c'était ce soupçon de vie qui, après des millions d'années d'attente insoutenable, avait refait de la boule de neige un jardin proliférant.

Tandis que je poursuivais ces études, des trucs déments se produisaient très loin de là. Des données nous parvenaient de machines volantes dispersées dans tout le système solaire. Les planètes étaient plus folles qu'on ne l'avait jamais soupçonné. Les lunes de Jupiter et de Saturne, sous leur croûte trompeusement lisse, dissimulaient en fait des océans liquides. Tous les chauvinismes terriens s'effondraient. Nous avions prétendu déduire à partir d'un échantillon unique. La vie n'avait peut-être pas besoin d'eaux de surface. Ni même d'eau tout court. Ni même d'une surface.

Je vivais l'une des grandes révolutions de la pensée humaine. Quelques années plus tôt, la plupart des astronomes croyaient encore ne jamais assister à la découverte de la moindre planète hors du système solaire. Je n'étais qu'au milieu de ma thèse lorsque les huit ou neuf planètes à l'existence avérée devinrent des dizaines, puis des centaines. Au début, il s'agissait surtout de géantes gazeuses. Et puis on lança le télescope Kepler, et la terre fut inondée de mondes, dont certains n'étaient guère plus grands que le nôtre.

L'univers changeait d'un semestre à l'autre. Des gens observaient des altérations infinitésimales dans la lumière d'étoiles infiniment lointaines – des réductions d'éclat de l'ordre de quelques unités par million – et en déduisaient les corps invisibles qui l'obscurcissaient au passage. De minuscules vacillations dans le mouvement d'énormes soleils, des changements de moins d'un mètre/seconde dans la vitesse d'une étoile, trahissaient la taille et la masse des planètes invisibles exerçant une traction. L'incroyable précision de ces mesures défiait l'entendement. Comme si on utilisait une règle graduée pour mesurer une distance cent fois plus petite que la dilatation de la règle sous la chaleur de votre paume.

Et pourtant on y parvenait. *Nous*, les Terriens.

Partout, de nouveaux habitats : impossible d'en tenir le compte. On trouvait sans cesse des Jupiter brûlants et des mini-Neptune, des planètes de diamant et des planètes de nickel, des naines gazeuses et des géantes de glace. Les super-Terres situées dans les zones habitables des étoiles de type K et M semblaient largement aussi aptes que notre monde à une étincelle de vie. L'idée même de zone habitable s'ouvrait toute grande. La vie que nous avions découverte dans les régions les plus hostiles de la Terre pouvait tout aussi bien prospérer dans tant de régions qui surgissaient à présent d'un bout à l'autre de l'espace.

Un matin, au réveil, je baissai les yeux sur mon corps allongé. Je me considérai du même regard qu'avait mon ancien mentor, la professeure McMillian, pour étudier une espèce inconnue d'archée. J'évaluai d'où je venais, ma tournure d'esprit, la somme de mes défauts et de mes aptitudes, et je sus ce que je voulais faire avant que ne cesse mon infime participation à cette expérience gigantesque. Je visiterais Encelade, Europe, Proxima b, au moins par spectroscopie. J'apprendrais à déchiffrer la biographie de leurs atmosphères. Et je ratisserais ces océans d'air lointains pour y déceler le moindre signe de respiration.

Un jour, en fin de doctorat, au retour d'une semaine de collecte d'échantillons, je m'installai dans une salle informatique du campus à côté d'une femme fébrile mais aimable qui, par le plus grand des hasards, se débattait avec l'une des rares bizarreries du système de classement que je sache résoudre. Elle se pencha vers moi pour demander de l'aide – ce qui, je l'appris plus tard, ne lui arrivait jamais. Et les premiers mots jaillis de sa bouche sérieuse – *Est-ce que vous savez co-co-comm... ?* – trébuchèrent sur un bégaiement dont elle fut la première surprise.

Elle réussit à prononcer le mot, puis la phrase. J'effectuai mon unique tour de magie numérique. Elle me remercia de lui avoir évité d'être recalée en droit animal. Dès sa troisième phrase, le bégaiement s'apaisa. *Si jamais vous avez besoin d'infos sur la définition légale des mauvais traitements, je suis la femme qu'il vous faut.*

Tout en elle paraissait familier, comme si j'avais été briefé à l'avance sur les coutumes locales. Sa bouche se pinçait, toujours au bord de l'interruption, mi-rieuse mi-curieuse. Sa tignasse rousse bouclée était partagée par une raie au milieu. Le sommet de son crâne m'arrivait à l'épaule. Elle tendait son corps menu comme une athlète avant le pistolet du starter : partout des défis. Elle semblait une prédiction, un événement en chemin. *Petite mais planétaire.* Mon poète préféré, Neruda, parut tomber amoureux d'elle au même instant que moi.

Elle portait des rangers militaires et un gilet vert qui lui donnait l'air de surgir de la Terre du Milieu. Je jouai mon seul atout : « Je reviens des îles San Juan. » Elle s'illumina. Dès que je rassemblai mon courage pour lui demander si ça l'intéresserait de m'accompagner sur le terrain, ses lèvres dessinèrent son expression proverbiale, entre grimace et sourire narquois. Des rides de joie submergèrent ses yeux noisette et elle dit : *Je peux tenir des jours sans prendre de douche.* Le bégaiement avait disparu.

Il me fallut des mois pour admettre ma chance. J'avais enfin rencontré quelqu'un qui aimait randonner comme on aime dormir. Je n'en revenais pas qu'une femme aussi belle trouve excitante la nomenclature latine. Et le plus grand miracle, c'est qu'elle riait à mes blagues, même quand je n'en faisais pas exprès.

L'adéquation entre nous était grossière mais concrète. Je lui donnais de l'élan, stimulais sa curiosité. Elle m'enseignait l'optimisme et l'appétit, quoique purement végétarien. Et voilà : en un coup de dés, on voit sa vie catalysée par quelqu'un, par une personne qui, dix minutes plus tard ou trois sièges plus loin dans la salle informatique, serait restée un signal inaperçu venu du fond de l'espace.

Alyssa obtint son diplôme de juriste en même temps que je soutenais ma thèse. Et notre veine persistait. On obtint tous les deux des postes corrects dans la même ville improbable : Madison, Wisconsin. Alias Mad City, au Pays du Fromage. Double V, double veine. Un endroit absent de nos radars qui ne tarda pas à nous adopter. On adorait cette ville : quartiers est ou ouest, telle était la seule question. On trouva une maison près du lac Monona, à portée du campus – l'occasion d'une bonne marche. C'était une chouette baraque, un peu mal fichue, un peu vieillotte – la charpente en pin réglementaire du Midwest, maintes fois retapée, avec des infiltrations autour du placage des lucarnes. Elle était parfaite pour deux. Elle devint encore plus douillette à trois. Et plus tard encore, de nouveau à deux, elle se fit caverneuse.

Aly était une vraie pile électrique, qui fournissait tous les quinze jours des plans d'action bétonnés à l'une des grandes ONG du pays en matière de droit animal, tout en pondant d'innombrables e-mails diplomatiques et communiqués de presse à ses moments perdus. En quatre ans, elle monta en grade, passant de simple chasseuse de donateurs à coordinatrice régionale. De l'Ohio au Dakota du Nord, les parlementaires locaux la redoutaient autant qu'ils l'adoraient. Elle faisait avancer la cause pas à pas, à coups de grossièretés truculentes et de bonne humeur sardonique. Le plus sordide des élevages industriels faisait ressortir sa volonté de fer. Entre deux brutales crises de confiance, ses journées demeuraient aussi déterminées qu'elles étaient longues. Et le soir, il y avait du vin rouge et des poèmes pour Chester.

Le Wisconsin m'offrit mon premier vrai foyer. Je trouvai un collaborateur. Stryker se chargeait des questions d'astrochimie trop ardues pour moi. Moi, j'apportais la science de la vie. Ensemble, on étudiait ce que les lignes d'absorption sur les spectres d'atmosphères lointaines pouvaient révéler de présence biologique. On affinait nos modèles de biosignature en les appliquant à des données de satellites terrestres, à l'échelle de la Terre telle qu'elle apparaîtrait épiée par un télescope de quatre mètres à l'autre bout de l'espace. On apprit à en lire les images fluctuantes. Dans le chatoiement pointilliste des données, nous déterminions la constitution de la planète, calculions ses éléments cycliques, observions ses continents majestueux et le tournoiement de ses courants océaniques. L'aride Sahara et l'Amazone fertile, le miroir des banquises et les mutations des forêts tempérées : tout cela apparaissait dans les fluctuations de quelques pixels. Cela m'exaltait de scruter par ce trou de serrure le souffle de la Terre, et de la voir par les yeux d'astrobiologistes extraterrestres, à des billions de kilomètres.

On connut des jours de chance, en pagaille. Et puis le climat à Washington changea et les subventions s'effondrèrent. Les grands télescopes qu'il nous fallait – ceux qui nous donneraient de *vraies* données à modéliser – restèrent une utopie, faute d'avoir respecté les délais de développement. Mais moi, j'étais encore payé à faire en sorte de découvrir si nous étions seuls ou entourés de voisins insensés.

Aly et moi avions plus de projets que d'heures dans la journée. Et puis nos vies changèrent, grâce au 1,5 % de taux d'échec de notre contraceptif habituel. Cet improbable coup de dés nous laissa hébétés. Comme un faux pas dans notre sans-faute, et le pire moment possible pour un événement que nous n'aurions peut-être jamais choisi. Nos carrières respectives nous poussaient déjà à nos limites. Et nous n'avions ni l'un ni l'autre le savoir ou les ressources nécessaires pour élever un enfant.

Une décennie plus tard, je vois la vérité, chaque matin quand je m'éveille. Si Aly et moi avions eu le choix, la plus grande chance de ma vie – ce miracle qui me permit de tenir quand toute la chance du monde s'effondra – n'aurait jamais existé, même dans mes modèles les plus fous.

La soirée du retour fut dure pour Robin. Notre escapade à la montagne avait anéanti toute habitude, et la thermodynamique a prouvé depuis longtemps qu'il est beaucoup plus difficile de réassembler les choses que de les démonter. Il fusait dans la maison, erratique et crispé. Après le dîner, je le sentis régresser : huit ans, sept, six… Je me blindais en prévision du zéro, et de la mise à feu.

Je peux aller voir ma ferme ?

« Tu as droit à une heure pour jouer. »

Ouaaais ! Avec les minéraux ?

« Pas de minéraux. J'ai même pas encore remboursé ton dernier exploit. »

C'était un accident, papa. Je ne savais pas que ça passait sur ta carte. Je croyais que les minéraux, c'était gratuit.

Il avait l'air réellement penaud. Si son explication n'était pas la stricte vérité, le remords l'avait rendue plus vraie au fil des mois, depuis la catastrophe. Il joua quarante minutes, claironnant ses trophées à mesure qu'il les gagnait. Je corrigeai des devoirs pour mon cours magistral et je travaillai aux modifs pour Stryker.

Après une orgie de clics particulièrement frénétique, il se tourna vers moi. *Papa ?* Les épaules voûtées dans une attitude suppliante. On y était enfin, à la chose qui le rongeait depuis notre arrivée. *On peut regarder maman ?*

Il demandait plus souvent ces dernières semaines, avec une insistance qui devenait malsaine. On avait déjà regardé trop de fois certaines des vidéos, et voir Aly en action n'avait pas toujours sur lui le meilleur effet. Malgré tout, lui interdire de les regarder aurait été pire encore. Il avait besoin d'observer sa mère, et besoin de l'observer avec moi.

Je le laissai naviguer sur le site. Au bout de deux lettres, le nom d'Alyssa apparut en tête de l'historique de recherche. Je possède moins d'un quart d'heure de vidéos de ma mère. À présent, les morts sont partout, ils s'animent et nous parlent, disponibles n'importe quand, dans n'importe quelle poche. Rares sont les semaines où nous autres, futurs morts, ne cédons pas quelques minutes de nos âmes aux archives déjà débordantes. Même dans ses récits les plus fous, la SF de ma jeunesse ne l'avait pas prévu. Imaginez une planète où le passé ne serait jamais parti mais continuerait d'arriver encore et encore, éternellement. Voilà la planète où voulait vivre mon fils.

« Voyons voir. Il nous en faut une bonne. » Je saisis la souris pour faire défiler le menu, en quête d'une vidéo assez clémente pour nous. Aly, à mon oreille, chuchotait : *Mais qu'est-ce qui te prend, bon Dieu ? Ne le laisse pas regarder ça !*

L'argument hiérarchique fut sans effet. Robin fit pivoter la chaise et s'empara de la souris. *Pas celles-là, papa ! Madison ! Tiens, c'est là.*

Pour que la magie opère, il fallait que le fantôme

soit tout proche. Robin avait besoin de voir sa mère discourir devant le Congrès du Wisconsin, à une heure de marche de notre pavillon trois pièces. Il se rappelait cette période : les après-midi où Alyssa s'entraînait dans la salle à manger, à polir et à repolir sa déposition, déclamant encore et encore pour épuiser sa nervosité ; toutes ces fois où il l'avait regardée enfiler son pendentif orné d'une chouette, ses boucles d'oreilles en tête de loup, et l'un de ses trois tailleurs de guerrière – veste noire, fauve ou bleu marine, jupe stretch tirée jusqu'aux genoux et chemisier crème – avant d'enfourcher son vélo, ses chaussures à talons dans un sac en bandoulière, pour filer vers le Capitole et livrer bataille.

Celle-là, papa. Il désigna une vidéo où Alyssa défendait une proposition de loi visant à interdire les compétitions d'abattage.

« Celle-là, Robbie, c'est pour plus tard. Quand t'auras dix ans, peut-être. Pourquoi pas une de celles-ci ? » Aly dénonçant les lancers d'opossum. Aly luttant contre la maltraitance des porcs lors du Festival annuel des pionniers. C'était brutal aussi, mais de la petite bière comparée à celle qu'il voulait regarder.

Papa ! Sa vigueur nous surprit tous les deux. Je me figeai, convaincu qu'il allait éclater et transformer la soirée en concours de cris. *Je ne suis plus un petit garçon. On a déjà regardé la vidéo de la ferme. Je l'ai très bien supportée.*

Il ne l'avait pas du tout bien supportée. Ç'avait été une monumentale erreur. La description par Aly des poulets élevés sur du grillage incliné, si serrés qu'ils se picoraient mutuellement jusqu'à la mort, lui avait causé des cauchemars et des hurlements nocturnes pendant des semaines.

Notre petite luge à deux places se disposait à dévaler la pente. Je respirai un grand coup. « Allez, mon gars, on va en choisir une autre. Après tout, ce sont toutes des vidéos de maman, pas vrai ? »

Papa. D'une voix à présent vieille et triste. Il désigna la date de la vidéo : deux mois avant la mort d'Alyssa. Je résolus enfin les équations de mon fils. Il fallait que le fantôme soit aussi proche que possible, pas seulement dans l'espace mais dans le temps.

Je cliquai sur le lien, et elle apparut. Aly, dans toute son incandescence. Le choc ne s'atténuait jamais. La caméra de mon smartphone dispose d'un effet spécial : l'objet de la mise au point reste saturé de couleurs, tandis que tout ce qui l'entoure s'estompe en gris. C'était pareil avec la femme qui m'avait laissé l'épouser. Elle ionisait n'importe quelle pièce, même une salle remplie de politiciens.

Toute la nervosité qui l'accablait en répétitions disparaissait une fois sur scène. Derrière le micro, elle s'imposait comme suprêmement maîtresse d'elle-même, avec des éclairs de perplexité ironique face à l'espèce humaine. Elle prenait la voix solennelle d'une présentatrice de radio publique, dans sa version platonicienne. Elle savait mêler statistiques et anecdotes sans jouer les donneuses de leçons. Elle compatissait avec toutes les parties, ouverte au compromis sans trahir la vérité. Tout ce qu'elle disait semblait carrément raisonnable. Aucun des quatre-vingt-dix-neuf parlementaires n'aurait pu soupçonner que dans son enfance elle avait souffert d'un bégaiement massif, à s'en mordre les lèvres jusqu'au sang.

Tandis qu'elle offrait sa dernière prestation filmée,

son fils la regardait, séparé par six pieds de terre. Il était tellement hypnotisé par chaque détail que ses questions ne franchissaient jamais ses lèvres béantes. Il la regardait parler d'une coutume fameuse dans le nord de l'État, vers le lac Supérieur, celle des concours de chasse, dont une vingtaine avait été organisée cette année-là. Elle y avait assisté. Il se redressa sur son siège et lissa son col ; je lui avais dit un jour que ça lui donnait l'air mûr. Pour un gamin incapable de se contrôler, il offrait lui aussi une performance magistrale.

Aly décrivait la tribune du jury au quatrième et dernier jour de la compétition : une balance à grue attendait les candidats. Des camions où s'empilaient les cadavres d'animaux venaient déverser leur cargaison sur les plateaux. On couronnait ceux qui avaient abattu le plus de quintaux en quatre jours. Parmi les récompenses, des fusils, des viseurs et des appâts qui rendraient le concours de l'an prochain encore plus inégal.

Elle énumérait les faits : Nombre de participants. Poids du tableau de chasse gagnant. Nombre total d'animaux tués chaque année dans le Wisconsin à l'occasion de ces concours. Effets des pertes animales sur les écosystèmes ravagés. Sa sobre éloquence se conclurait ce soir-là, au lit, par une crise de larmes de deux heures, et je serais impuissant à la consoler.

Je me maudissais d'avoir pu croire que Robbie pouvait encaisser ça. Mais il avait tant voulu voir sa mère, et à dire vrai il tenait plutôt bien le coup. Neuf ans, c'est l'âge du grand tournant. Peut-être le genre humain est-il un enfant de neuf ans : pas encore mûr, mais déjà moins gamin. Raisonnable en apparence, mais toujours au bord d'une crise de rage.

Alyssa conclut. Magistralement. Elle réussissait toujours son atterrissage. Elle expliqua que cette proposition de loi rendrait à la chasse sa dignité traditionnelle. Elle expliqua que 98 % en poids des animaux subsistant sur terre étaient soit des *Homo sapiens*, soit ses aliments élevés industriellement. Seuls 2 % subsistaient à l'état sauvage. Ces ultimes bêtes sauvages, ne pouvait-on leur laisser une chance ?

De nouveau ses derniers mots me donnèrent des frissons. Je la revoyais les travailler, dans les semaines laborieuses précédant sa déposition. *Les créatures de cet État ne nous appartiennent pas. Nous en avons la charge. Les premiers habitants de notre territoire le savaient : tous les animaux sont de notre famille. Nos ancêtres comme nos descendants observent notre gestion. Ne les décevons pas.*

La vidéo s'acheva. J'interrompis le démarrage automatique de la suivante. À mon grand soulagement, Robin ne protesta pas. Il avait trois doigts plaqués contre la bouche. On aurait dit une version miniature de Gregory Peck, dans *Du silence et des ombres*.

Dis, papa, est-ce que la loi est passée ?

« Pas encore, mon gars. Mais dans quelques années, ça finira par arriver. Et regarde le nombre de vues. Les gens continuent à l'écouter. »

Je l'ébouriffai tendrement. Ses mèches poussaient dans tous les sens. Il ne laissait personne lui couper les cheveux, à part moi. Ça n'améliorait guère sa popularité.

« Allez, prépare-toi à aller au lit. Destination minuit. » C'était un code entre nous : vingt minutes de grâce après vingt heures trente, l'heure réglementaire du coucher, pour lire à deux.

Je peux avoir un jus de fruits d'abord ?

« C'est peut-être pas une très bonne idée, juste avant de dormir. » Je préférais m'éviter une catastrophe à deux heures du matin. J'avais retiré l'alèse de plastique, trop humiliante pour lui.

Qu'est-ce que t'en sais ? C'est peut-être une très bonne idée. C'est peut-être même l'idéal avant de dormir. On devrait faire une expérience en double aveugle.

J'avais commis l'erreur de lui en expliquer le principe. « Pas question. On va fausser les données. Allez zou ! »

Il était songeur quand j'entrai dans sa chambre. Blotti sous les couvertures, dans son pyjama polaire à carreaux marron qu'il m'avait interdit de donner à Oxfam. Les manches s'arrêtaient cinq centimètres au-dessus des poignets, et la taille lui pinçait le ventre, faisant ressortir son petit bedon. Ce pyjama était un peu trop grand quand sa mère le lui avait acheté. Tel qu'il était parti, il le porterait encore pour son voyage de noces.

J'avais mon livre – *L'Évolution chimique de l'atmosphère et des océans* – et il avait le sien – *Maniac Magee*. Je pris place à côté de lui dans le lit. Mais il était trop songeur pour lire. Il posa la main sur mon bras, comme Aly le faisait toujours.

Qu'est-ce qu'elle voulait dire, sur nos ancêtres qui nous regardent ?

« Et nos descendants aussi. C'était juste une façon de parler. Pour dire que l'Histoire nous jugera. »

Et c'est vrai ?

« Quoi ? »

Est-ce que vraiment l'Histoire nous jugera ?

Je dus y réfléchir. « Ça n'est que ça, l'Histoire, j'imagine. »

Et eux ?

« Nos ancêtres ? Est-ce qu'ils nous regardent ? C'est juste une image, Robbie. »

Quand elle a dit ça, je les ai imaginés tous rassemblés, sur une de tes exoplanètes, genre Trappist-1. Et ils avaient un énorme télescope. Et ils nous observaient pour voir comment on s'en sortait.

« En soi, c'est déjà une chouette métaphore. »

Mais c'est pas vrai.

« Euh… non. Je ne crois pas. »

Il hocha la tête, rouvrit *Maniac* et fit semblant de lire. Je fis de même, avec mes *Atmosphère et océans*. Mais je savais que sa prochaine question n'attendait qu'un délai raisonnable. En l'occurrence, le délai fut de deux minutes.

Mais alors... et Dieu, papa ?

Ma bouche clapota, comme celle d'une créature à l'aquarium de Gatlinburg. « Tu sais, quand les gens parlent de *Dieu*… eh bien, je ne suis pas sûr que ce soit toujours… enfin, je veux dire, Dieu n'est pas une chose qu'on peut confirmer ou infirmer. Mais de ce que je sais, on n'a pas besoin d'un miracle plus grand que celui de l'évolution. »

Je me tournai face à lui. Il haussa les épaules. *Tu vois... on est sur un caillou, dans l'espace, d'accord ? Il y a des milliards de planètes qui valent bien la nôtre, remplies de créatures qu'on ne peut même pas imaginer. Et on voudrait que Dieu nous ressemble, à* nous ?

De nouveau, je restai bouche bée. « Ben alors pourquoi tu demandes ? »

Pour être sûr que tu te fais pas d'illusions.

Pour le coup, Dieu m'est témoin, j'éclatai de rire. On était là. C'était rien. C'était tout. Mon fils et moi.

Je le chatouillai jusqu'à ce qu'il demande grâce, ce qui prit environ trois secondes.

On se calma, pour reprendre notre lecture. Les pages se tournaient ; nous voyagions aisément, partout. Et puis, sans lever les yeux de son livre, Robin demanda : *Alors, d'après toi, qu'est-ce qui est arrivé à maman ?*

Pendant un terrible instant, je crus qu'il parlait de la nuit de l'accident. Toutes sortes de mensonges se présentèrent avant que je comprenne qu'il posait une question beaucoup plus facile.

« Je n'en sais rien, Robbie. Elle est retournée dans le système. Elle est devenue d'autres créatures. Tout ce qu'il y avait de bon en elle est passé en nous. Et maintenant on la garde en vie, avec tout ce qu'on se rappelle d'elle. »

Sa tête s'inclina, un peu réticente. Mon fils, qui grandissait et s'éloignait de moi. *Je crois qu'elle est devenue une salamandre ou un truc comme ça.*

Je roulai sur le flanc pour le regarder dans les yeux. « *Quoi ?* Attends un peu… Où est-ce que t'es allé chercher *ça* ? » Mais je le savais : les Smoky Mountains, et leurs trente variétés.

Eh bien, tu te souviens de ce que tu m'as dit d'Einstein ? Il a prouvé que rien ne pouvait être créé ni détruit.

« C'est vrai. Mais il parlait de matière et d'énergie. Qui passent tout le temps d'une forme à l'autre. »

Mais c'est bien ce que je dis ! Les mots s'arrachèrent à lui si violemment que je dus lui faire chut. *Maman, c'était de l'énergie, pas vrai ?*

Mon visage m'échappa. « Oh oui. Si maman était quelque chose, c'était bien de l'énergie. »

Et maintenant elle est passée à une autre forme.

Lorsque j'en fus capable, je lui demandai : « Pourquoi une salamandre ? »

Fastoche. Parce qu'elle est rapide, et qu'elle aime l'eau. Et parce que, comme tu dis toujours, c'est une espèce à elle toute seule.

Amphibie. Menue mais puissante. Et elle respirait par la peau.

Il y a une salamandre qui vit cinquante ans. Tu savais ça ? Il avait l'air à cran. Je voulus l'étreindre, mais il me repoussa. *C'est sans doute juste une métaphore. Elle est sans doute plus rien du tout.*

Ces mots me glacèrent. Un horrible levier s'était actionné en lui, sans que je comprenne pourquoi.

2 %, papa ? Il grogna comme un blaireau acculé. *Il n'y a que 2 % d'animaux à l'état sauvage ? Tout le reste, c'est des vaches en batterie, des poulets en batterie, et nous ?*

« S'il te plaît, Robbie, ne me crie pas dessus. »

C'est bien ça ? Pour de vrai *?*

Je saisis nos livres délaissés et les posai sur la table de nuit. « Si ta mère l'a dit dans un discours devant le Congrès, c'est que c'est pour de vrai. »

Son visage se ratatina comme s'il avait reçu une gifle. Ses yeux se brouillèrent et sa bouche s'ouvrit dans un cri muet. Il fallut un moment pour que la crise silencieuse se transforme en larmes. Je lui tendis les bras, mais il secoua la tête. Une part de lui m'en voulait que ce pourcentage soit vrai. Il se renfonça dans le coin de son lit, dos au mur. Sa tête dodelinait, incrédule.

Tout aussi brusquement, sa rage se dégonfla. Il se recoucha en me tournant le dos, une oreille collée au matelas. Immobile, il écoutait le bourdonnement de la défaite. À tâtons, il chercha mon corps dans l'espace derrière lui. Quand il l'eut trouvé, il marmonna dans les draps : *Une autre planète, papa. S'il te plaît.*

La planète Pelagos avait une surface qui faisait plusieurs fois celle de la Terre. Elle était couverte d'eau – un unique océan à côté duquel le Pacifique faisait figure de lac Michigan. Une maigre chaîne de minuscules îles volcaniques parcourait cette immensité, ponctuation éparse saupoudrant un livre vide long de centaines de pages.

Cet océan sans fin alternait bas-fonds et fosses profondes de plusieurs kilomètres. La vie s'étendait sur toutes ses latitudes, du torride au glacé. Des légions de créatures transformaient les fonds océaniques en forêts sous-marines. Des cétacés géants migraient en éclaireurs d'un pôle à l'autre sans jamais s'arrêter, et les deux moitiés de leur cerveau se relayaient pour dormir. Des goémons intelligents, longs de centaines de mètres, émettaient des messages sous forme de couleurs qui ondulaient sur leurs tiges. Des annélides pratiquaient l'agriculture, des crustacés bâtissaient des cités de tours. Des clades de poissons développaient des rituels collectifs qu'il fallait bien appeler religion. Mais rien qui sache maîtriser le feu, flairer des minerais ou confectionner des outils autres que rudimentaires. Et c'est ainsi que Pelagos se diversifiait et inventait des formes nouvelles, toujours plus étranges.

Au fil des âges, les quelques îles dispersées irradièrent de vie comme si chacune était une planète propre. Aucune n'était assez grande pour couver de grands prédateurs. Chaque infime point de terre ferme était un terrarium hermétique, qui revendiquait assez d'espèces pour une Terre miniature.

Des dizaines d'espèces intelligentes disparates parlaient des millions de langues. Même les dialectes se comptaient par centaines. Aucune ville n'excédait la taille d'un hameau. Il suffisait de faire quelques kilomètres pour tomber sur une créature parlante de nature, de couleur et de forme entièrement nouvelles. L'adaptation la plus universellement utile semblait être l'humilité.

On nagea à deux le long de veines de récifs à fleur d'eau pour plonger dans les forêts sous-marines. On se hissa sur des îles dont les communautés complexes avaient tissé d'immenses réseaux d'échange avec des îles lointaines. Il fallait aux caravanes des années, voire des générations, pour conclure une transaction.

Pas de télescopes, papa. Pas de fusées. Pas d'ordinateurs. Pas de radios.

« Rien que de l'émerveillement. » On ne perdait pas scandaleusement au change.

Il y a combien de planètes comme celle-là ?

« Peut-être aucune. Et peut-être qu'il y en a partout. »

En tout cas, on n'aura jamais aucun signe d'elles.

J'imaginais encore de nouvelles strates à notre création quand je m'aperçus que ce n'était plus nécessaire. Je me penchai. Le souffle de Robin était léger et lent. Le flux de sa conscience s'était élargi en un delta déployé sur des kilomètres. Je me glissai hors du lit et atteignis le seuil sans un bruit. Mais au cliquètement de l'interrupteur son corps se redressa d'un coup dans le noir soudain. Il hurla. Je rallumai.

On a oublié la prière de maman. Et ils sont tous en train de mourir.

On la prononça ensemble : Puissent tous les êtres sensibles être exempts de souffrances inutiles.

Mais l'enfant auquel il fallut deux heures pour se rassurer et se rendormir n'était plus tellement sûr que cette prière accomplisse grand-chose.

Elles ont beaucoup en commun, l'astronomie et l'enfance. Toutes deux sont des odyssées à travers des immensités. Toutes deux en quête de faits hors de portée. Toutes deux théorisent sauvagement et laissent les possibles se multiplier sans limites. Toutes deux sont rappelées à la modestie d'un mois à l'autre. Toutes deux fonctionnent sur l'ignorance. Toutes deux butent sur l'énigme du temps. Toutes deux repartent sans cesse de zéro.

Pendant une dizaine d'années, mon boulot me fit l'effet d'un retour à l'enfance. Face à l'ordinateur de mon bureau, je regardais les données fournies par les télescopes et je jouais avec des formules susceptibles de les décrire. Puis je hantais les couloirs, avide d'autres esprits prêts à jouer avec moi. Et une fois au lit, avec mon bloc-notes jaune canari et un feutre noir extra-fin, je recréais les voyages vers Cygnus A, à travers le Grand Nuage de Magellan ou autour de la galaxie du Têtard, autant d'équipées que j'avais déjà accomplies dans les romans de SF. Cette fois-ci, aucun des peuples indigènes ne parlait anglais, ne pratiquait la télépathie, ne traversait le vide glacé en suspension parasite ou ne s'assemblait en essaims mentaux pour mettre en œuvre leurs grands desseins. Ils se contentaient de métaboliser et de respirer. Mais pour ma discipline naissante, c'était déjà miraculeux.

Je créais des mondes par milliers. Je simulais leur surface, leur noyau, leur atmosphère de vie. J'étudiais les proportions de gaz clés susceptibles de s'accumuler, en fonction des habitants de la planète et de leur évolution. Je réglais chaque simulation pour qu'elle corresponde à des scénarios métaboliques plausibles, puis je laissais incuber les paramètres pendant des heures sur un super-ordinateur. Il en jaillissait des mélodies de Gaïa qui se déployaient sur la durée. On aboutissait à un catalogue d'écosystèmes et aux biosignatures qui les révéleraient. Lorsque le télescope spatial qu'attendaient tous mes modèles fut enfin lancé, nous avions déjà archivé assez d'empreintes digitales spectrales pour identifier n'importe quel coupable du crime de vie.

Certains collègues trouvaient que je perdais mon temps. À quoi bon simuler tant de mondes, dont beaucoup n'existaient peut-être même pas ? À quoi bon préparer des cibles que les instruments actuels n'étaient pas en mesure de détecter ? Et moi je répondais toujours : À quoi bon l'enfance ? J'en étais certain : ce Guetteur d'autres Terres que des centaines de collègues réclamaient comme moi serait prêt avant la fin de la décennie, pour fertiliser mes modèles en y semant des données réelles. Et à partir de ces semis fleuriraient les plus folles conclusions.

Une bonne part de l'existence se présente en trois parfums possibles : néant, unique ou infini. Les exemplaires uniques se trouvaient partout, à chaque étape de l'histoire. Nous ne connaissions qu'un seul type de vie, apparu une seule fois en un seul monde, dans un seul milieu liquide, en employant une seule forme de stockage d'énergie et un seul code génétique. Mais mes mondes n'avaient pas à être comme la Terre. Leurs versions de la vie ne réclamaient pas d'eaux de surface, de zones habitables, ni même de carbone comme élément central. Je m'efforçais de me libérer des préjugés, de ne rien présupposer, à la manière d'un enfant, comme si notre exemple unique prouvait que les possibilités étaient infinies.

Je créais des planètes brûlantes à l'atmosphère dense et humide, où le vivant vivait dans le panache atomisé des geysers. J'emmitouflais des planètes vagabondes sous d'épaisses couches de gaz de serre et les peuplais de créatures qui survivaient en associant hydrogène et azote pour produire de l'ammoniac. J'enfonçais des endolithes, des habitants de la roche, au plus profond des failles et leur donnais du monoxyde de carbone à métaboliser. Je créais des mondes de méthane liquide où des biofilms se repaissaient d'hydrogène sulfuré qui pleuvait en festin des cieux toxiques.

Et toutes mes atmosphères simulées attendaient le jour où les télescopes spatiaux si longtemps incubés, si longtemps retardés s'envoleraient enfin pour nous inonder de données, ouvrant toute grande notre petite Terre Rare soi-disant unique. Ce jour serait aussi glorieux pour notre espèce que, pour ma femme, le jour où, après bien des atermoiements, elle avait enfilé ses premières lunettes, et crié de joie en reconnaissant son enfant à l'autre bout d'une salle.

Cette nuit brève et dure déboucha sur un matin tardif. Je ne pus emmener Robin à l'école qu'à dix heures : un nouveau blâme pour tous les deux. Quand enfin on y arriva, la quincaillerie que je trimballais dans mon pantalon de treillis déclencha l'alarme au portique. Et il fallut aller au secrétariat signer la feuille de retard. Lorsque Robin rejoignit sa classe ricanante, il était humilié.

Je me ruai à l'université, où pour gagner du temps je me garai sur un stationnement interdit, ce qui me valut une amende assez raide. J'avais quarante minutes pour préparer mon topo sur l'abiogenèse – l'origine de la vie – pour le cours de premier cycle d'initiation à l'astrobiologie. Je l'avais déjà enseigné deux ans plus tôt, mais depuis lors des dizaines de nouvelles découvertes me donnaient envie de repartir de zéro.

Dans l'amphi, j'éprouvai le plaisir de me sentir compétent, et le réconfort chaleureux que seul produit le partage des idées. Cela m'étonne toujours que des collègues se plaignent d'avoir à enseigner. L'enseignement, c'est comme la photosynthèse : on produit de la nourriture à partir d'air et de lumière.

Ça infléchit un peu les perspectives de vie. Je place les bonnes séances de cours au même niveau que paresser au soleil, écouter du bluegrass ou nager dans un torrent de montagne.

Pendant quatre-vingts minutes, je m'efforçai de faire comprendre à une secte de jeunes gens de vingt et un ans, couvrant un large spectre d'aptitudes intellectuelles, combien il était absurde que tout surgisse à partir de rien. L'alignement de circonstances favorables à l'émergence de molécules capables de s'auto-assembler paraissait d'une improbabilité astronomique. Mais l'apparition de proto-cellules presque aussitôt que la Terre hadéenne en fusion eut refroidi suggérait que la vie était un effet secondaire inévitable d'un processus chimique ordinaire.

« Donc l'univers est soit fécond partout, soit stérile. Si je pouvais vous répondre l'un ou l'autre sans aucun doute possible, est-ce que ça changerait vos habitudes d'étude ? »

Cela me valut un gloussement poli – *OK, l'ancêtre* – des quelques-uns qui suivaient. Mais les autres avaient décroché. J'étais en train de les perdre. Il faut posséder une certaine étrangeté pour entendre la symphonie cosmique et comprendre qu'elle joue pour elle-même et s'écoute en même temps.

« Ici, sur Terre, on a eu des archées et des bactéries, et rien d'autre pendant deux milliards d'années. Puis est arrivé quelque chose d'aussi mystérieux que l'origine même de la vie. Un jour, il y a deux milliards d'années, au lieu qu'un microbe en mange un autre, il l'a pris à l'intérieur de sa membrane et ils ont monté une affaire. »

Je baissai les yeux sur mes notes et me mis à dériver dans le temps. Ma future femme, vingt minutes après m'avoir reçu et possédé pour la première fois, était blottie contre moi, le nez appuyé sur ma côte flottante. *J'adore ton odeur*, disait-elle.

Je lui répondis : « Tu ne m'aimes pas. C'est mon microbiome que tu aimes. »

Elle éclata de rire et je songeai : Je crois que je vais m'attarder par ici un moment. Genre, jusqu'à ma mort. Je lui expliquai qu'une personne avait dix fois plus de cellules bactériennes que de cellules humaines et qu'il nous fallait cent fois plus d'ADN bactérien que d'ADN humain pour faire marcher l'organisme.

Ses yeux se plissèrent d'amour. *Autrement dit, nous, on est l'échafaudage ? Et elles, le bâtiment ?* Son échafaudage repartit dans un rire et grimpa sur le mien.

« Sans cette collaboration aberrante, il n'y aurait pas de cellules complexes, pas de créatures multicellulaires, rien pour vous tirer du lit le matin. Cette OPA amicale a pris une éternité. Mais voici ce qu'il y a de plus bizarre : *Il a fallu deux milliards d'années pour que ça se produise. Mais ça s'est produit plus d'une fois*. »

Mon cours n'alla pas plus loin. Un bourdonnement se déclencha dans ma poche : un SMS de l'un des rares numéros non bloqués pour l'après-midi. Ça venait de l'école de Robin. Mon fils, la chair de ma chair, avait frappé un ami au visage et lui avait fracturé la pommette. L'ex-ami était aux urgences pour se faire recoudre, et Robin était retenu dans le bureau de la directrice en attendant mon arrivée.

Je libérai mes étudiants dix minutes en avance. À eux de résoudre tout seuls le mystère de l'origine de la vie.

On refusa de me laisser voir mon fils avant que j'aie subi mon propre châtiment. Les murs du bureau de Mrs Lipman étaient couverts de diplômes. Elle était assise à une table pas très grande, mais qu'elle dramatisait efficacement. À mes deux précédentes convocations, elle avait tenté l'empathie et le mimétisme d'attitude. Cette fois, elle était davantage en mode tableau Excel. Elle était plus jeune que moi et s'habillait trop bien. Elle se délectait du jargon psycho-pédago. Et à sa façon, ultra-professionnalisée, elle se souciait de mon fils. C'était une réformatrice, et elle se réservait pour les cas à problèmes. À ses yeux, j'étais un scientifique trop têtu qui faisait du tort à un enfant différent, faute de suivre les protocoles établis.

Elle exposa les faits. Robin déjeunait avec Jayden Astley, son seul véritable ami. Ils étaient assis l'un en face de l'autre à la longue table du réfectoire. Le rugissement de fauves de la cantine scolaire fut soudain recouvert par les cris de Robin. Tous les témoins s'accordaient sur ce point : il n'arrêtait pas de hurler : *Dis-moi ! Dis-moi, sale tête de con.* Au moment même où le surveillant arrivait à leur table pour s'interposer, Robin craqua, saisit son thermos métallique et le lança de toutes ses forces au visage de Jayden. Par miracle, ce dernier s'en tirait avec une pommette fêlée.

« Mais qu'est-ce qui s'est passé ? Qu'est-ce qui l'a fait réagir ainsi ? »

Jill Lipman me dévisagea comme si je l'interrogeais sur l'origine de la vie. « Ni l'un ni l'autre ne veut le dire. » On voyait bien sur qui elle rejetait la faute. « Il faut qu'on discute, vous et moi, qu'on se demande pourquoi c'est arrivé juste après que vous l'avez retiré de l'école pendant une semaine.

— Je l'ai retiré de l'école pour lui donner une chance de se calmer. Je doute fort que mon fils ait fracassé la tête de son seul ami à cause d'une semaine à la montagne.

— Il a manqué une semaine de cours. Ça représente cinq jours pour chaque matière. Il lui faut de la régularité, de la concentration, et de l'intégration sociale. Quand il en est privé, ça le stresse. »

Il avait aussi manqué des cours quand Mrs Lipman l'avait temporairement exclu. Mais j'écoutai sans mot dire.

« Robin a besoin de cadrage et de responsabilité. Or, depuis ce congé improvisé, il est arrivé deux fois en retard.

— Je l'élève seul. Quand des circonstances imprévisibles…

— Je ne remets pas en cause vos aptitudes parentales. » Bien sûr que si. « Les enfants méritent un environnement scolaire sûr, stable et sécurisé. Au lieu de quoi tout le monde ici doit faire face à l'agression violente d'un enfant par un autre. »

Une pommette fracturée. Un antalgique, un sachet

de glaçons, et Jayden était tiré d'affaire. Moi aussi, je m'étais fracturé la pommette en faisant l'acrobate dans la cage à poules, quand j'avais sept ans, du temps où les écoles avaient des cages à poules.

La colère a tendance à me clouer le bec. C'est un trait de caractère profondément ancré, et qui m'a souvent sauvé la mise. Mrs Lipman remua ses lèvres bizarrement minces, et des mots plus bizarres encore en sortirent. « Votre enfant a des besoins particuliers. Quand tout ça est arrivé, la dernière fois…

— *Tout ça* n'est pas arrivé, la dernière fois.

— Quand on a eu des problèmes précédemment, vous avez choisi d'ignorer les recommandations de *plusieurs* médecins. Vous êtes de nouveau face à un choix. Vous pouvez aider votre enfant en lui accordant le traitement qu'il lui faut, ou bien on peut faire intervenir l'État. »

La directrice de son école menaçait de demander une enquête sur moi si je ne mettais pas mon gamin de neuf ans sous psychotropes.

« Il va falloir qu'on constate des progrès d'ici décembre. »

Quand je repris la parole, ce fut d'un ton étonnamment calme. « Est-ce que je peux parler à mon fils ? »

Mrs Lipman m'escorta à travers le secrétariat. Tout au long de ce parcours d'opprobre, le personnel me suivit des yeux : j'étais l'homme qui laissait souffrir son fils plutôt que d'obéir aux médecins.

Robin était retenu en « chambre calme », une alcôve de détention jouxtant le bureau du directeur adjoint. Je le vis à travers la vitre incassable. Il se tenait voûté sur la chaise de bois trop grande, repris par son tic des moments accablés. Il coinçait ses pouces entre index et majeur et serrait les poings à s'en rougir les doigts.

La porte s'ouvrit et il leva les yeux. En m'apercevant, sa douleur redoubla. Les premiers mots jaillis de sa bouche, aucun élève de cette école ne les avait jamais dits. *Papa, tout est de ma faute.*

Je m'assis à côté de lui et secouai tendrement son épaule mince. « Qu'est-ce qui s'est passé, Robbie ? »

Ma colère pétait les plombs. J'ai voulu laisser respirer ma meilleure part, comme tu m'as dit. Mais mes mains se sont embrouillées.

Il refusait de m'avouer ce qu'avait dit Jayden Astley pour le mettre ainsi hors de lui. J'appelai les parents du garçon, m'attendant presque à ce qu'ils m'intentent un procès par téléphone. En fait, ils se montrèrent bizarrement compatissants. Leur fils leur avait fourni plus d'informations que je n'en avais obtenu du mien, mais ils ne voulaient rien livrer. Toutes les personnes impliquées tenaient à me protéger. Mais je n'aurais su dire de quoi.

Je surpris Robin en me gardant d'insister, et il me surprit en ne mouillant pas son lit cette nuit-là. Le lendemain était un samedi. Je n'avais toujours pas fini les modifs pour Stryker. Je fis une longue promenade avec Robin vers Olbrich Gardens. Pour le déjeuner, j'émiettai du tofu, en employant l'exacte proportion de sel noir et de levure nutritive qu'il adorait. On joua à son jeu de société préféré, sur des voitures de course qui parcourent l'Europe. Je fis mine de travailler tandis qu'il jouait avec son microscope et qu'il passait en revue ses cartes de collection. On lut ensemble paisiblement pendant une demi-heure avant qu'il demande à visiter une nouvelle planète.

J'avais deux mille livres de poche éparpillés dans

la maison, trente ans de lecture où piocher. De quand date l'âge d'or de la science-fiction ? Pour moi, il avait commencé à neuf ans.

Je lui offris une planète où les individus de l'espèce sensible dominante pouvaient se fondre en une créature unique, dotée de tous leurs pouvoirs respectifs.

Son avalanche de questions interrompit l'histoire. *Tu rigoles ? Comment c'est possible ?*

« C'est une autre planète. Voilà pourquoi. »

Mais, je veux dire, est-ce qu'ils restent distincts quand ils sont ensemble, ou est-ce qu'ils forment un seul cerveau ?

« C'est un seul cerveau doté de toutes leurs pensées distinctes. »

Tu veux dire, comme de la télépathie ?

« Mieux que de la télépathie. Un super-organisme. »

Est-ce que ce grand organisme peut, genre, entrer dans la tête des petits ? Est-ce qu'il a besoin de tout le monde pour que ça marche ? Et si certains des petits ne veulent pas se regrouper ? Ou bien est-ce qu'ils sont juste des pièces détachées ?

Il tâtait la limite entre fusion amicale et OPA hostile. Je tentai d'infléchir son horreur fascinée vers une fascination horrifiée. « Ils le font volontairement, quand les temps sont durs et qu'il leur faut un truc en plus pour survivre. Et ensuite, quand ça va mieux, ils se séparent à nouveau. »

Il se pencha en avant, soupçonneux. *Attends un peu ! Comme des myxomycètes ?*

Je lui en avais montré, dans les labos de la fac : des organismes unicellulaires autonomes qui se fondaient en une communauté dotée d'un comportement collectif et d'une intelligence rudimentaire.

T'as piqué ça à la Terre ! Il me martela le bras

au ralenti. Puis il se renfonça sur l'oreiller. Je me risquai à écarter et caresser les mèches qui lui tombaient dans les yeux, comme il aimait que je le fasse quand il était petit.

« Robbie ? Tu es encore fâché. Je le sens. »

Il se redressa en sursaut. *Comment tu le sais ?*

Je désignai ses poings, qui de nouveau réduisaient ses pouces à des captifs cramoisis. Il fixa d'un regard stupéfait ces parties de lui-même qui l'avaient trahi. Il secoua ses mains, libéra ses pouces. Puis sa tête retomba sur l'oreiller.

Papa ? Qu'est-ce qui lui est arrivé ? Cette fois, il s'agissait bien de ça. *Cette nuit-là, dans la voiture.*

À mon tour, je regardai mes mains, occupées à me trahir. « Robin ? Est-ce que Jayden a dit quelque chose sur maman ? »

Heureusement, il n'y avait pas d'objet contondant à sa portée. Mais la force de sa voix suffit à me renverser. *Dis-moi, c'est tout. Dis-moi !* Son corps cisaillait l'air. *J'ai neuf ans. Allez… dis-moi !*

Je lui agrippai le poignet et la douleur le fit sursauter. « Tu arrêtes tout de suite. » Je parlais avec tout le calme et l'autorité que je pouvais feindre. « Reprends-toi. Et ensuite tu me raconteras ce qu'a dit Jayden. »

Il dégagea son poignet et le caressa doucement. *Pourquoi t'as fait ça ?*

J'attendis que se calme mon pouls affolé. Il se frotta le poignet. Il me détestait. Et puis il fondit en larmes. Dès que ce fut possible, je le pris dans mes bras. Il tenta d'actionner sa bouche rougie et inutile. Je lui fis signe qu'il avait tout le temps du monde.

Il ouvrit la paume, reprit son souffle. *Je lui parlais de la vidéo de maman. Il a dit que ses parents disaient que les gens ne savaient pas tout sur l'accident. Il a dit que d'après eux maman s'était...*

Je plaquai ma main sur ses lèvres, comme si je pouvais faire refluer cette pensée. « C'était un accident, Robbie. Et personne ne pense le contraire. »

C'est bien ce que je lui ai dit ! Mais il continuait à répéter ça. Comme s'il savait la vérité. C'est pour ça que j'ai pété les plombs.

« Tu sais quoi ? Moi aussi, je l'aurais peut-être baffé. »

Une demi-syllabe s'échappa de sa gorge, perdue entre sanglot et rire. *Super.* Il me tapota le bras à l'aveugle. *Dans ce cas, on serait tous les deux grillés.*

« Tu n'es pas grillé, Robbie. Allez, prends un mouchoir et essuie-toi. »

Ses traits inachevés se maculèrent sous ses mains pressantes. La tempête s'était calmée, le laissant purifié, rétracté, mais encore essoufflé.

Alors qu'est-ce qu'ils voulaient dire, les parents de Jayden ?

C'était quoi, ces gens qui savaient que leur fils torturait le mien avec une chose qu'ils avaient dite, et qui ne m'alertaient même pas quand je les appelais ? Des gens terrifiés et tâtonnants, comme tout le monde.

J'ai neuf ans, papa. Je suis capable d'encaisser.

J'en avais quarante-cinq, et j'en étais incapable. « Robbie ? Il y avait des témoins. Tout le monde est d'accord. Quelque chose s'est précipité devant sa voiture. »

Tu veux dire quoi ? Une personne ?

« Un animal. » Il fronça les sourcils, perplexe, comme un personnage de BD. « Tu te rappelles qu'il faisait noir et glacial ? »

Il hocha la tête à l'adresse d'une minuscule maquette qu'il confectionnait depuis ce soir, à trente centimètres de ses yeux. *Le 12 janvier. À neuf heures du soir.*

« Il a surgi devant sa voiture. Elle a dû donner un coup de volant. La voiture a dérapé, et c'est comme ça qu'elle a franchi la ligne médiane. »

Il gardait les yeux fixés sur son minuscule simulacre. Puis il posa une question que j'aurais dû anticiper. Un truc tellement évident. *Quel genre d'animal ?*

Je paniquai. « Personne ne sait au juste. »

Une martre peut-être, ou une bête vraiment rare ? Peut-être que c'était un glouton.

« Je ne sais pas, mon gars. Personne ne sait. »

Des calculs lui parcoururent le crâne. La voiture en face. Les piétons tout proches. Lui et moi, attendant qu'elle rentre. Je tins dix secondes. La honte d'avouer ne pouvait pas être pire que la nausée que j'éprouvais.

« Robbie ? Ils pensent que c'était peut-être un opossum. *C'était* un opossum. »

Mais tu as dit...

J'avais besoin qu'il dise : L'opossum est le seul marsupial d'Amérique du Nord, papa. Des choses qu'Aly lui avait apprises : à quel point les hivers étaient cruels pour les opossums, avec les engelures qui torturaient leurs queues et leurs oreilles glabres. Mais il ruminait en silence à la pensée du grand mammifère le plus méprisé de la Terre.

Il pivota la tête vers moi, hébété. *Tu m'as menti, papa. Tu as dit que personne ne savait ce que c'était.*

« Robbie. Je ne t'ai menti qu'une minute. » Mais non : depuis toujours, en fait.

Il inclina la tête et la secoua comme pour s'éclaircir

les oreilles. Et, d'une voix plate et sourde : *Tout le monde ment.* Je n'aurais su dire s'il me pardonnait ou s'il condamnait toute l'humanité.

Il aurait dû être couché depuis longtemps. Mais on était encore là, tous les deux sur son lit, derniers occupants d'un astronef générationnel parvenu au bout de ses possibilités bien avant d'atteindre son nouveau port d'attache.

Alors elle a choisi de ne pas l'écraser, même si... ?

« Elle n'a rien choisi. Elle n'a pas eu le temps. C'était un réflexe. »

Il réfléchit un moment. Enfin il parut apaisé, bien qu'une part de lui continue de cartographier le rivage mouvant entre réflexe et choix.

Alors les parents de Jayden disent que des conneries ? Maman ne voulait pas se détruire ?

Je n'éprouvai pas le besoin de le reprendre sur les gros mots. « Parfois, moins les gens en savent sur quelque chose, plus ils ont envie d'en parler. »

Il sortit son carnet et y griffonna quelques mots, sans me laisser voir. Il le referma d'un coup sec et le remisa tel un écureuil dans le tiroir de la table de nuit. Quelque chose s'éclaira en lui. Peut-être était-il heureux que son ami et lui puissent redevenir amis, peut-être, demain.

Je me levai et l'embrassai sur le front. Il me laissa faire, préoccupé par ses mains, se rappelant qu'elles l'avaient trahi.

Et celui-là, papa, ça veut dire quoi ?

Il tendait en l'air une main recourbée, au bout de la tige de son bras, et la faisait pivoter. Une minuscule planète tournant sur son axe.

« Dis-moi. »

Ça veut dire que le monde tourne et que je suis en paix avec tout.

On s'échangea le signal et il hocha la tête. Je lui dis que j'étais bien content qu'il soit qui il était. Je refis tournoyer ma main en l'air pour lui dire bonne nuit. Puis j'éteignis la lumière pour le laisser s'endormir dans le réconfort d'un mensonge plus grand. J'ai toujours été très doué pour mentir par omission. Et je venais de lui mentir effrontément en omettant de lui parler de l'autre passagère, la petite sœur dans le ventre de sa mère.

Il se réveilla le dimanche tout excité. Dès avant l'aube, il me grimpait dessus, me secouait pour me réveiller. *J'ai une super-idée, papa. Écoute ça.*

J'étais encore à moitié endormi, et je grommelai : « Robbie, je t'en prie ! Il est six heures du matin ! » Il sortit furieux et se barricada dans sa tanière. Il fallut quarante minutes et la promesse de crêpes aux myrtilles pour l'attirer au-dehors.

J'attendis qu'il soit tout alourdi de glucides. « Allez, explique-moi ta super-idée, je t'écoute. »

Il pesa le pour et le contre du pardon. Puis, le menton pointé en avant : *Si je te la dis, c'est uniquement parce que j'ai besoin de ton aide.*

« Compris. »

Je vais peindre toutes les espèces menacées d'Amérique. Et puis au printemps je les vendrai au marché bio. On récoltera de l'argent pour le donner à une des associations de maman.

Je savais qu'il ne pourrait jamais en peindre qu'une infime partie. Mais je savais aussi reconnaître une super-idée. On débarrassa la table avant de filer vers la bibliothèque municipale de Pinney.

Mon fils adorait la bibliothèque. Il adorait réserver

des livres en ligne pour les trouver ensuite qui l'attendaient, attachés par un élastique, avec un papier à son nom. Il adorait la bienveillance des rayonnages, leur cartographie du monde connu. Il adorait le buffet à volonté de l'emprunt. Il adorait la chronique des prêts tamponnée sur la page de garde, ce registre des inconnus qui avaient emprunté le même livre avant lui. La bibliothèque était le plus beau des jeux d'exploration : on avait le plaisir du pillage et la joie de gravir les niveaux.

Il suivait généralement le même itinéraire dans cette caverne aux trésors : romans graphiques, fantasy, casse-tête en tout genre, romans. Ce jour-là, il voulait des manuels de dessin. Les étagères se révélèrent une vraie boutique de confiseur. *Waouh ! Comment ça se fait que tu ne m'en aies jamais parlé ?* On trouva un livre pour apprendre à dessiner les plantes, un autre pour les animaux simples. De là, on passa au rayon Nature, où on cibla les espèces menacées. Bientôt, il tentait de faire son choix dans une pile de livres qui lui arrivait presque à la taille.

Je dépasse mon maximum, papa. Dans sa bouche, « ravi » pouvait s'entendre « submergé ».

« Utilise ton maximum, et j'utiliserai le mien. »

Il s'assit à même l'allée pour resserrer sa sélection. En ouvrant l'un des gros volumes, il poussa un geignement.

« Dis-moi. »

Il lut, robotique. *Le département de la Faune sauvage des États-Unis recense plus de deux mille espèces nord-américaines menacées ou en voie d'extinction.*

« C'est pas grave, mon gars. Faut y aller à petits pas. Un dessin à la fois. »

Il renversa la tour de livres et se cacha la tête dans les mains.

« Hé, Robbie ! » Je faillis lui dire : *Grandis un peu.* Mais c'était bien la dernière chose que je lui aurais souhaitée. « Qu'est-ce qu'elle ferait, ta maman ? »

Du coup, il se redressa.

« Allez, on va emprunter ceux-là et chercher des fournitures. »

L'employée de la Coopérative des métiers d'art eut le coup de foudre pour lui. Elle venait d'obtenir son diplôme en arts plastiques. Elle lui fit faire le tour du magasin. Il était au paradis. Ils examinèrent les pastels, les crayons de couleur, les petits tubes d'acrylique brillant.

« Qu'est-ce que tu veux faire ? » Robin lui expliqua son projet. « Oh, c'est tellement beau ! Tu es vraiment incroyable. » Elle doutait fort que l'entreprise passe le cap du week-end.

Robbie adorait les pinceaux d'aquarelle. Elle fut impressionnée de ce qu'il parvenait à faire avec, dès sa première tentative.

« Cette boîte, elle serait super pour commencer. Quarante-huit couleurs. Ça devrait répondre à tous tes besoins. »

Et pourquoi l'autre elle est beaucoup plus chère ?

« Celle-là, c'est pour les pros. »

Il empoigna la boîte pour débutants, en détournant les yeux de moi. J'usai de mon autorité pour qu'il soit promu. En termes d'investissement, ça ressemblait à une arnaque. On acheta aussi des feutres à pointe extra-fine, un bloc de papier à dessin bas de gamme pour les brouillons, et des feuilles de qualité pour les œuvres finales. L'employée lui souhaita bonne chance, et en sortant il la serra dans ses bras. Robin n'étreignait jamais les inconnus.

Il peignit tout l'après-midi. Mon fils volcanique et incontrôlable demeura agenouillé des heures sur les lattes d'une chaise pliante, à recopier les exemples trouvés dans les manuels, le visage collé au papier. Parfois il grognait de frustration, comme le taureau sur les illustrations d'un de ses livres d'enfance préférés. Il chiffonnait les tentatives ratées, mais avec moins de violence que de discernement artistique. Une seule fois il balança un pinceau contre le mur, puis se traita de tous les noms pour avoir réagi ainsi.

Je lui fis miroiter une pause. Un ping-pong, un tour de pâté de maisons. Il refusa de se laisser détourner.

Par quelle créature je devrais commencer, papa ?

Créature, c'était le mot favori de sa mère. Elle l'employait pour tout, même pour mes extrêmophiles. J'expliquai à Robin qu'avec la mégafaune charismatique on avait toujours le public dans sa poche.

Non, je devrais prendre la plus menacée. Celle qui a le plus besoin d'aide.

« Prends ton temps, Robbie. Le prochain marché bio, c'est dans des mois. »

Les amphibiens sont mal barrés. Je vais commencer par un amphibien.

Après bien des dilemmes douloureux, il opta pour *Lithobates sevosus*, la grenouille gopher du Mississippi. Une bête étrange et secrète qui déployait ses doigts palmés devant sa face pour protéger ses yeux des menaces. Elle enflait quand elle avait peur et un lait amer suintait des glandes de son dos. La mise en valeur des marais l'avait reléguée à trois minuscules étangs du Mississippi.

Il examina son dessin d'un œil sceptique. *Tu crois que ça plaira aux gens ?*

Sa créature était byzantine de forme et de pigment. Là où mes yeux n'avaient vu que des bosses gris-noir sur la photo de la grenouille, Robin voyait de folles spirales requérant la moitié de l'arc-en-ciel de sa boîte à outils. La différence entre le morne original et sa copie surréaliste ne le troublait pas. Pas plus qu'elle ne dérangeait le spectre de ma femme.

Quand il eut fini, Robbie emporta sa peinture vers la baie vitrée du salon et la brandit à la lumière pour que je l'inspecte. La perspective était faussée, la texture de surface maladroite, les contours naïfs, et les couleurs extraterrestres. Mais l'ensemble, dans toute son imperfection, était un chef-d'œuvre. Le portrait d'une créature dont peu d'humains pleureraient la disparition.

Tu crois vraiment que quelqu'un l'achètera ? C'est pour une bonne cause.

« C'est super, Robbie. »

Peut-être qu'il y a une planète là-haut où les amphibiens, c'est le top du top.

Et puis, après toute cette observation farouche, il en eut fini avec son tableau. Il le rangea avec ses autres œuvres dans un carton à dessin et retourna aux manuels. Je ne l'avais pas vu aussi heureux depuis la nuit où on avait campé sous les étoiles.

Le lundi matin, il tomba du lit, s'habilla, mangea un bol de céréales chaudes et se brossa les dents – rien que de très habituel. Mais, cinq minutes avant l'arrivée de son bus, il déclara : *Pas d'école aujourd'hui, papa.*

« Qu'est-ce que tu racontes ? Bien sûr qu'il y a école. Allez zou ! »

Pas d'école, pour moi, *je veux dire.* Il désigna la table de la salle à manger. Je l'avais dispensé de ranger son matériel à dessin de la veille. *J'ai trop à faire.*

« Ne dis pas de bêtises. Tu peux y travailler cet après-midi et ce soir. Allez, tu vas rater ton bus. »

Pas de bus aujourd'hui, papa. Trop de boulot.

Bien trop vite, j'invoquai la raison. « Écoute, Robbie. J'ai déjà des problèmes avec l'école. Mrs Lipman a dit que je t'avais déjà fait manquer trop de jours de classe cette année. »

Et les jours où c'est elle qui m'a flanqué dehors, alors ?

« J'en ai parlé avec elle. Elle m'a menacé de trucs pas cool si on ne se reprenait pas. »

Quel genre de trucs ?

« Oh, ça suffit ! Je rigole pas. On en discutera ce soir. »

Papa, j'y vais pas.

L'unique fois depuis la mort d'Aly où je l'avais menacé physiquement, il m'avait mordu le poignet jusqu'au sang. Je consultai ma montre. Le bus n'était plus une option. Je posai la main sur son épaule. Il la repoussa.

« Tu es déjà en sursis à cause de ce qui s'est passé avec Jayden. On est sur leur liste. S'il y a encore des problèmes, Mrs Lipman… C'est pas le moment de leur donner des raisons de pinailler. »

Papa. Écoute-moi. Je t'en supplie. Maman dit que tout est en train de mourir. Est-ce que tu la crois ?

« Robin, allez. On y va. Je vais t'emmener en voiture. » Même moi, à m'entendre, j'avais l'air dépassé par les événements.

Parce que, si elle a raison, ça sert à rien l'école. Tout sera mort avant que j'entre au lycée.

Je me demandai si j'avais envie de livrer cette bataille perdue.

Tu la crois ou tu la crois pas ? C'est tout ce que je te demande.

Est-ce que je la croyais ? Ses données étaient incontestables. Tout ce qu'elle affirmait était bien connu des savants du monde entier. Mais est-ce que je la *croyais* ? Est-ce qu'une extinction de masse avait jamais semblé tangible ?

« Tu vas aller à l'école. Il n'y a pas le choix. »

Papa, tu as dit que tout est toujours un choix. Tiens, par exemple, l'instruction à domicile. Tu pourrais me faire l'école à la maison !

Je me frottai les yeux à en voir des étoiles. De nouveau, dans ma tête, je parlais à une morte. Et Aly me rappelait : *Écoute. Compatis. Mais on ne négocie pas avec des terroristes !*

« Je crois en toi, Robbie. En ce que tu fais. Mais on ne peut pas changer d'école en plein milieu d'année. Si tu es toujours motivé pour ça au printemps, on trouvera une solution. »

C'est bien pour ça qu'on va tous disparaître. Parce que tout le monde remet la solution à plus tard.

Je m'assis à la table, où ses esquisses s'étalaient sous mes yeux. Il n'avait pas tort. « C'est bon. Aujourd'hui, tu peins. Toutes les créatures en danger. En faisant de ton mieux. »

Il dut sentir mon accablement, car cette petite victoire l'assombrit. Il me regarda, prêt à me supplier de changer d'avis. *Papa ? Et si finalement ça ne sert à rien ?*

Aucune baby-sitter parmi mes contacts n'était disponible pour le garder toute la journée en étant prévenue si tard. Heureusement, je n'avais pas cours le lundi et je pouvais travailler de chez moi. À neuf heures moins le quart, tandis que j'annulais et reprogrammais des rendez-vous, je reçus le message automatique. *Votre enfant est absent sans motif valable. Êtes-vous conscient de la situation (merci de répondre O ou N) ?* J'appuyai sur *O*, puis j'appelai l'école pour expliquer à une secrétaire sèche et sceptique que Robin avait un rendez-vous médical que j'avais oublié de signaler.

Je me consacrai à trier des e-mails, puis j'achevai les modifs en jachère promises à Stryker : du sulfure de diméthyle et du dioxyde de soufre dans nos modèles d'instabilité atmosphérique. Le soufre à la base de la vie, plutôt que le carbone : j'imaginai à quoi ressemblerait un déjeuner dans ce genre d'endroit, tout en cuisinant les lentilles préférées de Robin, avec des masses d'oignons caramélisés et un soupçon de tomate. Dans l'après-midi, il frappa à la porte de mon bureau pour me poser plusieurs petites questions sur ses peintures : n'importe quelle réponse ferait l'affaire. Il se sentait seul. Au matin, me dis-je, il serait prêt à retourner à l'école.

Nouvelle pause pour le dîner. Robin voulait le plat fétiche d'Aly, un ragoût d'aubergines. Il insista pour disposer lui-même les couches. Le résultat final n'était pas très réussi, mais il mangea avec l'appétit de quelqu'un qui avait bien occupé sa journée. Après le dîner, je réclamai un vernissage. Il subsistait quelques peintures malgré toutes celles qu'il avait détruites avec fureur. Il accrocha ses œuvres du jour sur un mur nu de la salle à manger avec des bouts de scotch réutilisable. J'avais interdiction d'entrer avant qu'il m'en donne enfin l'autorisation. Il y avait un pic à bec ivoire, un loup roux, un bourdon de Franklin, un anolis géant et un bouquet de têtes jaunes du désert. Certains tableaux étaient plus maîtrisés que d'autres. Mais tous étaient vibrants, et les couleurs criaient : *Sauvez-nous.*

Ça fait un oiseau et un mammifère et un insecte et un reptile et une plante. Pour aller avec l'amphibien d'hier.

Je ne vois toujours pas comment un enfant de neuf ans avait pu tenir en place assez longtemps pour les peindre. Il était habité par quelque autre force créatrice. « Robin. Ils sont vraiment incroyables. »

Le pic et l'anolis sont peut-être déjà éteints. Combien je devrais les vendre ? Je veux envoyer le plus d'argent possible.

« Tu pourrais demander aux gens combien ils seraient prêts à mettre. » Le même truc que pour les voitures d'occase, mais pour une bonne cause. Il décrocha les tableaux et les rangea dans son carton. « Attention ! Ne les froisse pas. »

Il en reste tellement d'autres à faire, papa.

Le lendemain matin, après le petit-déjeuner, il annonça qu'il allait rester à la maison pour continuer le travail.

« Pas question. Cette fois, tu y vas. Tout de suite ! On s'était mis d'accord. »

Quand ça ? Quel accord ? Tu as dit que tu croyais en moi !

D'un coup, en une seule escalade, il passa de neuf à seize ans. Empêché de bien faire, il me fixa avec une rage qui frisait la haine. Ses lèvres se pincèrent et il cracha à mes pieds. Et puis il pivota, dévala le couloir jusqu'à sa chambre et claqua la porte. Vingt secondes plus tard, un hurlement à glacer le sang se mua en fracas de meubles renversés. Je poussai sur la porte, coincée par tout un bazar amoncelé derrière. Il avait fait basculer une étagère d'un mètre cinquante, et les livres, les jouets, les maquettes d'astronefs et les trophées de travaux manuels jonchaient le sol de sa chambre. Quand je parvins à entrer, il poussa un nouveau hurlement et balança le vieux ukulélé d'Aly contre la fenêtre à carreaux, brisant vitres et instrument.

Il se précipita sur moi en criant comme une bête. On commença à se battre. Il tenta de me griffer au visage. Je lui pris le bras et le tordis bien trop fort. Il hurla et s'affaissa au sol en sanglotant. J'avais envie de mourir. Le dos de sa main semblait un demi-papillon brisé. Aly et moi avions conclu un pacte, le seul serment qu'elle ait jamais exigé de moi. Theo ? *Quoi qu'il arrive, nous ne devons jamais frapper cet enfant.* Je regardai autour de moi, prêt à implorer son pardon. Mais je ne la vis nulle part.

Sur Geminus, nous fûmes piégés de part et d'autre d'un terrible méridien. Le soleil de cette planète était petit, neutre et rouge. Geminus était si proche que son étoile avait figé sa rotation. Une face restait perpétuellement sous une lumière brûlante. L'autre face demeurait nuit, glaciale et perpétuelle.

La vie germait dans la bande de crépuscule entre le midi et le minuit permanents. Sur cet étroit ruban entre l'enflammé et le gelé, des vents fouettaient l'air et des courants animaient l'eau. Des créatures évoluaient pour exploiter les boucles d'énergie, déplaçant des bouts de matin pour réchauffer le noir, et des bouts de nuit pour rafraîchir le brasier sans fin.

La vie s'enfonçait plus profond dans les deux moitiés du paysage battu par les vents. Des vrilles d'habitabilité s'infiltraient au bas des canyons et remontaient les gouttières, partant de la frontière tempérée pour s'infiltrer vers les extrêmes. La vie sur Geminus se scindait en deux royaumes, l'un de glace, l'autre de feu, chacun s'adaptant à une moitié de cette planète bipolaire. Pour les plus hardis des pèlerins, il n'y avait pas de retour possible. Même la bande frontalière tempérée se révélait fatale.

L'intelligence y apparut deux fois. Chacune de ses deux formes résolut son propre climat impossible. Mais les esprits du jour échouaient à trouver la nuit intelligible, et ceux de la nuit ne pouvaient concevoir le jour. Ils ne partageaient qu'une bribe de savoir commun : la vie ne saurait exister « par-delà la limite ».

On s'y rendit ensemble, mon fils et moi. Mais chacun y arriva seul. Je me retrouvai dans une tranchée nourrie de vent du côté du jour permanent. Je sillonnai la bande habitable mais ne pus le retrouver. Les indigènes n'étaient d'aucune aide. J'avais imaginé que le peuple du jour sans fin serait joyeux et optimiste. Mais leur ciel était empli d'une unique lumière immuable, qui masquait tout signe d'un univers. Ils vivaient comme s'il n'y avait qu'Ici et Maintenant et Ça. Cette idée les amoindrissait. Leurs sciences et leurs arts étaient restés bloqués à l'état naissant. Ils n'avaient même pas inventé le télescope.

Sur Geminus, les saisons étaient des lieux. Quelques kilomètres à pied vers la ceinture frontalière me firent passer d'août à janvier. Robin devait forcément être quelque part sur la face de la nuit perpétuelle. Quels habitants y trouverait-il, façonnés par un froid mortel ? Des gens ingénieux et rusés, creuseurs de mines de chaleur, cultivateurs de champignons souterrains. Des tueurs brutaux, barbares et déprimés, se disputant chaque calorie inestimable.

Lui aussi me cherchait. À l'approche de la bande tempérée, je l'aperçus au loin, surgissant de l'autre côté. Je me mis à courir, mais il tendit les mains pour m'arrêter. Alors je compris, suspendu en lisière des ténèbres : il avait vu la nuit à nu. Contemplé les étoiles comme plus personne sur Terre. Il avait vu le changement et le temps, les cycles et la diversité. Les calculs et les récits, aussi innombrables, subtils et variés que les constellations à dos noir.

Il m'interpella, par-dessus la bordure des ténèbres. *Papa, papa ! T'imagines même pas.* Mais j'étais piégé dans la lumière et ne pouvais franchir la ligne.

Des tas de gens aimaient ma femme. Et Aly aimait des tas de gens, comme si c'était la chose la plus naturelle au monde. Elle avait eu des partenaires avant moi et était restée en bons termes avec la plupart, y compris une femme qui lui avait brisé le cœur. Flirter faisait partie de son boulot. Je la regardais manœuvrer des couloirs remplis de parlementaires et des salles de bal remplies de donateurs comme si tous étaient des amis proches.

Elle était souvent sur la route, elle qui supervisait son ONG sur dix États du Midwest. Les deux premières années de notre mariage, j'en crevais. Elle m'appelait d'un motel bon marché pour me dire : *On est allés dans un chouette petit resto italien en ville*, et quand je croassais, faussement désinvolte : « Qui ça, on ? », elle me répondait : *Oh, je t'ai pas dit ? Michael Maxwell est de passage. Tu sais, mon ex des années de fac ?* Et j'étais reparti pour huit heures de pensées nocturnes dont je me serais bien passé.

Son domaine de dix États abritait un harem paritaire de femmes et d'hommes confits d'adoration. Je connaissais certaines de ces amitiés ; j'eus la surprise d'en découvrir d'autres lors des obsèques.

La seule fois où je lui demandai si elle avait jamais été tentée par l'infidélité, elle en resta bouche bée de stupéfaction. *Oh mon Dieu, c'est tellement pas moi ! Si jamais j'essayais ça, je me réduirais en miettes.*

Je m'installai dans un mélange vivable de jalousie et d'excitation. Des tas de gens bien et bons désiraient ma femme. Et apparemment ma femme me désirait. La nature, comme me le prouvait souvent Aly, était très inventive pour rendre les gens juste assez heureux.

Je ne fus donc pas surpris le samedi où elle rentra tard du marché bio, tout effervescente encore d'une nouvelle salve d'attentions flatteuses. *Je suis tombée sur Marty Currier au stand de la marchande de pommes. On a pris un café vite fait. Il veut qu'on participe à une expérience !*

Martin Currier était l'un des scientifiques les plus en vue du Wisconsin : titulaire d'une chaire de recherche en neurosciences, membre associé de l'Académie nationale des sciences, chercheur financé par l'institut Hughes : le genre de reconnaissance que je rêvais d'obtenir jadis mais qui m'échappera toujours. C'était l'une des rares personnes en ville qui pouvait apprendre des choses à Aly quand ils allaient observer les oiseaux. Ils partaient en vadrouille ensemble en toute saison, et ça me rendait dingue.

« Tiens donc ! Je suis sûr qu'il voudrait surtout faire des expériences sur *toi.* »

Elle se fendit d'un grand sourire et adopta sa pose de pugiliste, faisant tournoyer ses poings devant son visage, sautillant et esquivant. Elle gardait toujours ses petits poings bien trop rapprochés quand elle faisait mine de me pilonner de coups. J'adorais ça.

Allez, mon pote. On devrait essayer. Il fait des trucs fous.

Le laboratoire Currier explorait un champ baptisé le neurofeedback décodé. Ça ressemblait à du biofeedback à l'ancienne, mais en utilisant l'imagerie neurologique pour obtenir un feedback en temps réel via l'intelligence artificielle. Un premier groupe de sujets – les « cibles » – entrait dans divers états émotionnels en réaction à des stimuli extérieurs, pendant que des chercheurs scannaient les régions sollicitées du cerveau par IRM fonctionnelle. Puis ils scannaient les mêmes régions cérébrales d'un second groupe de sujets – les « recrues » – en temps réel. L'intelligence artificielle contrôlait l'activité nerveuse et envoyait des signaux visuels et sonores pour orienter les recrues vers les états nerveux préenregistrés des cibles. Ainsi, les recrues apprenaient à imiter les schémas d'excitation cérébrale des cibles et, étonnamment, commençaient à faire part d'émotions similaires.

Cette technique remontait à 2011, et s'enorgueillissait de premiers résultats impressionnants. À Boston et au Japon, des équipes apprenaient aux recrues à résoudre plus vite des énigmes visuelles, rien qu'en les orientant sur les schémas du cortex visuel de cibles qui avaient résolu les énigmes par tâtonnements successifs. D'autres chercheurs enregistraient le champ visuel de sujets cibles exposés à la couleur rouge. Les recrues qui apprenaient par feedback à reproduire la même activité nerveuse disaient voir du rouge dans leur œil intérieur.

Depuis cette période, le champ de recherche s'était déplacé de l'apprentissage visuel au conditionnement émotionnel. Les plus grosses subventions allaient à la désensibilisation des victimes de stress post-traumatique. On vantait les mérites du NeuroDec et du feedback connectif comme panacées pour toutes sortes de troubles psychiatriques. Marty Currier travaillait sur leurs applications cliniques. Mais il avait d'autres visées moins orthodoxes.

« Pourquoi pas ? » dis-je à ma femme. Et c'est ainsi qu'on se porta volontaires pour l'expérience de son ami.

Dans la salle d'attente du labo de Currier, le questionnaire d'admission nous fit glousser. Aly et moi devions être dans la deuxième vague de sujets cibles, mais il nous fallait au préalable réussir les tests. Les questions dissimulaient des motivations inavouées. *À quelle fréquence pensez-vous au passé ? Préféreriez-vous être sur une plage bondée ou dans un musée vide ?* Ma femme secoua la tête face à ces interrogations grossières et plaqua la main sur son sourire. Je déchiffrai l'expression aussi clairement que si nous étions connectés : les enquêteurs pouvaient se servir librement de tout ce qu'ils découvriraient en elle, tant que ça ne menait pas en prison.

Pour ma part, j'avais renoncé depuis longtemps à comprendre mon tempérament caché. Bien des monstres habitaient mes gouffres sans soleil, mais la plupart n'étaient pas mortels. J'avais terriblement envie de voir les réponses de ma femme, mais un laborantin nous empêcha de comparer nos questionnaires.

Consommez-vous du tabac ? Pas depuis des années. Je me gardai de préciser que tous mes crayons étaient sauvagement mordillés.

Combien d'alcool buvez-vous par semaine ? Rien pour moi, mais ma femme avoua s'accorder une *happy hour* quotidienne, où elle fournissait au chien sa dose de poésie.

Souffrez-vous d'allergies ? Non, à part les soirées mondaines.

Avez-vous déjà connu des périodes de dépression ? Je ne sus quoi répondre.

Jouez-vous d'un instrument de musique ? Oui, la science. Je répondis que j'étais capable de localiser le *do* majeur sur un clavier de piano, si ça pouvait leur être utile.

Deux postdoctorants nous emmenèrent dans la salle d'IRM. Ces gens avaient bien plus de fric à dépenser que n'importe quelle équipe d'astrobiologistes au monde. Et Aly faisait la même comparaison avec son ONG déshéritée. J'espérais que l'envie ne brouillerait pas nos scans cérébraux.

Je fus le premier à braver le scanner. Aly s'installa avec Martin Currier dans la cabine de contrôle, derrière une batterie d'écrans. Cela me parut suspect, mais c'était lui, le chercheur qui avait glané tous les prix. À mon entrée dans le tunnel, l'oreillette dont on m'avait équipé m'ordonna de me détendre, de fermer les yeux et d'écouter ma respiration. On m'envoya quelques stimuli pour effectuer les réglages. Il y eut une bribe de la *Sonate au clair de lune*, un extrait d'un truc violent et moderne. On me demanda d'ouvrir les yeux. Un écran au-dessus de mon visage montra successivement un merle bleu sur une branche, un bébé joyeux, un somptueux repas de fête et un gros plan d'avant-bras fracturé, avec l'os qui perçait la chair. Ensuite, on me demanda de refermer les yeux une minute et de me concentrer sur ma respiration.

Alors vint l'expérience proprement dite. Aly et moi allions nous faire attribuer à chacun un sentiment, choisi au hasard parmi les huit émotions de base recensées dans la typologie de Plutchik : la Terreur, l'Étonnement, le Chagrin, l'Aversion, la Rage, la Vigilance, l'Extase ou l'Admiration. Nous aurions quatre minutes pour habiter cet état mental imposé. Le logiciel établirait une carte tridimensionnelle d'une partie de notre système limbique pendant que nous serions absorbés à cette tâche.

On me donna l'*Admiration*. Je fermai les yeux et m'abandonnai à de vagues évocations d'Einstein, de Martin Luther King et de Sydney Carton dans *Un conte de deux villes*. Mais depuis la cabine, ma femme observait le flux et le reflux de mes sentiments. Penser à elle me rappela une soirée que nous avions endurée ensemble, quatre ans plus tôt, au plus profond d'un hiver nordique.

Aly venait d'être nommée coordinatrice pour tout le Midwest, et son remplaçant à la direction locale du Wisconsin se révélait totalement incompétent. Descendue dans le Maryland pour les trois jours de la convention nationale bisannuelle, elle avait passé des heures au téléphone à piloter son successeur confronté à plusieurs crises. Sur place, elle avait attrapé un vilain rhume. Des tempêtes de pluie verglaçante avaient retardé son retour d'une demi-journée. J'allai la chercher à l'aéroport à neuf heures du soir, en traînant le petit Robbie. Pendant son absence, il avait contracté une otite. Il brailla sans discontinuer jusqu'à plus de minuit, et c'est alors seulement qu'Aly posa sur l'oreiller sa tête malade et lasse.

Le téléphone la réveilla à une heure et demie du matin : c'était son malheureux successeur qui l'appelait paniqué. La police de Rhinelander, à l'autre bout de l'État, avait trouvé un camion avec une dizaine de chiens en cage, abandonné depuis des heures sur un parking de supermarché par une température polaire. Le camion venait d'un chenil industriel, que la police avait aussitôt évacué et fermé. Du coup, l'unique refuge à proximité croulait sous des centaines de chiens. Ses responsables se tournaient donc vers l'ONG d'Aly, même si un tel problème ne relevait absolument pas de ses compétences, qui étaient d'ordre essentiellement juridique.

Son successeur voulait savoir à qui refiler le bébé. Aly s'écria : *Mais qu'est-ce que vous racontez ? Allez-y et trouvez une solution.* L'homme rétorqua qu'il n'était pas assez payé pour faire ce genre de boulot. Ils discutèrent pendant vingt minutes, sans que ma femme pourtant zombique se départe jamais d'un ton rationnel. L'homme persista dans son refus. Alors, à l'aube, Alyssa prépara un petit sac à dos et prit la voiture toute seule pour un trajet de trois heures et demie sur des départementales verglacées. Je n'arrêtais pas de lui demander : « Tu es *sûre* ? » Pas vraiment le soutien qu'elle méritait.

Elle rentra quarante-huit heures plus tard, après avoir escorté deux cents chiens vers des refuges dans tout le nord du Wisconsin. Quand elle descendit de voiture, on aurait dit une paysanne française tuberculeuse du XIXe siècle vue par Hollywood. Elle alla directement trouver Robin, qui pleurait toujours, et passa une heure à le consoler. Puis elle rédigea un discours qu'elle devait prononcer le lendemain à Des Moines, dans l'Iowa. Là encore, il fallut attendre minuit passé pour qu'elle me regarde en louchant comiquement, se déclare *rétamée* et dorme cinq heures avant de reprendre la voiture.

Ma femme était admirable comme moi j'étais grand. Mais *admiration* ne faisait qu'effleurer ce que j'éprouvais. Le sentiment qui me baignait avait l'évidence d'une preuve géométrique. Je *révérais* ma femme. Elle était qui elle devait être en ce monde, sans jamais se soucier de ce que ça signifiait. Je ne pouvais même pas espérer rivaliser. J'espérais juste qu'elle pouvait voir, depuis la cabine de contrôle, devant ces écrans, ce qui inondait mon cerveau.

La séquence s'acheva et je sortis de ma transe. Les techniciens réajustèrent les réglages en me montrant à nouveau les images précédentes et me faisant compter à rebours de dix à un. Et puis, après un nouveau coup de dés, ils me donnèrent une seconde cible : le *Chagrin*.

Dès que le mot résonna dans mon oreillette, mon pouls s'emballa. Pour dire la vérité, je suis profondément superstitieux – pas dans ma tête, que la science a rééduquée, mais dans mes membres. Je suis très doué pour les vieux sentiments, et le chagrin doit être plus vieux que la conscience même. Bien trop facilement, mon corps épouse mes pires cauchemars. Les quelques minutes que je venais de passer à admirer ma femme se retournèrent comme un gant. Je revivais cette nuit si palpable, mais cette fois le malheur était partout. L'otite de mon fils dégénérait en infection fatale. Les bourreaux du chenil capturaient ma femme et la torturaient. Privée de sommeil et surmenée, elle dérapait sur le bitume gelé et gisait dans un fossé pendant des heures.

Qu'est-ce que le chagrin ? C'est le monde dépouillé de l'objet qu'on admire. Toutes ces choses qui me submergeaient étaient irrationnelles, complètement absurdes. Mais je les ressentais comme si, sur quelque planète, elles s'étaient réellement produites.

Quand je les rejoignis dans la cabine, Aly se précipita pour me serrer dans ses bras. *Oh mon pauvre petit gars !*

On échangea les rôles. Je m'assis à côté de Currier, et Aly s'installa dans le tunnel d'IRM. Tandis que deux techniciens effectuaient les réglages sur Aly avec les images et la musique, je fis part à Currier de mes doutes.

« Votre méthodologie n'a pas l'air particulièrement bien contrôlée. Est-ce que les résultats ne risquent pas de fluctuer considérablement, selon…

— Selon que le sujet a fait ou pas l'Actors Studio ? » Son visage était avenant, mais sa voix se fit condescendante. J'avais vraiment du mal avec ce type, et pas seulement parce que Aly l'aimait bien.

« Exactement. Tout le monde ne peut pas se forcer à ressentir des émotions sur commande.

— Ça n'est pas nécessaire. On observe des régions spécifiques du système limbique. Certaines réactions des cibles seront plus authentiques que d'autres. Certaines personnes ressentiront vraiment les émotions, d'autres se contenteront d'y penser. Mais l'intelligence artificielle peut dégager, à partir de centaines de tests, des schémas d'activité communs, et elle élabore statistiquement une cartographie synthétique en 3D des traits saillants partagés. On est encore en phase de tests pour savoir si les empreintes cérébrales des huit émotions de base sont assez distinctes pour être identifiées par les recrues qui apprennent à y correspondre.

— Et alors ? Ça se présente comment ? »

Il inclina la tête, comme un de ces oiseaux qu'il lorgnait avec ma femme. « En s'en remettant au simple hasard, et avec huit choix, un individu identifierait correctement l'émotion cible une fois sur huit. Mais après quelques séances de feedback, les recrues la reconnaissent plus d'une fois sur deux.

— Oh mon Dieu ! De la télépathie émotionnelle… »

Currier leva les sourcils. « On peut le dire comme ça. »

Je restais sceptique. Mais si j'avais siégé à la commission des bourses, je l'aurais subventionné. L'idée méritait d'être explorée, quels qu'en soient les résultats. Une machine à empathie : ça semblait sortir tout droit d'un des deux mille romans de ma collection de SF.

À l'autre bout de la pièce, ma femme paraissait plus petite encore à l'intérieur du scanner. On lui donna la *Vigilance.* Je n'aurais même pas qualifié la vigilance d'émotion, encore moins d'émotion de base. Mais la vigilance était à Alyssa ce que la psalmodie était aux nonnes médiévales, et je ne fus pas surpris quand, au bout de trois minutes de test, Currier se pencha vers l'écran. « Ouh là ! Elle est intense.

— Si vous saviez à quel point… »

Mais peut-être qu'il le savait. On regarda l'activité cérébrale tournoyer dans la tête d'Aly comme un barbouillage animé. Peut-être revivait-elle la même nuit que moi. Mais des dizaines d'autres nuits auraient pu faire l'affaire. En observant l'écran, j'apprenais quelque chose. Aly chantait à pleine voix tous les classiques de la vie, mais la *vigilance* était son hymne national. Toute sa vie n'était que variations sur un seul thème : quel que soit le travail que tes mains peuvent faire, fais-le maintenant, car il n'y aura pas de travail pour toi à l'endroit qui t'attend.

Les schémas dansaient dans son cerveau. Un technicien lui dit de respirer profondément et de se détendre. *Me détendre ?* lança-t-elle de l'intérieur du tube. *Je commence seulement à m'échauffer !*

Et puis on lui donna l'*Extase*. « Attendez un peu, dis-je à Currier. Moi, j'ai droit au Chagrin, et elle à l'Extase ? »

Il me fit un grand sourire. Son charme était indéniable. « Je vais jeter un œil au générateur de numéros aléatoires. »

La Vigilance et l'Extase s'étendent côte à côte sur la roue des émotions de Plutchik. La Vigilance se nuance en Excitation et en Intérêt, en allant vers le bord de la roue. L'Extase s'estompe en Joie et en Sérénité. Niché entre l'Excitation et la Joie, il y a l'Optimisme. Passer des alertes au crible, jour après jour, sans en voir le bout, laissait Aly bien déglinguée. Je la revois pleurer devant une vidéo tournée clandestinement dans un élevage intensif de l'Iowa. Un jour, elle avait voué l'humanité aux feux de l'enfer en balançant contre le mur un rapport de l'ONU sur la destruction de l'environnement. Mais ses cellules fabriquaient de l'optimisme à la chaîne. Son âme s'alignait sur l'Extase comme la limaille de fer épouse un champ magnétique.

Je contemplais sur un écran l'empreinte cérébrale d'Aly au septième ciel, à côté d'un homme qui, j'en étais sûr, la désirait. Currier observait le déploiement de son tracé. « Elle est *parfaite* ! » Je ne comprenais absolument pas ce qu'il regardait, mais même moi je voyais la différence entre ce flux et les premiers tracés d'Aly.

Je connaissais ma femme mieux que je n'ai connu quiconque. Mais je n'avais aucune idée des souvenirs qu'Aly mobilisait pour produire cette représentation de gala. Est-ce que j'étais dans le lot ? Était-ce son fils, le centre de la joie ? Ou étaient-ce d'autres choses qui déclenchaient sa plus intime félicité ? J'avais tellement envie de connaître la source de ces couleurs rayonnantes que cela m'emplissait d'une neuvième émotion primaire, introuvable sur la roue de Plutchik.

Currier étudiait sur l'écran le diencéphale d'Aly. Il s'inscrivait dans une longue et impressionnante exploration qui durerait aussi longtemps que la société croirait en la science. Mais même si les gens de son espèce parvenaient enfin à ouvrir la chambre forte du crâne d'autrui, nous ne saurions jamais pour autant ce que ça faisait d'y habiter. Où que nous allions, l'endroit serait toujours vu d'ici.

Les deux techniciens aidèrent Aly à sortir du tube. Elle rougit de plaisir, comme le jour où les infirmières lui avaient remis son nouveau-né entre les mains. Elle nous rejoignit dans la cabine, un peu flageolante. Currier émit un sifflement. « Toi, cet engin, tu le maîtrises ! »

Ma femme s'approcha et m'entoura le cou de ses mains, comme si mon seul corps pouvait maintenir à flot son frêle esquif dans une mer immense. On rentra à la maison sans s'être lâchés et on libéra la baby-sitter. On donna à manger à notre fils et on tenta de détourner son attention avec ses Lego *Star Wars* préférés. Robin sentit que quelque chose se mijotait et choisit le moment pour se montrer collant. Je tentai de le raisonner.

« Ta mère et moi, on a quelques trucs à régler. Joue tranquillement, et après on ira voir les voiliers. »

Cela nous laissa le temps de nous barricader dans la chambre. Aly m'avait déjà à moitié déshabillé quand je pus chuchoter mes premiers mots farouches : « À quoi tu pensais, là-bas ? Il faut que je sache ! »

Elle ignora tous les sons que j'émettais, hormis mon pouls. Elle avait l'oreille contre ma poitrine, et les mains qui se baladaient en dessous. *Oh mon pauvre petit gars. On aurait dit que t'allais pleurer, dans cette vilaine machine !*

Et puis elle se dressa au-dessus de moi, droite, attentive, monumentale. En se soulevant, elle poussa un petit cri, comme une créature nocturne. Je tendis la main pour la faire taire, et le frisson redoubla. Au bout de quelques secondes, on entendit frapper à la porte. *Tout le monde va bien là-dedans ?*

Ma femme, vigilante extatique, mobilisa toute sa volonté pour ne pas éclater de rire. *Oh tellement bien, mon chéri ! Tout le monde va tellement bien !*

Un mercredi matin de novembre, je traversai le campus pour rejoindre le bâtiment de Currier. Même si ça faisait une sacrée trotte, j'y allais sans prévenir. Je ne voulais pas laisser de trace écrite. Martin parut embarrassé de me voir. Sur la roue de Plutchik, l'émotion la plus proche aurait sûrement été l'Appréhension.

« Theo. Hum... Comment ça va ? » La question avait l'air presque sincère – grâce à tant d'années passées à étudier les émotions humaines. « Je m'en suis vraiment voulu de manquer les obsèques d'Alyssa. »

Je levai les épaules, les laissai retomber. Ça remontait à deux ans : de l'histoire ancienne. « Franchement, je ne saurais même pas vous dire qui était là ou pas. Je ne me souviens pas de grand-chose.

— Qu'est-ce que je peux faire pour vous ?

— J'ai une question confidentielle à vous poser. »

Il hocha la tête et me conduisit hors du bâtiment. On s'installa dans une cafétéria de l'école de médecine, devant des boissons chaudes dont aucun de nous n'avait envie.

« C'est un peu embarrassant. Je sais que vous n'êtes pas clinicien, mais je n'ai personne d'autre à qui m'adresser. Robin a des ennuis. Son école me menace d'appeler l'aide sociale si je ne le mets pas sous médocs. »

Il lui fallut quelques instants pour situer *Robin*. « On lui a diagnostiqué quelque chose ?

— Voilà le palmarès pour le moment : deux voix pour Asperger, une probabilité de TOC, une possibilité de troubles de l'attention. »

Il sourit, amer et compatissant. « Voilà pourquoi j'ai laissé tomber la psycho clinique.

— La moitié des élèves de CE2 dans ce pays pourraient rentrer dans une de ces catégories.

— C'est bien ça le problème. » Il regarda autour de lui, guettant des collègues susceptibles de nous entendre. « Qu'est-ce qu'ils veulent lui prescrire ?

— Peu importe, pour sa directrice, tant que les grands labos y trouvent leur compte.

— La plupart des médicaments courants sont aux normes, vous savez.

— Mais enfin, il a *neuf ans* ! » Je me ressaisis, m'adoucis. « Son cerveau est encore en plein développement. »

Martin leva les mains. « C'est vrai que c'est un peu jeune, pour des psychotropes. Si j'avais un enfant de neuf ans, je n'aurais pas envie de prendre le risque. »

Il était malin. Je comprenais pourquoi ma femme l'appréciait. Il me laissa venir. Je finis par avouer : « Il a balancé un thermos à la gueule de son meilleur ami.

— Hum… Moi, un jour, mon meilleur ami, je lui ai cassé le nez. Mais il le méritait.

— Est-ce que la Ritaline aurait pu lui éviter ça ?

— Le traitement préféré de mon père, c'étaient

les coups de ceinture. Et ça a fait de moi l'adulte exemplaire que vous avez devant vous. »

J'éclatai de rire et je me sentis mieux. Une sacrée prouesse de sa part. « C'est un miracle de parvenir à l'âge adulte, pour tout le monde. »

L'ami de ma femme plissa les yeux pour scruter le passé et se remémorer son fils. « Sa colère, vous l'évalueriez comment ?

— Je ne sais pas quoi répondre.

— Mais son copain, il l'a pourtant bien amoché.

— Ça n'était pas entièrement sa faute. » Rien n'était jamais entièrement notre faute. *Ses mains se sont embrouillées.*

« Vous craignez qu'il ne fasse du mal à quelqu'un ? Est-ce qu'il vous a déjà agressé physiquement ?

— Oh non. Jamais. Bien sûr que non. »

Il savait que je mentais. « Je ne suis pas médecin. Et même les médecins ne peuvent pas vous donner un avis fiable sans une consultation en bonne et due forme. Vous le savez.

— Aucun médecin ne peut diagnostiquer mon fils mieux que moi. Je veux juste un traitement autre que chimique pour qu'il se calme un peu et que sa directrice me lâche la grappe. »

Il se redressa, presque au garde-à-vous, comme jadis en observant le scan cérébral de ma femme. Il se renfonça dans la coque de plastique de sa chaise.

« Si vous cherchez une thérapie non médicamenteuse, on pourrait le faire participer à notre programme expérimental. On teste l'efficacité du NeuroDec comme modificateur comportemental. Un sujet de son âge nous fournirait des données précieuses. Et il se ferait même un peu d'argent de poche. »

Et moi je pourrais dire à Mrs Lipman que mon

fils était inscrit dans un programme de modification comportementale à l'université. « Il n'y aurait pas de complications éthiques avec un cobaye humain aussi jeune ?

— C'est un processus non invasif. On l'entraîne à être attentif à ses émotions pour les contrôler, tout comme la thérapie comportementale, sauf que dans ce cas les résultats obtenus sont visibles et instantanés. Le Comité d'éthique a avalisé des projets beaucoup plus risqués que le nôtre. »

On regagna son bureau. Les arbres étaient dénudés et des cristaux de neige flottaient latéralement. À en juger par l'odeur dans l'air, la fin de l'année avait de l'avance, cette année. Mais nous croisions encore des étudiants en short.

Currier expliqua tout ce qui avait changé depuis qu'Aly et moi avions consenti à être sujets cibles. Le NeuroDec était en pleine maturation. Dans diverses universités, ici et dans toute l'Asie, des équipes entières de recherche et de validation en testaient le potentiel clinique. Les résultats étaient très prometteurs pour la prise en charge de la douleur et le traitement des TOC. Le feedback connectif se révélait utile pour contrôler la dépression, la schizophrénie et même l'autisme.

« Une recrue performante – quelqu'un qui a vraiment un don pour le feedback – peut bénéficier d'une amélioration de ses symptômes sur plusieurs semaines. »

Il décrivit ce que ça impliquerait. L'intelligence artificielle reliée au scanner comparerait les schémas de connectivité du cerveau de Robin – son *activité cérébrale spontanée* – à un modèle préenregistré. « Et ensuite on remodèlera cette activité spontanée par des stimuli visuels et auditifs. On le branchera sur les modèles synthétisés de personnes qui sont parvenues à un haut degré d'équilibre par des années de méditation. Et alors l'intelligence artificielle l'encouragera par du feedback, en lui disant s'il s'en approche ou s'il s'en éloigne.

— Et ça dure combien de temps ?

— Il suffit parfois de quelques séances pour constater des améliorations notables.

— Et les risques ?

— Moins grands qu'à la cantine, je dirais. »

Je ravalai ma colère. Mais il s'en aperçut.

« Theo. Je vous demande pardon. Je faisais le malin. Le feedback neurologique, c'est une procédure d'assistance. Tout ce qui peut arriver à son cerveau, c'est simplement quelque chose qu'il apprend à faire lui-même, par la réflexion, la concentration et la pratique.

— Comme lire. Ou suivre un cours.

— Exactement. C'est juste plus rapide et plus efficace. Et sans doute plus marrant. »

À ce mot, une expression parcourut son visage, et une intuition insolite me souffla qu'il pensait à Alyssa. Tous deux avaient passé bien des heures immobiles, assis côte à côte au milieu de nulle part, rien qu'à regarder. *On ne les repère pas toujours par des traces spécifiques*, m'avait appris Aly, avant que l'ennui me fasse renoncer à observer les oiseaux avec elle. *On les reconnaît à la forme, à la taille, et à l'impression. On les* sent. *On appelle ça choper le* flow.

« Merci, Marty. Ça me sauve la vie. »

Il protesta d'un geste. « Faut voir les résultats. »

Je le laissai à la porte de son bureau. Quand je

lui tendis la main, il m'enveloppa dans une étreinte maladroite. Derrière lui, le mur arborait le poster d'une plage bordée d'arbres avec ces mots :

La surface de la terre est souple
et garde l'empreinte du pied des hommes ;
ainsi en est-il des chemins que parcourt l'esprit.

J'allais donc confier mon fils traumatisé à un neuroscientifique carriériste et reluqueur d'oiseaux qui avait encore le béguin pour ma défunte femme et décorait son bureau de posters kitsch citant Thoreau.

Tu veux dire, comme un jeu vidéo ? Mon fils adorait les jeux, mais ils le terrifiaient aussi. Les jeux de tir à détente rapide, les jeux d'action à défilement horizontal où il fallait bondir pile au bon moment le rendaient dingue. Il s'y attaquait avec zèle, puis battait en retraite, vaincu, rageur. Ils représentaient tout l'esprit de compétition entre petits coqs qui régissait le royaume de ses pairs. Lorsqu'un certain jeu de course automobile le poussa à balancer ma tablette à travers la pièce et que je lui interdis d'y jouer, il parut soulagé. Mais il adorait sa ferme. Il pouvait passer la journée à cliquer sur ses champs pour récolter du blé, cliquer sur le moulin pour produire de la farine, cliquer sur le four pour cuire du pain.

« Oui, répondis-je. C'est un peu comme un jeu. Tu essaies de déplacer un point lumineux sur un écran, ou de rendre une note de musique plus douce ou plus forte, plus aiguë ou plus grave. Et avec de l'entraînement ça sera de plus en plus facile. »

Et tout ça avec mon cerveau *? C'est délirant, papa.*

« Ouais. C'est assez fou. »

Attends. Y a un truc comme ça. Ça me rappelle un truc. D'une main il pagaya dans l'air, de l'autre il se rabota le menton – m'avertissant qu'il fallait le laisser réfléchir. Il claqua des doigts. *C'est comme un de tes mondes. « Imagine une planète où on peut brancher son cerveau sur celui de quelqu'un d'autre. »*

« C'est pas exactement ça. »

Tu crois que ce scanner pourrait m'apprendre à mieux peindre ?

Currier serait bien capable d'essayer ça un jour. « Ta peinture est parfaite. On pourrait utiliser ton cerveau pour apprendre aux autres à mieux peindre. » Rayonnant, il courut chercher son carton à dessin pour me montrer son nouveau chef-d'œuvre, une moule nacrée. Il avait déjà des oiseaux, des poissons et des champignons, et travaillait à présent sur les escargots et les bivalves.

Il va nous falloir une grande table au marché, papa.

Le tableau entre mes mains, je songeai : Aucune thérapie ne saurait égaler ça. Et puis mon fils, baissant les yeux, lissa le papier de ses mains coupables, et c'est alors que je vis les marques de froissement furieux. Contrit, il suivit des doigts les contours du dessin. *J'aimerais tellement en voir une. En vrai, je veux dire.*

Je transmis la brochure de Currier à Mrs Lipman, ainsi que trois articles vantant le potentiel thérapeutique de ses recherches. Cela parut la satisfaire. Tout excité par la perspective de faire des barbouillages avec son cerveau, Robbie connut deux semaines miséricordieusement paisibles. Pendant ces deux semaines, je pus donc retourner à mes tâches négligées et réparer les dégâts infligés à ma boîte de réception.

On partit fêter Thanksgiving chez les parents d'Aly, dans les quartiers ouest de Chicago. Leur pavillon étriqué d'après-guerre, de style pseudo-Tudor, était comme d'habitude une cocotte-minute de cousins dopés au glucose, de sport en boucle sur écran géant que personne ne regardait, et d'engueulades politiques. La moitié de la famille étendue d'Aly soutenait l'un des candidats de l'opposition en lice pour les primaires. L'autre moitié appuyait notre président dans son retour provocant au monde d'il y a un demi-siècle. Dès le jeudi midi, le nouveau décret de la Maison Blanche rendant obligatoire le port d'une pièce d'identité pour les citoyens et d'un visa pour les étrangers provoqua entre les oncles et autres cousins de Robin un échange de tirs nourris par-dessus les tranchées d'une ligne de front stationnaire.

Sa grand-mère prononça la prière d'action de grâces au dîner de Thanksgiving. Toute la table dit amen et se mit à passer les plats dans quatre directions différentes. Robbie dit : *Il n'y a personne pour écouter cette prière, vous savez. On est sur un caillou, dans l'espace, et il y a des centaines de milliards d'autres cailloux comme le nôtre.*

Adele fut horrifiée. Elle me regarda bouche bée. « En voilà une façon d'élever un enfant ! Que dirait sa mère ? »

Je n'expliquai pas à Adele ce qu'aurait dit sa fille. Robin s'en chargea pour moi. *Ma mère est morte. Et Dieu ne l'a pas aidée.*

La tablée querelleuse se tut. Tout le monde leva les yeux vers moi, dans l'attente que je corrige mon fils. Adele s'en prit à lui avant que je puisse ouvrir la bouche. « Il va falloir que tu me fasses des excuses, jeune homme. » Elle se tourna vers moi. Je me tournai vers Robin.

Je suis désolé, mamie, dit-il. Et toute la tablée reprit sa querelle. Il n'y eut que sa tante préférée et moi, qui l'encadrions, pour l'entendre marmonner tel Galilée : *Mais tu as tort.*

Tout au long du repas, Robin picora ses haricots, ses airelles, et ses pommes de terre farouchement dépourvues de sauce. Son grand-père Cliff ne cessait de le harceler du bout de la table. « Prends un peu de dinde, mon gars. C'est Thanksgiving ! »

Lorsque Robin explosa enfin, ce fut d'une ampleur géothermique. Il se mit à hurler : *Je ne mange pas d'animaux ! Ne me forcez pas à manger des animaux !*

Je dus l'emmener dehors. On fit trois tours de pâté de maisons. Il répétait sans cesse : *Allez, papa, on rentre. S'il te plaît, on rentre à la maison. C'est plus facile là-bas, les actions de grâces.*

On repartit pour Madison où on termina les fêtes à deux. Rien que nous deux. Il commença le traitement le lundi après-midi suivant. Il se glissa dans le même tunnel d'IRM où jadis sa mère s'était volatilisée. Les techniciens lui demandèrent de rester immobile, de fermer les yeux et de ne rien dire. Mais quand ils lui passèrent la *Sonate au clair de lune*, mon fils éclata de rire et s'écria : *Je la connais, cette chanson !*

« Regarde le point lumineux au milieu de l'écran. » Robin, minuscule dans le scanner, fixait l'image au-dessus de lui. Des coussinets lui maintenaient la tête immobile. Martin Currier était installé devant le panneau de contrôle. J'étais à côté de lui. Il guidait Robin via l'oreillette. « Et maintenant, fais bouger le point vers la droite. »

Mon fils s'agita. Il était tenté de cliquer sur une souris, ou de tendre la main pour balayer l'écran ; *Mais comment ?*

« Rappelle-toi, Robbie. Faut pas parler. Détends-toi, ne bouge pas. Et quand tu seras prêt, le point lumineux le saura et se mettra à bouger. Reste sur lui et laisse-le se déplacer. Essaie de le maintenir à mi-hauteur. Ne le laisse pas aller trop haut ou trop bas. »

Robin ne bougea plus. Nous observions ses résultats en cabine. Le point lumineux ziguait et zaguait comme une araignée d'eau à la surface d'un étang.

Currier me récapitula le processus. « Fondamentalement, il apprend à se concentrer. C'est comme de la méditation, mais avec des stimuli puissants et instantanés pour l'orienter vers l'état émotionnel recherché. Plus il apprendra à se mettre dans cet état, plus ce sera facile. Et quand il y sera suffisamment parvenu, on pourra enlever les petites roues du vélo. Il maîtrisera. »

Je regardai mon petit garçon jouer à colin-maillard avec ses propres pensées : *T'es froid, encore froid, tu chauffes…*

Currier désigna le point lumineux qui bondissait vers le coin supérieur gauche. « Vous voyez ça ? Il est contrarié. Et là c'est le début de la colère. Avec peut-être un peu de tristesse. »

Je montrai le centre de la zone droite, que Robin tentait d'atteindre. « Et ça, ça représente quoi ? »

Currier me lança ce regard malicieux qui m'exaspérait tant. « La première étape vers l'Illumination. » Une demi-minute s'écoula. Puis une autre. Le point lumineux se calma et s'achemina de nouveau vers le centre de l'écran. « Il commence à prendre le coup de main, chuchota Marty. Il va réussir. » Ce qui me causa des inquiétudes neuves et inventives.

Je ne savais jamais, au grand jamais, ce qui passait par la tête si singulière de mon fils. Chaque jour ou presque il s'arrangeait pour me surprendre. J'en sais moins sur la planète où il vivait que sur Gliese 667 Cc. Mais ce que je sais, c'est que, quand Robin trouvait un rythme, bien peu de choses pouvaient l'en détourner. Le point lumineux décrivait des cercles boudeurs et circonspects. Il glissait imperceptiblement vers la droite sous l'aiguillon de Robin, alors même qu'il tentait d'aiguillonner Robin dans l'autre sens. Dense et réticent, le point bougeait comme un corps flottant dans l'œil quand on essaie de le regarder. Il glissait, reculait brutalement, glissait de nouveau en avant, telle une voiture qu'on dégage d'une congère.

La perspective de la victoire excitait Robin. Sur la ligne d'arrivée, il éclata de rire, et le point bascula dans la zone inférieure gauche. À l'intérieur du tunnel, Robin murmura : *Et merde*, et le point fusa frénétiquement aux quatre coins de l'écran. La contrition fut immédiate. *Pardon pour le gros mot, papa. Je ferai la vaisselle toute la semaine.*

J'éclatai de rire en même temps que Martin. Les techniciens aussi. Il fallut une minute pour que tout le monde retrouve son sérieux et que la session reprenne. Mais Robin avait trouvé le truc, et après quelques faux départs et corrections accélérées, mon fils et son point lumineux atteignirent leur but commun.

Une technicienne nommée Ginny s'approcha de lui pour rajuster sa position dans le scanner.

« Waouh ! lui dit-elle. T'as vraiment un don. »

Currier bidouilla les commandes et lança un nouveau test. « Cette fois-ci, fais grossir le point pour qu'il recouvre l'ombre à l'arrière-plan. Et maintiens-le comme ça. »

Le nouveau point trônait au centre de l'écran. Derrière lui apparaissait un disque plus pâle, la cible que Currier désignait à Robin. Le point rapetissait et enflait spasmodiquement, de concert avec une autre région du crâne de Robin. « Cette fois, on travaille l'intensité », dit Currier. Le point ballottait comme une onde d'oscilloscope, ou les voyants de volume sur une vieille chaîne hi-fi. Robbie entra en transe. Le point fluctuant se calma. Peu à peu il gagna en taille, passant de dix à cinquante cents. Robin l'amena dans la zone cible, mais fit long feu. Il en fut contrarié, et le point se réduisit à rien. Robin recommença, soulevant le point à la seule force hésitante de son humeur.

À ma grande stupeur, Robbie laissa un autre homme lui chatouiller la partie la plus sensible des côtes. Currier reprit : « “Car l’habitude parvient presque à changer la marque de nature.” »

C’est quoi, ce truc ? demanda Robin. *Un genre de poème ?*

« C’est toi qui es un poème », répondit Currier. Et il programma une troisième séance.

Je sortis avec Robin du bâtiment des neurosciences et on regagna le parking à pied. Il me tenait par le bras sans cesser de parler. Il ne m’avait jamais autant touché en public depuis ses huit ans. Le neurofeedback décodé le transformait, aussi sûrement que l’aurait fait la Ritaline. Cela dit, chaque chose sur Terre le transformait. Chaque parole agressive d’un ami à la cantine, chaque clic sur sa ferme virtuelle, chaque espèce qu’il peignait, chaque minute de chaque vidéo en ligne, toutes les histoires qu’il lisait le soir et toutes celles que je lui racontais : il n’y avait pas *un* « Robin », pas de pèlerin unique dans cette procession de visages pour qu’il reste jamais *le même que*. Toute cette farandole kaléidoscopique, qui paradait dans l’espace et le temps, était en elle-même un chantier permanent.

Robin me tira sur le bras. *C’est qui ce type, d’après toi ?*

« Quel type ? »

Celui dont je copie le cerveau ?

« C’est pas un seul type. C’est le schéma moyen de plusieurs personnes différentes. »

Il me claqua la main par en dessous comme s’il smashait un ballon. Son menton se redressa et il fila quelques mètres en avant, comme quand il était plus

Chaque fois que le point s'alignait sur la taille modèle, il prenait une teinte vieux rose. Lorsqu'il remplit l'arrière-plan assez longtemps pour luire, le scanner résonna d'un bref coup de cloche victorieux, et le point retrouva sa taille initiale.

« Et maintenant, essaie de le faire changer de couleur pour qu'il soit vert. » Un nouveau feedback pour de nouveaux paramètres d'affect. Je me dis que Robin risquait de se rebeller. Cela faisait près d'une heure qu'il était dans ce scanner. Au lieu de quoi, il gloussa de plaisir et retomba en transe. Bientôt, il avait appris à faire passer le point par un arc-en-ciel de couleurs. Currier souriait, de son sourire sec et narquois.

« Et maintenant, on va tout combiner. Qu'est-ce que tu dirais d'un point vert, gros comme l'ombre à l'arrière-plan, complètement à droite mais bien centré ? Et tu le maintiens aussi longtemps que tu peux. »

Robbie boucla sa dernière mission du jour assez vite pour impressionner tout le monde. Ginny le dégagea du scanner, rougissant de fierté. Il trottina jusqu'à la cabine en agitant la main au-dessus de la tête pour que je lui claque la paume. Son visage avait la même expression que le soir quand je lui concoctais une planète : enfin chez lui dans la Voie lactée.

Y a rien de plus cool au monde. Tu devrais essayer, papa.

« Raconte-moi. »

C'est un peu comme si t'apprenais à lire dans les pensées du point lumineux. T'apprends ce qu'il veut que tu penses.

On prit rendez-vous pour une nouvelle séance la semaine suivante. J'attendis qu'on ait quitté le bâtiment pour le cuisiner. Je laissais à Currier ses scans, ses données et ses analyses informatiques. Moi, je voulais des mots, de la bouche même de Robin. Et je les voulais pour moi seul.

« Ça faisait quel effet ? Comment tu te *sentais* ? » J'avais envie de lui montrer un diagramme de la roue de Plutchik pour qu'il me désigne l'emplacement exact.

Toujours exultant, il me donna un petit coup de tête dans les côtes. *Bizarre. Bien. Comme si j'étais capable d'apprendre à tout faire.*

Ces mots me froncèrent la peau. « Et comment t'as contrôlé le point pour qu'il fasse tous ces trucs ? »

Il cessa de jouer les bouquetins et redevint sérieux. *J'ai fait comme si je le dessinais. Non. Attends. Comme si c'était lui qui me dessinait.*

Ils exigèrent que Robin soit seul pour la deuxième séance. Selon Currier, je risquais de le déconcentrer. Dans le cadre de ce pénible feedback permanent qu'on appelle être parent, je remis Robin entre les mains d'autrui.

Je sentis que ça s'était bien passé quand je vins le chercher au labo. Currier avait l'air ravi, même s'il cachait son jeu. Robin était sur un nuage, mais sans la frénésie habituelle. Un étrange émerveillement, timide et inconnu, avait pris possession de lui.

Cette fois, ils m'ont passé de la musique. Oh papa, c'était vraiment dingue. Je pouvais rendre les notes plus aiguës ou plus basses, plus rapides ou plus lentes, et changer la clarinette en violon si je voulais, rien qu'en y pensant !

Je levai un sourcil à l'intention de Currier. Son sourire était si débonnaire qu'il me mit mal à l'aise. « Il a vachement bien réussi le feedback musical, pas vrai, Robin ? On apprend à stimuler la connectivité entre les régions appropriées du cerveau. Les neurones qui s'embrasent ensemble s'embrassent ensemble. »

jeune. Puis il attendit que je le rattrape. Mon fils avait l'air heureux, et j'en avais des frissons.

« Pourquoi tu me demandes, Robbie ? »

Parce que j'ai l'impression qu'ils viennent chez moi, genre, pour papoter. Comme si on faisait des trucs ensemble, dans ma tête.

Les lois qui régissent la lumière d'une luciole dans mon jardin où j'écris ces mots ce soir sont les mêmes qui régissent la lumière émise par l'explosion d'une étoile à un milliard d'années-lumière. Le lieu ne change rien. Ni le temps. Un ensemble de règles uniques s'applique au jeu, en tout temps et en tout lieu. C'est la plus grande vérité que nous ayons découverte, nous les Terriens, et que nous découvrirons jamais, durant notre bref règne.

Mais ce lieu est *grand*, essayais-je d'expliquer à mon fils. « Tu n'imagines pas à quel point. Pense à l'endroit le plus improbable… »

Une planète en fer ?

« Par exemple. »

En diamant brut ?

« Ça existe. »

Une planète où les océans font des centaines de kilomètres de profondeur ? Une planète avec quatre soleils ?

« Oui au carré. Et on trouvera des endroits encore plus étranges, entre ici et le bout de l'univers. »

OK. Je réfléchis à ma planète parfaite. La meilleure sur un million.

« Des meilleures sur un million, tu en as environ dix millions rien que dans la Voie lactée. »

Notre quotidien paraissait s'adoucir, et pas seulement parce que j'en cherchais des preuves. Son bulletin scolaire de décembre était quasiment le meilleur qu'il ait jamais eu. Sa maîtresse, Kayla Bishop, avait ajouté à la main au bas de la page : *Robin progresse en créativité, ainsi qu'en maîtrise de soi.* L'après-midi, il descendait du bus en fredonnant. Un samedi, il partit même faire de la luge avec un groupe de gamins du quartier qu'il connaissait à peine. Je ne me rappelais même plus à quand remontait sa dernière sortie avec une personne autre que moi.

Le vendredi d'avant les vacances d'hiver, il rentra à la maison avec une ficelle de jute dans le dos, nouée au passant de sa ceinture. Je la fis glisser entre mes doigts. « C'est quoi ce truc ? »

Il haussa les épaules, en mettant au micro-ondes son bol de lait au gingembre et aux noisettes. *Ma queue.*

« Vous étudiez le génie génétique ? »

Il eut un sourire aussi doux que ce décembre au parfum de mai. *C'est des élèves qui me l'ont attachée pour m'humilier. Tu vois, quoi. « L'ami des animaux », un truc comme ça. J'ai pas pris la peine de l'enlever.*

Il apporta son lait chaud jusqu'à la table, où s'étalait depuis des semaines son matériel à dessin, et se mit à passer en revue les candidats pour son prochain portrait.

« Oh, Robin. Quelle bande de têtes de cons. Kayla est au courant ? »

De nouveau, il haussa les épaules. *C'est pas bien grave. Ça a fait rire tout le monde. C'était plutôt marrant.* Il releva la tête de son ouvrage et contempla quelque infime révélation au mur derrière moi. Il avait le regard clair, le visage curieux, comme dans ses meilleurs jours quand sa mère était encore vivante. *C'est comment, tu crois ? D'avoir une queue ?*

Il sourit tout seul. Tout en peignant, il faisait des bruits de jungle en sourdine. Dans sa tête, il était suspendu à une branche, la tête en bas, et agitait ses mains en l'air.

J'ai mal pour eux, papa. C'est vrai. Ils sont coincés à l'intérieur d'eux-mêmes, pas vrai ? Comme tout le monde. Il réfléchit un instant. *Sauf moi. Moi, j'ai mes potes.*

Son ton me donna des sueurs froides. « Quels potes, Robbie ? »

Tu sais bien. Il fronça les sourcils. *Ma bande. Les gars dans ma tête.*

On alla passer Noël chez les parents d'Aly à Chicago. Cliff et Adele nous accueillirent, un peu crispés. Ils n'avaient pas encore pardonné à mon petit athée son agression envers leurs croyances les plus profondes. Mais Robbie les étreignit, l'oreille plaquée sur leur ventre, et cela les attendrit. Il entreprit de serrer dans ses bras tous les cousins qui s'y prêtaient.

En une poignée de minutes, il parvint à faire flipper toute la famille d'Aly.

Pendant ces deux jours, il endura le football et les bondieuseries, emporta au temple une raquette de ping-pong, et regarda ses cousins accueillir ses cadeaux – des peintures représentant des espèces menacées – avec divers degrés de raillerie contenue. Et il fit tout ça sans jamais exploser. Lorsque enfin il montra des signes de saturation, le départ était assez proche pour que je puisse le fourrer dans la voiture et prendre la fuite avant que le moindre incident ne puisse ternir notre première fête de famille pacifique depuis la mort d'Aly.

« Alors, c'était comment ? » lui demandai-je sur la route du retour.

Il haussa les épaules. *Pas mal du tout. Mais les gens sont vraiment susceptibles, pas vrai ?*

La planète Stase ressemblait tellement à la Terre. Les cours d'eau, les montagnes verdoyantes où nous avions atterri, les arbres de bois et les plantes fleuries ; les escargots, les vers de terre et les scarabées volants, et même les créatures osseuses étaient cousins de ceux que nous connaissions.

Comment c'est possible ? demanda-t-il.

Je lui expliquai ce que pensaient désormais certains astronomes : un milliard au moins de planètes avaient eu autant de chance que la nôtre, rien que dans la Voie lactée. Dans un univers qui s'étendait sur quatre-vingt-treize milliards d'années-lumière, les Terres Rares poussaient comme du chiendent.

Mais quelques jours sur Stase révélèrent une planète non moins étrange que toutes les autres. Son axe avait très peu d'inclinaison, ce qui signifiait une unique saison monotone à toutes les latitudes. La densité de l'atmosphère neutralisait les variations de température. La taille des plaques tectoniques permettait de reconfigurer les continents sans grandes catastrophes. Fort peu de météores passaient le barrage des planètes massives toutes proches. Et c'est ainsi que le climat de Stase était demeuré stable presque toute son existence.

On gagna l'équateur, en parcourant les couches de mille-feuilles planétaires. Le nombre d'espèces dans chaque catégorie était énorme et rempli de spécialistes. Chaque prédateur chassait une proie unique. Chaque fleur avait son pollinisateur attitré. Aucune créature ne migrait. Beaucoup de plantes étaient carnivores. Plantes et animaux pratiquaient toutes les symbioses possibles. Les entités vivantes supérieures n'étaient même plus des organismes : c'étaient des coalitions, des associations, des parlements.

On rejoignit l'un des pôles. Les frontières entre les biomes étaient rigides comme des clôtures. Pas de cycle de saisons pour les brouiller ou les assouplir. À un pas de distance, les feuillus s'arrêtaient et les conifères commençaient. Tout sur Stase était conçu pour gérer son emplacement privé. Tout sur Stase ne connaissait qu'une chose, infiniment profonde : la somme du monde à sa latitude propre. Rien de vivant ne pouvait s'épanouir ailleurs. Tout déplacement de quelques kilomètres au nord ou au sud se révélait généralement fatal.

Est-ce qu'il y a de l'intelligence ? demanda mon fils. *De la conscience quelque part ?*

Je lui répondis que non. Rien sur Stase ne semblait doué de mémoire, ni capable de prédire grand-chose au-delà du présent. Dans une telle constance, il n'y avait guère besoin d'adapter, d'improviser, d'anticiper ou de façonner grand-chose.

Il y réfléchit quelque temps. *Le désordre, c'est ce qui crée l'intelligence ?*

Je dis oui. La crise, le changement, le chaos.

Sa voix se fit triste et visionnaire. *Alors on ne trouvera personne de plus doué que nous.*

Les techniciens se régalaient avec Robin. Ils adoraient le taquiner, et, étonnamment, il adorait qu'on le taquine. Ça lui plaisait presque autant que de diriger ses petites symphonies de feedback, de mettre en scène ses films d'animation mentaux. Ginny lui dit un jour : « T'es un drôle de petit gars, Mister Méninges.

— Un décodeur d'élite, y a pas de doute », renchérit Currier. J'étais assis avec lui dans son bureau, cerné par des jouets, des casse-tête, des illusions d'optique et des posters New Age.

« Est-ce que c'est parce qu'il est jeune ? De même que des gamins peuvent apprendre une autre langue sans effort ? »

Marty Currier pencha la tête. « On a des preuves de malléabilité à tous les âges de la vie. En vieillissant, c'est l'habitude qui nous bloque, bien plus qu'une altération des capacités innées. Nous autres, on dit souvent que “maturité”, c'est juste un synonyme de “paresse”.

— Alors qu'est-ce qui le rend si doué pour le feedback ?

— C'est un garçon unique. D'ailleurs, sans ça,

il n'aurait jamais suivi la formation. » Il prit sur son bureau un Rubik's Cube à douze faces et se mit à jouer avec. Son regard se fit vague, et je sus à qui il rêvassait. Il reprit la parole en s'adressant moins à moi qu'à lui-même. « Aly était incroyable pour repérer les oiseaux. Je n'ai jamais vu quelqu'un d'aussi concentré. Elle était assez extraterrestre, elle aussi. »

Ma tête se redressa, raide comme un soldat, pleine de rancune et de colère. Avant que je puisse lui dire qu'il était un vicelard qui ne savait rien de ma femme, la porte s'ouvrit et Robin se répandit dans la pièce.

J'ai jamais joué comme ça.

« Mister Méninges a vraiment battu son record aujourd'hui », dit Ginny derrière lui en lui pétrissant les épaules comme un coach de boxe massant son champion.

Quand tout le monde se mettra à ce truc, ça va être vraiment cool.

« C'est exactement notre avis. » Martin Currier posa son casse-tête et brandit les mains en l'air. Robin trottina docilement vers le bureau pour lui claquer les paumes. Je ramenai mon fils à la maison, comme si on me confiait la garde du futur.

Je voyais les changements de semaine en semaine. Il était devenu plus prompt à rire, plus lent à s'enflammer. Plus malicieux face aux contrariétés. Au crépuscule, il restait immobile à écouter les oiseaux. Je ne savais pas au juste quelles qualités étaient à lui, et lesquelles revenaient à sa *bande*. Chaque infime changement quotidien se fondait en lui et s'y acclimatait.

Un soir, je lui concoctai une planète dont les diverses espèces dotées d'intelligence échangeaient des bouts de tempérament, de mémoire, de comportement et d'expérience aussi facilement que les bactéries terriennes échangent des bribes de gènes. Il me saisit le bras en souriant avant que je puisse ajouter les détails. *Je sais où t'as piqué ça !*

« Ah ouais ! Qui c'est qui te l'a dit ? »

Il écarta les doigts et les colla à mon crâne en faisant un bruit de succion, tandis que des fragments de personnalité faisaient la navette entre nous. *Ça serait cool, non, si tout le monde se mettait à suivre la formation ?*

À mon tour je posai les mains sur son crâne, et du bout de mes doigts j'aspirai des bribes de ses émotions secrètes pour les absorber en moi, avec les effets sonores appropriés. On éclata de rire. Puis il me tapota l'épaule, comme pour me calmer avant de m'envoyer au lit. Un geste surnaturellement adulte, venu d'un lieu qui n'existait pas une semaine plus tôt.

« Alors qu'est-ce que tu crois ? » Je jouai l'amusé et le désinvolte. « La souris. Elle est en train de changer ? »

Son regard se saisit de l'énigme. Il se remémora, et la solution se mit à flamboyer dans ses yeux. *C'est toujours la même souris, papa. Sauf que maintenant j'ai de l'aide.*

« Explique-moi comment ça marche, Robbie. »

Tu vois comment c'est, quand tu parles à quelqu'un d'idiot et que ça te rend idiot aussi ?

« Oh oui, je connais ça. Je connais très bien. »

Par contre, quand tu joues à un jeu contre quelqu'un de futé, tu améliores ta tactique, pas vrai ?

J'essayai de me rappeler s'il parlait déjà comme ça un mois plus tôt.

Eh bien, c'est pareil. C'est comme d'entrer sur le terrain de jeu. Mais avec trois autres gars vraiment futés, marrants et forts dans ton équipe.

« Est-ce que… est-ce qu'ils ont des noms ? »

Qui ça ?

« Ces trois gars ? »

Il gloussa comme un enfant beaucoup plus jeune. *C'est pas vraiment des gars. C'est juste… mes alliés.*

« Mais… ils sont trois ? »

Il haussa les épaules, de nouveau sur la défensive, de nouveau semblable à mon fils. *Trois… Ou quatre… On s'en fout. C'est pas la question. Simplement, genre, ils m'aident à faire avancer la barque. C'est mon équipage.*

Je lui dis qu'il était ma souris d'entre les souris. Je lui dis que sa mère l'aimait. Je lui dis qu'il devait toujours se sentir libre de me dire tout ce qu'il pouvait découvrir d'intéressant dans cette virée en barque.

Peut-être qu'en quittant la pièce je le serrai trop fort dans mes bras. Il se dégagea et me secoua par les épaules.

Papa ! Faut pas en faire un plat. C'est juste... Il tendit deux doigts de chaque main et les entrecroisa. *Hashtag savoir-être, tu vois ?*

Des bouffées de sa vieille impatience l'agitaient, dans l'attente du premier marché bio du printemps. Il lui vint à l'idée d'emporter ses peintures à l'école pour y trouver des acheteurs. Il avait déjà un tube à posters sous le bras et un pied sur le seuil pour attraper son bus quand il me déballa son plan.

« Oh, Robbie. C'est pas une super-idée. »

Pourquoi ? Sa voix vacillait, au bord d'être à vif. *Tu les trouves trop merdiques ?*

Le répit m'avait amolli. Je nous croyais tirés d'affaire. Je croyais que son équipage avait mené sa barque à bon port.

« Elles sont trop bien. Tes camarades n'ont pas les moyens de te payer ce qu'elles valent vraiment. »

Il se voûta. *Ça serait toujours ça de pris. Des milliers de créatures disparaissent chaque année. Et jusqu'à présent, j'ai récolté zéro dollar et zéro centime pour les aider.*

Il avait raison, sur tous les plans. Il brandit le tube à posters, d'un air de défi. Mon menton se souleva et s'abaissa imperceptiblement, et il s'esquiva.

Ma matinée s'écoula dans une distraction nerveuse. Parvenu à treize heures trente, j'étais si oppressé que j'appelai l'école : je leur demandai de prévenir Robin que je viendrais le chercher à la fin de la journée. J'attendais sur le parking en m'entraînant à paraître désinvolte tout en me blindant, quand il se glissa dans la voiture.

« Alors, ça a donné quoi ? »

Il tendit le tube, comme pour me montrer toutes les peintures qu'il contenait encore. *Toujours zéro dollar et zéro centime.*

« Diga me. »

Pendant deux kilomètres, il refusa de me dire. Il tapotait la boîte à gants avec son tube à un rythme régulier d'andante. Il fallut que je lui effleure l'épaule pour le convaincre d'arrêter. Il soufflait bruyamment comme s'il était sous assistance respiratoire.

Ils ont pris ça pour une de mes lubies. Ils ont commencé à m'asticoter. « Salut, Dr Strange. » Ce genre de trucs, tu vois. Et puis ils ont dit des trucs sur mes peintures.

« Quel genre de trucs ? »

Josette Vaccaro en aurait peut-être acheté, s'il n'y avait pas eu les autres. J'ai fini par dire que je leur donnerais tous les tableaux qu'ils voulaient, au prix qu'ils voulaient. Jayden a dit qu'il me donnerait vingt-cinq cents pour le léopard de l'Amour. Alors je lui ai vendu.

« Oh, Robbie. »

Ethan Weld a trouvé ça marrant, alors il m'a proposé cinq cents pour le gorille des montagnes. Il a dit que ça lui ferait un souvenir de moi quand j'aurais disparu. D'autres élèves se sont mis à me donner de la monnaie, et je me suis dit : C'est mieux que rien, non ? Au moins j'aurai quelque chose *à envoyer aux associations. Mais ensuite Kayla m'a forcé à rendre tout l'argent et à reprendre les tableaux.*

Je ne m'habituais toujours pas à ce que les élèves appellent leur instit par son prénom. « Elle venait à ton secours. »

Elle m'a donné un blâme. Elle a dit que c'était interdit par le règlement de vendre des trucs dans l'enceinte de l'école, et que je devrais le savoir. Je lui ai demandé si elle savait que la moitié des grands animaux de la planète auraient disparu quand on aurait son âge. Elle a dit qu'on était en cours d'instruction civique, pas de biologie, et de pas répondre sinon j'aurais encore un blâme.

Je roulai sans rien dire. Je ne voyais pas d'argument qui puisse l'aider. J'en avais fini avec les humains. On s'engagea dans l'allée du garage. Il posa la main sur le haut de mon bras.

Papa, y a vraiment quelque chose qui tourne pas rond chez nous.

Dans le mille, encore une fois. Ça ne tournait pas rond chez nous deux. Ni chez les 7,6 milliards d'autres. Et il faudrait quelque chose de plus rapide, de plus puissant et de plus efficace que le NeuroDec pour sauver qui que ce soit.

Début mars, le Président invoqua la loi de 1976 sur l'état d'urgence nationale pour faire arrêter une journaliste. Elle avait publié des fuites en provenance de la Maison Blanche et refusait de révéler sa source. Alors le Président ordonna au ministère de la Justice d'ordonner au Trésor public de livrer tout rapport d'activités suspectes la concernant. En se fondant sur ces rapports et sur ce que le Président qualifiait d'« informations crédibles émanant de puissances étrangères », il la fit placer en détention militaire.

Les médias crièrent au scandale. Du moins la moitié des médias. Les trois principaux candidats d'opposition à l'élection, prévue en automne, firent des déclarations que le Président dénonça comme autant d'actes « de complicité et de collusion avec les ennemis de l'Amérique ». Le chef de l'opposition au Sénat estima que l'initiative présidentielle constituait la plus grave crise constitutionnelle des cinquante dernières années. Mais les crises constitutionnelles étaient devenues monnaie courante.

Tout le monde attendait que le Congrès réagisse. Pas de réaction. Des sénateurs du parti présidentiel – des vieillards armés de sondages – affirmèrent qu'aucune loi n'avait été bafouée. Ils ricanèrent à l'invocation d'une violation du Premier Amendement. Des heurts violents secouèrent Seattle, Boston et Oakland. Mais le grand public, moi compris, prouva une fois de plus le talent du cerveau humain pour s'habituer à tout.

Tout cela s'était produit au grand jour et, face à si peu de honte, l'indignation était impuissante. La crise politique laissa place à une autre source fraîche de délire deux jours plus tard. Mais durant ces deux jours, je restai ligoté aux infos. Je passais mes soirées à faire défiler l'apocalypse sur mon écran, tandis que Robbie peignait des espèces menacées à la table de la salle à manger.

Parfois, je craignais que le neurofeedback décodé ne l'ait rendu trop calme. Ça ne paraissait pas naturel qu'un garçon de son âge soit si monomaniaque. Mais accro comme j'étais à l'urgence nationale, j'étais mal placé pour parler.

Un soir, la chaîne d'infos que je trouvais la moins suspecte délaissa la crise constitutionnelle déclinante pour une interview avec l'ado de quatorze ans la plus célèbre du monde. L'activiste Inga Alder avait lancé une nouvelle campagne en se rendant à vélo de chez elle, près de Zurich, jusqu'à Bruxelles. En chemin, elle recrutait une armée de cyclistes adolescents pour aller avec elle faire honte au Conseil de l'Union européenne, et le contraindre à réduire les émissions de gaz à effet de serre comme il l'avait promis depuis si longtemps.

Le journaliste lui demanda combien de cyclistes s'étaient joints à sa caravane. Miss Alder fronça les sourcils, en quête d'une précision qu'elle ne pouvait fournir. « Leur nombre change tous les jours. Mais aujourd'hui nous sommes plus de dix mille. »

Le journaliste demanda : « Mais ils ne vont pas à l'école ? Ils ne sont pas censés être en classe ? »

La jeune fille au visage ovale et aux couettes serrées imita un bruit de pet. Elle ne faisait pas ses quatorze ans. On lui donnait à peine onze ans. Mais elle parlait mieux anglais que bien des camarades de Robin. « Ma maison est en feu. Et vous voulez que j'attende la fin des cours avant de rentrer l'éteindre ? »

Le journaliste insista. « À propos d'école, que répondez-vous au président américain quand il dit que vous devriez étudier l'économie avant de donner des ordres aux leaders mondiaux ?

— L'économie, c'est censé vous apprendre à chier dans le nid et à jeter les œufs ? »

Pâle et singulier, mon fils émergea de la salle à manger et se posta à côté de moi. *Mais* qui *c'est, enfin ?* Il semblait hypnotisé.

L'intervieweur demanda : « Vous croyez qu'il y a la moindre chance que votre mouvement aboutisse ? »

Elle est comme moi, papa.

Je ressentis une brûlure au sommet du crâne. Je me rappelai soudain pourquoi Inga Alder semblait un tantinet extraterrestre. Elle avait dit un jour que son autisme était son plus grand atout – « c'est à la fois mon microscope, mon télescope et mon laser ». Elle avait souffert d'une grave dépression, et même tenté de mettre fin à ses jours. Et puis elle avait trouvé un sens et une cause dans cette planète vivante.

Elle lança un regard au journaliste décontenancé. « Je connais notre risque d'échec si nous ne faisons rien. »

C'est bien ce que je dis ! C'est exactement ça !

Robin tressaillait si fort que je tendis la main pour le calmer. Il s'écarta. Il n'avait que faire du calme. Je ne sais pourquoi ce fut si douloureux et vertigineux d'être assis à un mètre de mon fils à l'instant où, pour la première fois, il tomba amoureux.

Il réclama Inga Alder comme naguère il quémandait des vidéos de sa mère. On regarda la jeune fille manifester en brandissant des banderoles. On la suivit sur les réseaux sociaux. On visionna des documentaires où elle donnait au simple bon sens des accents de révélations impérieuses. On la vit prendre d'assaut la petite ville des collines toscanes où se réunissait le G7. On la regarda expliquer à l'Assemblée générale des Nations unies quel souvenir l'Histoire garderait de leurs gouvernements, s'il y avait encore une Histoire.

Robin tomba violemment amoureux, comme seul un enfant de neuf ans peut tomber amoureux d'une femme plus âgée. Mais son amour était d'une espèce rare : une pure gratitude exempte de tout besoin, de tout désir. D'un coup, Inga Alder ouvrit son esprit stimulé par le feedback à une vérité que moi-même je n'avais jamais vraiment saisie : le monde est une expérience de validation, avec pour seule preuve la conviction.

La fin avril amena le premier marché bio en plein air de l'année. On se rendit à la grande place en face du Capitole. Ça donnait l'impression que sa mère était avec nous, de l'autre côté de la rue. Les étals étaient rares, et la récolte maigre. Mais il y avait du fromage de chèvre acidulé, et les dernières patates et pommes de l'automne dernier. Il y avait des carottes, du kale, des épinards, de l'ail encore vert, et des gens tout contents que la terre reprenne vie. Les Amish avaient apporté des gâteaux et des cookies de toutes races et de toutes couleurs. Des food trucks proposaient de la gastronomie de tous les continents. Il y avait des poteries artisanales, des bijoux en ferraille, des duos mandoline-saxophone, des bols confectionnés dans le bois de chênes abattus par le vent, des verres à whisky jaspés, et des égoïnes émaillées de paysages locaux. Il y avait du lierre, des tisons de Satan et des plantes araignées. Aux limbes de ce système solaire, il y avait les associations qui faisaient la quête, les radios libres et les services publics. Et puis, à leurs côtés, un stand à l'emplacement dûment payé où les clients pouvaient faire leur choix parmi cent trente-six aquarelles débridées, rehaussées à l'encre de Chine, de créatures qui bientôt ne seraient plus qu'un souvenir.

Au fil des cinq heures, Robin devint une autre personne. C'était peut-être l'effet des trillions de dollars déversés chaque année en publicité, qui apprenaient aux enfants à se confondre avec des produits. Tout Terrien de neuf ans sait depuis bien longtemps comment faire l'article. Mais je n'aurais jamais imaginé combien Robin pouvait être rusé ou doué pour le boniment. Si doué que, durant tout un samedi, il put passer pour un habitant de cette planète.

Il réinventait tous les trucs, à la limite de l'arnaque, du manuel du parfait VRP : *Ça vaut combien, d'après vous ? J'ai passé des heures à faire celui-là !*

Le propithèque à couronne dorée est assorti à vos yeux. Personne ne veut du cyprinodon à grosses lèvres, je ne sais pas pourquoi. Il hélait des dames grisonnantes à vingt mètres. *Hé, m'dame, aidez à sauver une superbe créature ! Pour quelques dollars. Ça sera de l'argent bien employé.*

Les gens achetaient parce qu'il les faisait rire. Certains se régalaient de son numéro de bonimenteur, d'autres voulaient encourager l'entrepreneur en herbe. Quelques-uns avaient pitié de lui, ou voulaient simplement se donner bonne conscience. Peut-être même que, sur la centaine de clients, il y avait quelqu'un qui aimait assez sa peinture pour l'accrocher dans son salon. Mais la plupart de ceux qui s'arrêtaient pour acheter faisaient simplement l'aumône à cet enfant qui avait passé des mois à réaliser des choses sans grande valeur au nom de grands espoirs mal placés.

En six heures, il se fit neuf cent quatre-vingt-huit dollars. Le type qui nous avait loué l'emplacement acheta l'iguane à poitrail noir et queue épineuse – pas vraiment le chef-d'œuvre de Robin – à douze dollars pour arriver à un total de mille dollars tout rond. Robin était fou de joie. Des mois de travail obsessionnel avaient mené au triomphe. Toute somme comportant autant de zéros s'apparentait à une fortune. Qui sait ce qu'un tel montant pourrait accomplir ?

Papa, papa, papa : on peut poster les sous ce soir ?

Il trimait depuis trop longtemps pour que j'entrave sa course vers la ligne d'arrivée. On porta l'argent à la banque. Je remplis un chèque à adresser à l'ONG de défense de la faune qu'il avait choisie après des heures de dilemme douloureux. Ce soir-là, après des burgers végétariens et quelques vidéos d'Inga, on se mit à lire ensemble, allongés aux deux bouts du canapé, tandis que nos pieds déclenchaient de petites guerres frontalières dans le no man's land. Il referma son livre et contempla le plafond perlé.

Je me sens super bien, papa. Si je mourais maintenant, je serais quand même heureux de ce que ça a donné.

« Ne va pas jusque-là, quand même. »

Oh... OK d'ac, dit-il de sa voix de clown.

Deux semaines plus tard, il reçut une lettre des généreux sauveurs qu'il avait choisis. Je la déposai bien en vue sur le guéridon du vestibule, pour qu'il la trouve au retour de l'école. Il l'ouvrit tout excité, en déchirant l'enveloppe. La lettre le remerciait de sa contribution. Elle claironnait le fait que pour chaque dollar près de soixante-dix cents contribueraient directement ou indirectement à ralentir la destruction de l'habitat naturel dans dix pays différents. Et elle laissait entendre que s'il voulait donner deux mille cinq cents dollars de plus, le moment était bien choisi, car, entre les contributions équivalentes et le taux de change favorable, l'ONG serait en mesure d'atteindre son objectif trimestriel de collecte de fonds.

Les contributions équivalentes ?

« C'est quand les gros donateurs versent un dollar pour chaque dollar donné par quelqu'un d'autre. »

Alors ils ont l'argent... mais ils ne le donnent que si... ?

« C'est incitatif. Comme toi au marché bio, avec ton deux-pour-le-prix-d'un. »

C'est pas pareil. De mauvaises pensées lui brouillaient le front. *Ils ont l'argent, mais ils le gardent ? Et il n'y a que sept cents de mes dollars qui iront aux animaux ? Les espèces meurent, papa. Par milliers !*

Il me cria dessus en battant l'air de ses mains. Je proposai de dîner, mais il refusa. Il fila dans sa chambre, claqua la porte et ne voulut pas en sortir, même pour faire une partie de son jeu de société favori. Je guettai des bruits de casse, mais le silence était plus effrayant encore. Je sortis discrètement pour regarder à sa fenêtre. Allongé sur son lit, il griffonnait dans un carnet. Partout, des plans.

Quatorze mois plus tôt, il s'était fracturé deux os en donnant un coup de poing dans la porte de sa chambre, parce que par accident j'avais jeté à la poubelle une de ses cartes de collection. À présent, confronté à cette accablante lettre de remerciements, il se concentrait, élaborant une liste secrète d'actions possibles. Et pour cette remarquable métamorphose, je devais rendre grâces à Martin Currier et à son neurofeedback. Et pourtant, planté là au vent glacial du printemps sous une pluie rouge de fleurs d'érable, je n'étais pas certain que, sur la roue ambiguë de Marty, la *Gratitude* soit l'émotion la plus proche de ce que j'éprouvais.

Juste avant l'heure de se coucher, Robin sortit de sa chambre. Il brandit vers moi une liasse de notes manuscrites. *On peut demander une autorisation de manifester ?*

De petits triangles « Danger » m'envahirent la tête. « Manifester contre quoi ? »

Il me décocha un regard si rempli de dédain que j'eus l'impression d'être son fils et de l'avoir déçu. En guise de réponse, il tendit une feuille A3 de papier à dessin : une esquisse pour une pancarte plus grande. Au milieu du paysage rectangulaire se détachaient ces mots :

En cercle tout autour se déployait un bestiaire dessiné d'espèces au bord de l'extinction. La fierté que m'inspirait son talent n'avait d'égale que ma consternation face au slogan.

« Et cette manif, ce sera… juste toi ? »

Tu veux dire que ça vaut rien ?

« Non. Je ne dis pas ça. Simplement, les manifs, c'est souvent plus efficace quand on se joint à d'autres gens. »

Et tu en connais, des manifs auxquelles je pourrais me joindre ? Je laissai retomber ma tête. Il m'effleura le poignet. *Il faut bien que je commence quelque part, papa. Et peut-être que ça inspirera d'autres gens.*

« Et où est-ce que tu comptes manifester ? »

Il pinça les lèvres, secoua la tête. L'homme qui avait regardé avec lui toutes ces vidéos d'Inga Alder – l'homme qui avait épousé sa mère – se rabaissait par une telle question.

Ben tiens. Au Capitole.

Les citoyens ont le droit de manifester pacifiquement. Mon fils m'en avisa dûment. Malgré tout, on éplucha les sections idoines du Code municipal. On apprit ainsi que la Constitution était une chose, mais que son application par les autorités locales en était une autre. Cette leçon d'instruction civique suffisait à montrer pourquoi aucune manifestation légale ne saurait jamais menacer le statu quo.

Waouh ! Ils nous facilitent pas les choses, hein ? Et si jamais il se passe un truc vraiment grave et qu'un tas de gens veulent manifester, genre, le soir même ?

« Bonne question, Robbie. » Et la question ne faisait que se bonifier à chaque mois qui passait. Je fus tenté de lui dire que la démocratie finissait toujours par l'emporter, même quand les choses dégénéraient. Mais mon fils avait l'obsession de la franchise.

Il passa trois jours sur sa pancarte. Une fois achevée, c'était une merveille, à mi-chemin entre un manuscrit enluminé et une page de *Tintin*. Sa palette était simple, sa ligne claire, les animaux frémissants de vie, et assez grands pour être visibles de loin. Pas mal, pour un enfant qui peinait à saisir les mentalités d'autrui. Il avait également confectionné un tract illustré présentant vingt-trois espèces menacées ou en voie d'extinction dans l'État du Wisconsin, notamment le lynx du Canada, le loup gris, le pluvier siffleur et le mélissa bleu. *Qu'est-ce qui manque, papa ? Qu'est-ce qui manque ?*

« Tu ne veux pas ajouter un petit message pour les parlementaires ? »

Comment ça ?

« Pour leur dire quelles mesures tu attends d'eux ? »

Son regard perplexe se fit consterné. Si son propre père se montrait aussi aveugle et stupide, quel espoir y avait-il pour le monde ? *Je veux juste arrêter le massacre.*

Je savais que c'était chercher les ennuis, mais je tolérai son slogan. AIDEZ-MOI. JE MEURS. Comment savoir ce qui pouvait toucher un inconnu ? Après des mois de neurofeedback, l'empathie de Robbie dépassait la mienne. On allait apprendre ensemble à pénétrer dans le monde où sa mère avait vécu comme chez elle.

Papa ? Quand est-ce qu'ils seront tous là ?

« Qui ça ? »

Le gouverneur, les sénateurs, les gens du Parlement. Peut-être même ceux de la Cour suprême ? Je veux qu'il y en ait le plus possible à me voir.

« Le matin en semaine, j'imagine. Mais tu ne peux plus manquer l'école. »

Inga ne va même plus à l'école ! Elle dit : À quoi bon apprendre à vivre dans un futur qui...

« Je connais les idées d'Inga sur l'éducation. »

On fit un deal avec Mrs Lipman et la maîtresse, Kayla Bishop. Robin rendrait tous ses devoirs, et il ferait un exposé sur son expérience au Capitole quand il retournerait en classe le lendemain.

Il s'habilla pour l'occasion. Il voulait mettre le blazer qu'il avait porté aux obsèques de sa mère, mais, après deux ans, tenter de l'enfiler revenait à vouloir faire rentrer un papillon dans sa chrysalide. Je le forçai à bien se couvrir ; en cette saison, le temps au-dessus du lac était imprévisible. Il mit une chemise épaisse avec une cravate à clip, un pantalon de toile au pli bien dessiné, un gilet de laine, un coupe-vent et des souliers soigneusement cirés.

Comment tu me trouves ?

Un vrai dieu miniature. « Intimidant. »

Je veux qu'ils me prennent au sérieux.

Je le conduisis au centre-ville, sur l'isthme étroit entre les lacs, où le Capitole se dressait tel le centre d'une rose des vents. Robin voyagea sur la banquette arrière, en maintenant sur ses genoux sa pancarte fixée à un manche en carton plume. Ce geste réclamait toute son attention. Au Capitole, un garde lui indiqua où il pouvait se poster, en retrait de l'escalier de l'aile sud qui menait au Sénat. Être ainsi relégué à la périphérie des marches le contraria.

Je ne peux pas rester près des portes, pour que les gens me voient en entrant ?

Le *Non* du garde l'assombrit sans le décourager. On gagna la zone de confinement. Robin regarda autour de lui, étonné de la tranquillité matinale. Des fonctionnaires gravissaient le perron au compte-gouttes. Un groupe scolaire écoutait un conférencier avant une visite guidée des antichambres du pouvoir. À une rue de là, au carrefour de Carroll et Main Street, des piétons cherchaient fébrilement leur dose de caféine et de calories en se frayant un chemin parmi les nombreux SDF de toutes races. Des gens qui ressemblaient à des élus mais n'étaient sans doute que des lobbyistes passaient, concentrés sur les voix pressées contre leurs oreilles.

Tout ce calme décontenançait Robin. *Il n'y a donc personne d'autre qui manifeste ? Tous les habitants sont pleinement satisfaits des choses telles qu'elles sont ?*

Il avait fondé sa vision de ce lieu sur les vidéos de sa mère. Il attendait du drame, de la confrontation, des appels passionnés à la justice de la part de citoyens engagés et vertueux. Au lieu de ça, il avait droit à l'Amérique.

Je me postai à côté de lui. Il éclata. Sa main libre cisailla l'air. *Papa ! Tu fais quoi, là ?*

« Je multiplie par deux le nombre de manifestants. »

C'est HORS-DE-QUESTION. *Va te mettre là-bas.*

Je fis dix mètres sur le trottoir. Il me fit signe de m'éloigner encore.

Là-bas. Assez loin pour que personne ne croie que t'es avec moi.

Il avait raison. Si on nous voyait côte à côte, on croirait à une manipulation d'adulte. Mais un enfant de neuf ans planté tout seul avec une pancarte aidez-moi je meurs, ça pouvait donner envie de s'arrêter pour poser des questions.

Je m'exilai donc, aussi loin que je pouvais sans le perdre de vue – mieux valait éviter qu'un passant bien intentionné n'appelle les services sociaux du comté. Satisfait, Robin ramassa sa pancarte et la brandit bien haut. Alors, chacun de son côté, on s'installa dans les tranchées de la politique terrienne.

J'ai attendu tant de fois au pied de ces escaliers que je ne saurais les compter. J'y retrouvais Alyssa quand elle avait témoigné en faveur de propositions de loi dont peu de gens dans le Wisconsin entendraient jamais parler. Souvent elle était contente de sa journée, parfois exaltée, mais jamais entièrement satisfaite. Au bas des marches, elle s'enveloppait autour de moi, morte d'épuisement. Cramponnée à mes côtes, elle disait : *C'est un début.*

Son champ d'action finit par englober neuf autres Capitoles. Elle faisait plus de déplacements et moins de lobbying, et formait les autres à témoigner comme elle. Mais en voyant son fils manifester sur ces marches où Alyssa avait si souvent guerroyé contre les Choses-comme-elles-sont, je remontai brusquement le temps. Tous les livres de ma proliférante bibliothèque de science-fiction s'accordaient sur ce point : Le voyage dans le temps n'était pas seulement possible. Il était obligatoire.

À notre mariage, lors de l'échange de serments, je fus pris de court quand ma future femme m'offrit une miche ovale de ciabatta. *Ceci n'est pas un symbole. Ce n'est pas une métaphore. C'est juste une miche de pain. Je l'ai pétrie. Je l'ai fait cuire. C'est de la nourriture. On pourra la manger ensemble ce soir. « De chacun selon ses moyens », pas vrai ? Simplement, reste avec moi, du printemps jusqu'à l'hiver. Reste avec moi quand il n'y aura plus rien. Je resterai avec toi. Et il y aura toujours de quoi se nourrir.*

Je craquai, idiot que je suis. Moi qui n'aime même pas le pain. Mais je n'étais pas seul. Après un silence non moins improvisé, Aly soupira et dit : *Bon, d'accord. C'est* peut-être *une métaphore.* Et tous les gens qui comme moi pleuraient se mirent à rire, y compris ma mère. Après ça, il y eut une super-fête.

Elle m'avertit d'emblée qu'elle faisait des cauchemars. *Tu sais, Theo, dans mon boulot, je suis confrontée à des trucs assez horribles. Très souvent. Et ça contamine mes rêves. T'es vraiment prêt à t'engager avec quelqu'un qui hurle en dormant ?*

Je lui dis que, si elle avait besoin de compagnie au milieu de la nuit, elle pouvait toujours me réveiller.

Oh, ça oui, je te réveillerai. C'est bien le problème.

La première fois, je crus qu'elle s'en prenait à un intrus dans la chambre. Je me redressai d'un coup, et mon cœur fit sécession de ma poitrine. Mon mouvement brusque la réveilla. Encore dans les limbes, elle éclata en sanglots.

« Ma chérie. Tout va bien. Je suis là. »

Non, tout ne va pas bien !

Sa rebuffade était si brutale que je faillis aller dormir dans l'autre pièce. À trois heures du matin, la femme que j'aimais pleurait dans le noir, et moi j'avais envie de lui dire à quel point elle m'avait blessé. Telle est l'histoire dominante sur cette planète. Nous vivons suspendus entre amour et ego.

C'est peut-être différent dans d'autres galaxies. Mais j'en doute.

« C'était quoi, Aly ? Raconte-moi, et ça partira. » Nous aimons à dire : *Raconte-moi. Raconte-moi tout.* Mais toujours avec la clause tacite qu'il n'y a rien de vraiment terrible à raconter.

Je peux pas *te raconter. Et ça va* pas *partir.*

Ses sanglots s'apaisèrent au fil de son réveil. Je réessayai. « Je peux faire quelque chose ? »

Elle me montra : Me taire et la serrer fort. Ça paraissait si peu, n'importe qui aurait pu le faire. Elle s'endormit dans mes bras.

Elle se réveilla tôt. Au petit-déjeuner, on aurait pu croire qu'il ne s'était rien passé. Elle faisait son courrier en savourant une flaque de soleil telle une créature verte et vigoureuse. Je crus qu'à présent elle pourrait me raconter, décrire l'horreur qui l'avait réveillée hurlante. Mais rien ne venait.

« T'étais vraiment à cran cette nuit. Un cauchemar ? »

Elle frissonna. *Oh, mon cœur, ne m'en parle pas.*

Son regard me suppliait de changer de sujet. Elle n'avait pas confiance : je n'étais pas un convaincu. Je dissimulai cette pensée, mais elle me déchiffra comme un abécédaire.

Mon pire cauchemar. Elle regarda autour d'elle, cherchant un moyen de calmer mes soucis sans entrer dans les détails.

« Dans mon pire cauchemar à moi, tu es perdue dans une ville étrangère et on entend les sirènes d'alarme. Et je n'arrive pas à te retrouver. »

Elle me prit la main, mais son sourire s'éteignit vite. Je gaspillais mon énergie à m'inquiéter pour si peu quand nous étions au cœur d'une catastrophe plus vaste.

Ils nous prennent pour des hystériques, Theo. Pour une bande d'illuminés.

Je n'étais pas inclus dans ce *Nous* décrié. Elle parlait des gens comme elle, dont le cœur surmontait la barrière des espèces.

Pourquoi les gens ont tant de mal à voir ce qui se passe ?

Ses hurlements nocturnes devinrent si familiers qu'ils cessèrent de me réveiller pleinement. Au fil du temps, elle m'y donna accès. Dans ses rêves, d'autres formes de vie pouvaient parler, et elle les comprenait. Et elles lui racontaient ce qui se passait vraiment sur cette planète, tous ces systèmes de souffrance invisible, à des échelles inimaginables. La solution finale des appétits humains.

À la lumière du jour, elle travaillait d'arrache-pied. Je l'emmenais au Capitole ses jours de croisade et je venais la chercher le soir, au pied de l'escalier sud. Elle était globalement contente du bilan de sa journée. Mais le soir, après deux verres de vin rouge et une lecture de poésie avec son clébard miraculé, elle était parfois reprise de panique.

Qu'est-ce qui se passera quand ils auront disparu ? Quand il n'y aura plus que nous ? Comment ça va se terminer ?

Je n'avais pas de réponse. On s'endormait lovés en cuillère l'un contre l'autre, en faisant de notre mieux pour se réconforter. Et une ou deux nuits par semaine, elle se réveillait en hurlant.

Mais jusqu'à la fin, elle livrerait bataille. Elle était bâtie pour ça. Un après-midi, je la regardai revêtir sa tenue de combat devant le miroir de la salle de bains : blush, mascara, gel coiffant, gloss. Elle avait participé à la rédaction d'un appel au respect des droits des non-humains qu'elle comptait promouvoir dans tout le nord du Midwest. Cela impliquait de jouer sur la sensibilité animale des législateurs des deux sexes dans dix États différents.

Pas de quartier. J'ai pas raison, mon pote ?

Cette campagne devait débuter le soir, sur son terrain, dans l'aile sud du Capitole du Wisconsin. Elle fredonnait en se pomponnant. *Le coucou est un bel oiseau, qui chante en s'envolant. Et quand il crie coucou, l'été est imminent.* La proposition de loi qu'elle défendait était largement en avance sur son temps, de plusieurs décennies. Elle n'avait pas la moindre chance d'être adoptée, et Aly le savait. Mais elle jouait sur le long terme, et le jeu durerait aussi longtemps qu'il resterait un monde où jouer.

Elle sortit de la salle de bains, resplendissante. Elle me lança une œillade faussement timide. *Tiens ! Mais c'est le mec qui m'avait refait bégayer comme une gamine !* Et pour cela, elle me gratifia d'une caresse prometteuse.

Elle avait besoin de la voiture, pour la réception qui suivrait. Ça justifiait la galère de devoir stationner en ville. Je l'accompagnai jusqu'à l'entrée du garage. Une main sur la portière du passager, elle se pencha en avant et tendit le bras, index dressé, dans un geste théâtral. *C'est parti. Avengers, rassemblement !* Elle m'embrassa en me mordillant la lèvre. Et puis elle s'en alla vers le Capitole. Jamais plus je ne la reverrais sur cette planète, sauf pour identifier le corps.

Le flot de piétons s'intensifia. Les gens se mirent à remarquer Robin. Plusieurs femmes s'approchèrent pour s'assurer qu'il allait bien. Les hommes passaient sans s'arrêter. Une dame en tailleur noir, aux cheveux gris permanentés, qui ressemblait à la mère d'Aly, l'aborda comme si elle était prête à appeler les urgences. Je me disposai à intervenir, mais Robin la rassura. Elle plongea la main dans son sac et en sortit une poignée de billets qu'elle voulut le forcer à accepter. Il me lança un regard suppliant, mais il connaissait les règles. L'autorisation de manifester interdisait formellement toute collecte de fonds.

Il parvint à distribuer quelques tracts, généralement à des gens pris de court qui ne s'attardaient pas pour les lire. La plupart des tracts n'allaient pas plus loin que les poubelles aux coins du parc paysager. J'estimais que son expérience de démocratie participative ne durerait pas plus d'une heure, suivie d'un très bref exposé à l'école le lendemain. Mais la combinaison d'une cause sacrée et de toutes ces séances de neurofeedback avait transformé mon fils en un bouledogue zen. Il campa sur ses positions, et mit au point tout un répertoire d'accroches humoristiques pour interpeller les gens sur cette vaste étendue de béton et de pierre taillée.

Je m'assis sur un banc sans dossier avec mon ordinateur portable, et je bidouillai une simulation des atmosphères susceptibles d'évoluer sur une super-Terre récemment découverte à trente années-lumière. J'eus faim avant lui. Je le rejoignis en brandissant le thermos de jus de fruits frais et le sac de pique-nique qu'il nous avait préparé la veille. Il dévora la moitié d'un sandwich houmous-avocat puis m'ordonna de regagner mon poste d'observation, en agitant sa pancarte pour compenser ces quelques minutes de relâche.

Après le déjeuner, le temps ralentit comme une expérience de pensée d'Einstein. Je calai sur mes genoux mon mini-ordi relié à mon téléphone et je fis mine de travailler, tout en gardant un œil sur mon apprenti militant.

Dans ma boîte de réception s'accumulaient les messages urgents en souffrance. Les doctorants chinois de notre département s'étaient vu retirer leur visa étudiant. Même Jinjing, mon assistante, grande fan de football américain et fervente supportrice des Packers, qui connaissait mieux ce pays que moi : encore des victimes collatérales dans la guerre que menait le Président sur deux fronts, contre les puissances étrangères et les élites scientifiques qui les soutenaient. Apparemment, Dieu n'avait créé la vie que sur une seule planète, et une seule nation de l'espèce dominante était censée la diriger. Le département convoquait les enseignants pour une réunion de crise en fin d'après-midi.

Quand je levai les yeux vers Robin, il avait alpagué un Noir aux cheveux blancs en costume gris impeccable. Mon fils agitait sa pancarte artisanale en distillant données et chiffres. L'homme écoutait, méfiant. Il se mit à cuisiner Robin.

Je refermai mon ordi et m'approchai. « Tout va bien ? »

L'homme se retourna pour me jauger. « C'est votre fils ?

— Excusez-moi. Ça vous pose un problème, ce qu'il fait ?

— C'est vous qui me posez un problème. » D'une voix de stentor qui ne tolérait pas les inepties. « C'est vous qui l'avez poussé à faire ça ? Qu'est-ce qu'il fait là au lieu d'être en classe ? Ça vous amuse de manipuler ainsi des inconnus ? Qu'est-ce que vous cherchez au juste ? »

C'est moi qui manifeste, dit Robin. *Je vous l'ai déjà dit. Il n'a rien à voir avec ça.*

« Vous l'avez laissé ici sans surveillance.

— Absolument pas. J'étais assis là-bas. »

L'homme se tourna vers Robin. « Pourquoi tu ne me l'as pas dit ? »

On a tout fait dans les règles. J'essaie juste de faire voir aux gens la vérité.

L'homme se retourna vers moi. Il désigna la pancarte. « AIDEZ-MOI, JE MEURS. Vous trouvez ça normal, de laisser un enfant tout seul dans un lieu public avec…

— Excusez-moi… » Je gardai mes mains tremblantes derrière mon dos. Il y avait si longtemps que je n'avais pas interrompu quelqu'un. « Vous êtes qui au juste pour me dire comment je dois élever mon enfant ?

— Je suis chef de cabinet du leader de l'opposition, et père de quatre enfants accomplis. Qu'est-ce que vous croyez lui apprendre, à ce gosse, en le laissant planté ici, tout seul, avec *ce truc* à la main ? Vous devriez le mettre en contact avec des associations existantes. Il pourrait aider à fédérer d'autres gamins. Écrire des lettres. Travailler sur des projets précis et utiles. » Il me regarda dans les yeux et secoua la tête. « C'est vous que je devrais dénoncer pour mauvais traitements. »

Il tourna les talons, monta les marches et disparut dans l'espace du pouvoir. J'eus envie de lui crier : *Ça veut dire quoi, « des enfants accomplis » ?*

Je regardai Robin. Il chiffonnait un coin de sa pancarte. Sa première cuisante défaite législative, avant même que sa proposition de loi ne soit rédigée.

Je t'avais dit de pas t'en mêler ! aboya-t-il. *Je gérais très bien tout seul.*

« Robin, Ça fait un bon moment que tu es ici. Allez, viens, on rentre. »

Il ne leva pas les yeux. Ne secoua même pas la tête. *Je reste. Et je reviens demain.*

« Robin. Je dois aller à une réunion. Il faut partir tout de suite. »

La haine de son espèce s'anima dans ses yeux, aussi lisible que les mots sur sa pancarte. Son cerveau luttait pour régler ses propres fréquences, déplacer les points lumineux, les faire grossir et rétrécir dans le théâtre de son crâne. Ses épaules s'affaissèrent, et il se détourna. Il semblait prêt à s'enfuir, à hurler, à fracasser au sol sa pancarte. Quand il reprit la parole, sa voix était frêle et perdue.

Comment elle faisait, maman ? Tous les jours. Pendant des années.

Je ne pus retrouver la planète Isola. Je ratissai les prairies cosmiques, pendant bien des années. Mon fils vint me tenir compagnie et constater mon affolement.

« Ça devrait être pile par ici. C'est ce que disent toutes les données. »

Il ne plaçait plus grande confiance dans les données. Mon fils perdait sa foi en d'autres planètes.

Le plus étrange, c'est qu'on arrivait à la voir de loin. Le transit photométrique, la vitesse radiale, la lentille gravitationnelle, tout concordait pour déterminer son emplacement exact. On en connaissait la masse et le rayon. On en avait calculé les rotations et les révolutions avec une infime marge d'erreur. Mais sitôt parvenus, mon fils et moi, à quelques milliers de kilomètres de distance, elle disparaissait. L'espace où elle aurait dû se trouver redevenait vide dans toutes les directions.

Il prit pitié de mon incapacité à admettre l'évidence. *Elles se cachent, papa. Les créatures d'Isola lisent dans nos pensées et se dissimulent.*

« Quoi ? Comment ça ? »

Ça fait un milliard d'années qu'elles existent. Elles ont eu le temps d'apprendre quelques trucs.

Il s'impatientait, lassé de mon aveuglement. Quelles étaient les chances qu'une rencontre finisse bien ? Toute l'histoire humaine donnait la réponse.

Voilà pourquoi l'univers est silencieux, papa. Tout le monde se cache. Les plus malins, en tout cas.

« Mais on a constaté de vrais progrès, insista Martin Currier. Vous ne pouvez pas le nier. Bien plus qu'on ne pouvait s'y attendre. »

Nous étions assis sur les banquettes d'une gargote cantonaise dépeuplée, menacée de faillite par la crise des visas. Tout le campus – tout le monde universitaire américain – était ébranlé. Les rares étudiants asiatiques dont le visa n'avait pas été révoqué se terraient chez eux. Les cours d'été grouillants d'une foule cosmopolite se réduisaient à une poignée de Blancs qui ne risquaient rien.

D'un geste du menton, Currier enfonça le clou. « Personne ne vous avait promis une guérison. »

Je me retins d'envoyer valser la tasse de café qu'il portait à ses lèvres. « Impossible de le tirer du lit. Je suis obligé de lui faire la guerre pour le forcer à se lever et à s'habiller. Il refuse de sortir. Il veut se recoucher aussitôt après le déjeuner. Encore heureux que ce soient les vacances, sinon j'aurais à nouveau sa directrice sur le dos.

— Et c'est comme ça depuis… ?

— Depuis des jours. »

Currier prit un ravioli entre ses baguettes et se mit

à le mastiquer. Un morceau de gluten et d'orgueil, insoluble dans le thé, resta coincé dans sa pomme d'Adam. « Il est peut-être temps d'envisager une cure d'antidépresseurs à très petites doses. »

Le mot m'emplit d'une panique animale. Il s'en aperçut.

« Il y a huit millions d'enfants sous psychotropes dans ce pays. Ça n'est pas l'idéal, mais ça peut marcher.

— S'il y a huit millions d'enfants sous psychotropes, c'est que quelque chose ne marche pas bien. »

Le professeur titulaire haussa les épaules. Concession ou objection : impossible à dire. Je cherchai une échappatoire. « Est-ce que par hasard Robbie… Je ne sais pas. Est-ce qu'il n'aurait pas développé une tolérance ou une accoutumance aux séances ? Et alors les effets se dissiperaient plus vite ?

— J'ai du mal à l'imaginer. Chez la plupart des sujets, on constatera des améliorations notables qui perdurent des semaines après chaque séance.

— Alors pourquoi il redégringole ? »

Currier leva les yeux vers le téléviseur fixé au mur d'en face. Dans cette vague de chaleur sans précédent, des clusters de bactéries mortelles se répandaient sur toute la côte de Floride. Le Président déclarait aux journalistes : *Peut-être que c'est parfaitement naturel. Ou peut-être pas. Les gens disent…*

« Peut-être que ses réactions sont parfaitement compréhensibles.

— Qu'est-ce que vous voulez dire ? » demandai-je. Mais les poils hérissés sur ma nuque avaient déjà compris.

Son froncement de sourcils était étonnamment semblable à son sourire. « Théoriciens et cliniciens sont rarement d'accord sur ce qui constitue la santé mentale. Est-ce la capacité à fonctionner de façon productive dans des conditions difficiles ? Ou est-ce davantage une affaire de réaction appropriée ? Une euphorie permanente n'est peut-être pas la réaction la plus saine à… » Il désigna la télé.

J'eus une terrible pensée : Peut-être que Robbie pâtissait de ces derniers mois de neurofeedback. Face à la ruine qu'était globalement le monde, une empathie accrue entraînait une souffrance plus profonde. La vraie question, ce n'était pas pourquoi Robin dégringolait. C'était pourquoi nous restions, nous autres, si absurdement optimistes.

Currier agita une main en l'air. « Il a des résultats nettement meilleurs en maîtrise de soi et en résilience. Il est tellement plus à même d'affronter l'incertitude qu'au début des séances. Soit : il est toujours en colère. Et toujours déprimé. Mais franchement, Theo, par les temps qui courent, s'il n'était *pas* en colère, là, je m'inquiéterais. »

On termina le repas. Martin jugea peu déontologique de me laisser payer, mais capitula volontiers. On retraversa le campus. J'avais commis l'erreur de ne pas mettre de crème solaire. On n'était qu'en juin, mais j'avais du mal à respirer. Currier souffrait aussi. Il plaqua un masque chirurgical sur son visage. « Désolé. Je sais que j'ai l'air ridicule. Mais mes allergies sont en roue libre. » Au moins nous n'étions pas en Californie du Sud, où après des semaines de feux de forêt l'alerte Qualité de l'air confinait des millions de gens chez eux.

La protection du NeuroDec semblait toucher à sa fin. Pendant quelque temps elle avait apaisé Robin, et m'avait évité de devoir droguer mon fils. Mais à présent même Currier le préconisait. Au moindre éclat à l'école, le choix ne m'appartiendrait même plus.

« Il me demande tout le temps comment Aly a pu livrer un combat perdu d'avance pendant des années sans se laisser démolir. » L'expression de Currier était indéchiffrable sous son masque. Je poursuivis aveuglément. « Je me pose la même question. Ça la mettait en colère. Ça la déprimait. Beaucoup. » Je n'avais guère envie de parler de ses terreurs nocturnes à son vieux complice d'ornithologie. « Mais elle allait de l'avant, vaillamment. »

Même sous le masque, son sourire était audible. « La mère de Robin avait une chimie corps-cerveau de compétition. »

On s'arrêta sur University Avenue près du Discovery Center, où nos chemins se séparaient. Je me blindai contre une nouvelle recommandation de cocktails cérébraux, concoctés à tâtons. Mais quand Currier retira son masque, il arborait une expression que je ne pus décoder.

« On pourrait connaître son secret. Robin pourrait nous le dire lui-même.

— Mais de quoi vous parlez, enfin ?

— J'ai toujours les tracés d'Aly. »

Des colères me submergèrent de toutes parts, toutes inutiles.

« *Quoi ?* Vous avez conservé nos enregistrements ?

— Un seul. »

Je n'eus pas à poser la question. Il avait balancé mon Admiration, mon Chagrin et sa Vigilance. Il avait gardé son Extase.

« Et vous me dites que vous pourriez brancher Robin sur le vieux scan d'Aly ? »

Currier évalua ce miracle, les yeux baissés vers le trottoir. « Votre fils pourrait apprendre à se mettre dans un état émotionnel généré autrefois par sa mère. Ça le motiverait peut-être. Et ça pourrait répondre à sa question. »

Les couleurs de la roue de Plutchik tourbillonnaient autour de moi. Des lames d'intérêt orange faisaient place à des éclats de peur verte. Le passé devenait aussi poreux et ambigu que le futur. On l'inventait au fur et à mesure, l'histoire de la vie ici-bas, aussi sûrement que le soir j'inventais ces histoires de vie extraterrestre que mon fils n'avait pas encore l'âge de renier.

Je parcourus des yeux les deux longues diagonales du carrefour : pas un seul étudiant asiatique à l'horizon. J'étais passé à côté d'une évidence, après trente ans de lecture et deux mille livres de science-fiction : de tous les lieux de l'univers, le plus étrange était ici.

La question le tira du lit. Il me regarda, son visage une pépinière d'étoiles. *Ils ont le* cerveau *de maman ? Elle fait partie de l'expérience ?*

Je répondis avec toutes les précautions de l'adulte, mais ça ne changeait rien. Il faillit me sauter dessus.

Nom d'un chien, papa ! Pourquoi tu m'as rien dit ?

Il prit mon visage entre ses paumes et me fit jurer solennellement que je ne mentais pas. C'était à croire que nous étions tombés ensemble sur une vidéo dont on ignorait l'existence, la trace d'une journée gardée sous clé depuis toujours. La sérénité l'envahit, comme si désormais tout devait être en paix, quelle que soit l'issue. Il tourna la tête pour regarder, par la fenêtre de sa chambre, les pluies d'été. D'un regard calmement résolu, résigné à tout ce que l'existence pourrait lui assener. Plus jamais il ne se laisserait terrasser.

Je faisais les cent pas dans le hall du labo quand il ressortit de sa première séance. Elle avait duré quatre-vingt-dix minutes. Des points colorés, des fréquences musicales et autres supports de feedback l'avaient aidé à repérer et à épouser les schémas du cerveau de sa mère. Je souris, feignant un calme dont j'étais dépourvu. Robin devait bien savoir que j'avais soif de tout ce qu'il pourrait me dire.

Ginny le ramena de la salle de test. Le bras autour de son épaule, tandis qu'il tendait la main pour agripper la manche de sa blouse de laborantine. Elle avait l'air aussi décontractée que je tentais de l'être. Elle se pencha pour demander : « Tout baigne, Mister Méninges ? Tu veux t'asseoir dans mon bureau une minute ? »

Il adorait s'y installer pour dévorer sa collection de BD branchées. En temps normal, il aurait sauté sur la proposition. Il secoua la tête. *C'est bon, tout baigne.* Puis, comme sa mère le lui avait rappelé un million de fois dans sa vie, il ajouta : *Merci.*

Pendant une heure et demie, il avait exploré à tâtons le système limbique d'Aly. Chaque fois qu'il augmentait ou diminuait une fréquence, ou orientait des icônes vers des cibles sur l'écran, il s'orientait du même coup vers la félicité qui avait été celle d'Alyssa, jadis – cette expérience à laquelle nous avions pris part, pour rire, en un jour par ailleurs ordinaire. Mais dans la tête de Robin, à tout le moins, il parlait de nouveau avec sa mère. Et j'avais besoin de savoir ce qu'elle disait.

Il me vit de l'autre bout du hall. Son visage s'illumina d'excitation hésitante. Je voyais bien qu'il avait terriblement envie de me raconter d'où il revenait. Mais pour cette planète-là il n'avait pas de mots.

Il lâcha la manche de Ginny, se déroba à son bras. Son visage très pro trahit la brûlure de l'abandon. Robin se dirigea vers moi, d'une démarche changée. Son pas était plus souple, plus aventureux. À dix mètres de distance, il secoua la tête. Lorsqu'il m'atteignit, il me saisit le haut du bras et pressa son oreille contre ma poitrine.

« Bonne séance ? » Les syllabes m'échappèrent, anémiques.

C'était elle, *papa.*

Je sentis une vague de chaleur à l'arrière de mes jambes. Il me vint à l'esprit, trop tard, tout ce qu'une imagination suractive comme celle de Robin risquait de tirer d'une tache d'encre si foisonnante.

« C'était… différent ? »

Il secoua la tête, agacé non par ma question mais par ma fausse désinvolture. On fixa un nouveau rendez-vous pour la semaine suivante. Je bavardai un peu avec Ginny et deux assistants chercheurs. Ça ressemblait à mon cauchemar préféré, où en plein cours magistral je m'aperçois soudain que j'ai la peau toute verte. Robin me tapota le dos et me guida doucement vers le couloir, hors de l'incubateur d'émotion, pour me ramener au monde.

On regagna le parking. Je le bombardai de questions de toutes sortes – sauf celles que j'étais trop adulte pour poser. Il répondait par monosyllabes, moins irrité qu'entravé. Ce n'est que lorsque je fis biper mon badge au portail et que la barrière se leva qu'il s'ouvrit enfin.

Papa ? Tu te rappelles le premier soir dans la cabane, à la montagne ? Quand on regardait au télescope ?

« Oh oui. Très bien. »

Eh bien, ça ressemblait à ça.

Il leva les mains devant son visage et les écarta. Un souvenir l'émerveillait, soit la nuit noire, soit les étoiles.

Je bifurquai sur Campus Drive en direction de la maison, les yeux fixés sur la route. Et puis, d'une voix que je reconnus à peine, l'extraterrestre assis à côté de moi dit : *Ta femme t'aime. Tu le sais, hein ?*

Je guettais une différence. Peut-être en inventant indices et stimuli, sachant de *qui* il œuvrait à reproduire les émotions. Mais deux séances suffirent apparemment pour que le nuage noir qui l'avait englouti après le fiasco du Capitole se dissipe en traînées de cirrus.

Je vins le réveiller un samedi de fin juin. Il grogna sous le choc du retour à la conscience et du soleil soudain. Mais désormais, au moins, il soulevait sa tête de l'oreiller et, tout en geignant, se fendait d'un grand sourire.

Papa ! J'ai séance aujourd'hui ?

« Oui. »

Ouais ! fit-il d'une drôle de petite voix. *Parce que, tu sais, ça me fera vraiment du bien.*

« Et est-ce que ça te ferait du bien, ensuite, un peu de canotage ? »

En vrai ? Sur le lac ?

« Je me disais : plutôt dans le jardin. »

Il émit un rugissement guttural et me montra les dents. *T'as du bol que je sois pas carnivore.*

Choisir sa tenue du jour le rendit mélancolique. *Ah, ce tee-shirt. Je l'avais oublié, celui-là. Il est chouette ce tee-shirt ! Comment ça se fait que je le mets jamais ?* Il déboula dans le salon à moitié habillé. *Tu te rappelles les chaussettes en peluche que maman m'avait offertes, avec les doigts de pied séparés et des petites griffes au bout ? Qu'est-ce qu'elles sont devenues ?*

La question me fit frémir. J'étais branché sur son ancien cerveau depuis trop longtemps. J'étais certain qu'une tempête se préparait. « Oh, Robbie. Il s'est passé tellement de tailles depuis ! »

Je sais. Allez, quoi. C'était juste par curiosité. Je veux dire : Est-ce qu'elles existent encore quelque part ? Est-ce qu'il y a un autre enfant qui les porte en se prenant pour un petit d'ours ?

« Qu'est-ce qui t'a fait penser à *ça* ? »

Il haussa les épaules, mais pas pour éluder. *Maman.*

De sinistres pensées m'envahirent. Mais avant que je puisse le cuisiner, il demanda : *Y a quoi au petit-déjeuner ? Je meurs de faim !*

Il dévora tout ce que je déposais devant lui. Il voulut savoir ce qu'il y avait de changé dans le porridge (rien) et pourquoi le jus d'orange était si acide (aucune raison). Il resta attablé quand j'eus débarrassé, en fredonnant une mélodie que je n'arrivais pas à reconnaître. De nouveau je fus submergé par la curiosité rageuse que j'avais éprouvée pour la source de l'*Extase* d'Aly, enregistrée ce jour lointain. Mon fils – *son* fils – l'avait entraperçue, mais il ne pouvait rien m'en dire.

Je l'emmenai au labo pour une nouvelle séance avec l'empreinte cérébrale de sa mère. Ginny et lui se lancèrent dans leur numéro habituel. Je le regardai quelques minutes déplacer des formes sur son écran par télékinésie. Puis je repris le couloir et passai voir Currier.

« Theo ! Quel plaisir ! » Il ne devait pas donner à ce mot le même sens que tout le monde. Chaque syllabe qu'il prononçait m'irritait. J'aurais eu besoin d'un petit stage dans sa machine à empathie. « Comment il va, le petit ? »

J'argumentai en faveur d'un optimisme prudent. Martin écoutait, le visage réservé.

« Il doit générer une bonne dose d'autosuggestion. »

Bien sûr que chez Robbie il y avait de l'autosuggestion. Chez moi aussi, il y avait de l'autosuggestion. Les changements étaient peut-être entièrement imaginaires. Mais la science du cerveau savait fort bien que même l'imaginaire peut changer nos cellules pour de vrai.

« Il y a quelque chose de nouveau dans cette série de séances ? Des changements dans le feedback ? Est-ce que l'enregistrement d'Alyssa concernait d'autres régions neuronales ?

— D'autres régions ? » Ses épaules se soulevèrent ; sa bouche imita un sourire. « Bien sûr. On a dopé la résolution des scans. L'intelligence artificielle en apprend toujours plus sur Robin, et devient plus efficace à mesure qu'il interagit avec elle. Et, effectivement, le scan d'Aly porte sur une zone du cerveau plus ancienne, en termes d'évolution humaine, que les modèles cibles sur lesquels on avait travaillé dans les premières séances.

— Donc, autrement dit… rien n'est pareil. » J'avais posé les questions que je voulais poser. Toutes, sauf celle dont la réponse m'importait le plus.

Et j'étais à peu près sûr que Currier ne saurait pas me révéler ce qu'Aly elle-même avait refusé de dire.

Mais soudain je pensai : Peut-être bien que si. L'idée s'insinua dans ma peau moite et électrique. Peut-être Robbie n'était-il pas le premier à explorer l'empreinte cérébrale d'Aly. Mais je craignais que la question ne me donne l'air d'un fou. Ou je craignais trop la réponse pour la poser.

Robbie prit même plaisir à gonfler le bateau. D'habitude, au bout de deux minutes à presser mollement sur la pompe d'un pied hargneux, il laissait tomber. Ce jour-là, il ne demanda même pas d'aide. L'esquif émergea d'une flaque de PVC informe sans que mon fils émette la moindre plainte.

On mit à l'eau près d'une pancarte qui indiquait les limites de la zone de pêche en espagnol, en chinois et en hmong. En embarquant, Robin glissa du ponton. Il gémit en sentant ses chaussures s'enfoncer dans la boue et le lac l'aspirer jusqu'aux genoux. Mais dès qu'il eut réussi à grimper dans le bateau, il regarda ses jambes, tout étonné. *Eh ben. C'est bizarre, quand même. De me mettre dans tous mes états pour un peu d'eau.*

On s'éloigna à la rame dans le canot à fond plat. Il fallut une éternité pour parcourir cent mètres. Tout en ramant, il scrutait la berge. J'aurais dû savoir ce qu'il cherchait. Des oiseaux : les créatures qui avaient tenu en respect tous les démons de sa mère. Il s'y était toujours intéressé. Mais l'intérêt s'était mué en amour, jusque dans sa moelle, à mesure qu'il se modelait sur le cerveau d'Aly.

Une forme grise et lisse fusa devant notre proue. Il me fit signe de cesser de ramer. Pour la première fois depuis des jours, des notes de détresse altérèrent sa voix. *C'est qui, papa ? C'est qui ? J'ai pas vu !*

Un résident si courant que même moi je connaissais son nom. « Un junco, je crois. »

Aux yeux noirs ou ardoisé ? Il se tourna vers moi, certain que j'aurais la réponse. Je ne l'avais pas. Sa mère parla, tout contre mon oreille. *Le robin, c'est mon oiseau préféré.*

On se remit à ramer – le moyen de transport le plus lent connu de l'humanité. En eaux plus profondes, il leva sa rame. *Papa, tu veux bien prendre le relais ? Je suis un peu préoccupé.*

Je me postai à la poupe et me mis à pagayer, en alternant les côtés pour éviter de tourner sur place. Un papillon plus éblouissant que tous les vitraux du monde atterrit sur l'avant-bras duveteux de Robin, appuyé au bastingage. Robin retint son souffle et laissa le visiteur trébucher, s'envoler et se poser de nouveau sur son visage, où il parcourut ses yeux clos avant de repartir pour de bon.

Robin s'allongea contre les plats-bords pour apprécier le ciel. Ses yeux recherchaient tous ces milliers de points lumineux de notre nuit à la montagne, dont chacun était encore là-haut mais effacé par la lumière du jour. On glissa tous les deux sous d'invisibles étoiles, à travers le lac paisible sur un canot pneumatique.

J'avais cru que nous étions seuls. Mais plus j'observais Robin, plus je prenais part à la fête. Des créatures volaient, des créatures nageaient, des créatures patinaient à la surface du lac. Des créatures tendaient leurs branches au-dessus de la berge et nourrissaient l'eau de pluies de tissu vivant. Une rumeur parvenait de tous les points cardinaux, telle une pièce d'avant-garde pour chœur de radios aléatoires. Et une énorme vie à la proue du bateau, une créature qui était moi mais qui n'était pas moi. Lorsqu'il parla, je sursautai si fort que je faillis nous faire chavirer.

Tu te rappelles ce jour-là ?

Il m'avait laissé loin derrière. « Quel jour, Robbie ? »

Le jour où tous les deux vous avez enregistré vos émotions ?

Je me le rappelais avec une précision irréelle. Le désir vorace qu'on avait éprouvé ensuite l'un pour l'autre, Aly et moi. Comment on s'était enfermés dans notre chambre. Comment elle avait refusé de me révéler la source de son extase. Comment elle avait interpellé notre fils derrière la porte fermée pour le rassurer, lui dire que tout et tout le monde allaient *tellement bien.*

Il y avait un drôle de truc chez vous. Vous aviez l'air bizarre, tous les deux.

C'était impossible qu'il s'en souvienne. Il était si petit à l'époque, et rien dans cet après-midi ne pouvait être assez notable pour se graver en lui.

Comme si vous aviez un grand secret entre vous.

Et voilà que ma femme chuchotait. *Tu te rappelles le secret, pas vrai, Theo ?*

Je corrigeai notre dérive et ralentis ma respiration. « Robbie. Qu'est-ce qui t'a fait penser à ça ? »

Il ne répondit pas. Alyssa poursuivit, provocante. *Bien sûr qu'il se rappelle. Ses parents avaient vraiment l'air bizarre.*

« Est-ce que le Dr Currier a fait allusion à ce jour-là ? Est-ce qu'il te posait des questions ? »

Robin roula sur le ventre et fit tanguer le canot. Il regarda la rive opposée en plissant les yeux, dans un effort pour scruter le passé. *Est-ce que maman avait, genre, un tatouage ?*

Cela, il ne pouvait pas le savoir. Je n'osai lui demander d'où il le savait. Elle s'était fait tatouer avant notre rencontre. Elle avait besoin de se doper le moral pour surmonter le cauchemar de sa première année de droit. Afin de résister à la pression, elle avait eu l'idée de faire sa mauvaise graine, en douce et en douceur. Quatre pétales dentelés autour d'un minuscule centre d'étamines et d'anthères, gravés à l'encre dans sa peau.

« C'était censé être une petite fleur. Celle qui porte son nom. »

L'alysson.

« Exactement. »

Mais il s'est passé un truc ?

« Elle n'a pas aimé le résultat. Quelqu'un lui a dit que ça ressemblait à un smiley déformé. Alors elle a demandé au tatoueur de transformer la fleur en abeille. »

Mais l'abeille aussi avait une drôle d'allure.

Il me mettait les nerfs à vif. « Exactement. Mais elle s'est contentée de l'abeille. Elle n'avait pas envie de se retrouver avec un cheval bizarre tatoué sur tout le corps. »

Il avait le visage tourné vers l'eau. Il ne sourit pas.

« Robbie ? Pourquoi tu poses la question ? »

Ses omoplates perçaient sous son polo comme des ailes amputées. *Papa. À quoi tu crois qu'elle pensait, ce jour-là ? C'est tellement bizarre. C'est… c'est comme d'entrer dans une forêt vieille d'un million d'années.*

J'avais envie de supplier. Envoie-moi un signe – rien qu'une petite chose qui ait pu survivre. J'avais perdu l'essence d'Aly, sa sensation. Et Robbie ne pouvait pas me dire. Ou ne voulait pas.

Il appuya le menton sur le bord du canot pour contempler les profondeurs du lac. Sa surface dansante était l'océan d'un autre monde, vu dans une histoire que j'avais lue quand je n'étais guère plus âgé que Robin. Il cherchait les milliers de poissons que l'eau vert sombre dissimulait aux regards des créatures sans branchies.

C'est comment l'océan, papa ?

C'était comment, l'océan ? Impossible de lui dire. La mer était trop grande, et mon seau si petit. Et il était troué. Je posai ma main sur l'arrière de son mollet. Cela me parut la meilleure réponse à ma disposition.

Tu savais que tous les coraux du monde seront morts dans six ans ?

Sa voix était douce, sa bouche était triste. Le partenariat le plus spectaculaire du monde touchait à sa fin, et jamais il ne le verrait. Il leva les yeux vers moi, le fantôme d'Aly bien implanté dans son cerveau. *Qu'est-ce qu'on est censés faire contre ça ?*

La première fois que Tedia mourut, c'est quand une comète arracha un tiers de la planète, la transformant en lune. Rien sur Tedia n'y survécut.

Au bout de dizaines de millions d'années, l'atmosphère revint, l'eau se remit à couler, et la vie se ralluma. Les cellules apprirent le vieux truc symbiotique qui consiste à se combiner. De grandes créatures se répandirent une nouvelle fois dans chaque niche de la planète. Et puis une explosion lointaine de rayons gamma fit se dissoudre la couche d'ozone et les ultraviolets tuèrent pratiquement tout.

Des poches de vie survécurent au plus profond des océans, si bien que cette fois son retour fut plus rapide. Des forêts ingénieuses recommencèrent à s'étendre à travers les continents. Cent millions d'années plus tard, au moment même où une variété de cétacé commençait à inventer l'outil et l'art, un système stellaire du voisinage éclata en supernova et Tedia dut repartir de zéro.

Le problème, c'est que la planète se trouvait trop près du centre de la galaxie, trop collée aux cataclysmes d'autres étoiles. L'extinction ne serait jamais très loin. Mais entre deux destructions, il y avait des ères de grâce. Au bout de quarante redémarrages, l'accalmie dura assez longtemps pour que la civilisation prenne racine. Un peuple d'ours intelligents bâtit des villages et maîtrisa l'agriculture. Ils domestiquèrent la vapeur, canalisèrent l'électricité, apprirent à construire des machines rudimentaires. Mais lorsque leurs archéologues révélèrent à quelle fréquence le monde mourait, et que leurs astronomes comprirent pourquoi, la société s'effondra et s'autodétruisit, avec des millénaires d'avance sur la prochaine supernova.

Et cela aussi advint encore et encore.

Allons voir quand même, dit mon fils. *Juste un coup d'œil.*

À notre arrivée, la planète était déjà morte et ressuscitée mille et une fois. Son soleil était presque épuisé, et se dilaterait bientôt pour engloutir le monde entier. Mais la vie continuait d'assembler sans fin de nouvelles plates-formes. Elle ne savait rien faire d'autre. Ne pouvait faire autrement.

On découvrit des créatures tout en haut des jeunes montagnes crénelées de Tedia. Des créatures tubulaires, branchues, si immobiles, et si longtemps, qu'on les prit d'abord pour des plantes. Mais elles nous accueillirent en implantant le mot *Bienvenue* directement dans notre crâne.

Elles sondèrent mon fils. Je sentais leurs pensées pénétrer en lui. *Tu voudrais savoir si tu dois nous avertir.*

Effrayé, mon fils hocha la tête.

Tu veux nous préparer. Mais tu ne veux pas nous faire de peine.

De nouveau il acquiesça. Il pleurait.

Soyez sans inquiétude, nous dirent les créatures condamnées. *Il y a deux formes d'« éternel ». Et nous avons la meilleure.*

Les inondations dans tout le golfe du Mexique contaminèrent l'eau potable de trente millions de personnes, diffusant hépatite et salmonellose à travers le sud des États-Unis. Dans l'Ouest et les Grandes Plaines, la canicule décimait les personnes âgées. San Bernardino prit feu, puis Carson City. En vertu d'une obscure Théorie X, des milices armées se mirent à patrouiller dans les rues de toutes les grandes villes des Plaines, traquant des envahisseurs étrangers indéterminés. Au même moment, une rouille noire jusque-là inconnue ravagea la récolte de blé du plateau de Lœss en Chine. Fin juillet, une manifestation de la Vraie Amérique à Dallas dégénéra en émeute raciale.

Le Président proclama un nouvel état d'urgence nationale. Il mobilisa la garde nationale de six États, dont il envoya les troupes à la frontière pour combattre l'immigration illégale :

LA PLUS GRANDE MENACE CONTRE LA SÉCURITÉ DE TOUS LES AMÉRICAINS !

Le chaos climatique dans le Sud-Est entraîna une prolifération d'*Amblyomma americanum*, la tique du Texas. Robbie adora l'anecdote. Il me demandait de lui lire tout ce que je trouvais à ce sujet. *C'est peut-être pas une mauvaise chose, papa. Ça pourrait peut-être même nous sauver.*

Il disait des choses étranges ces temps-ci. Je renonçais parfois à le contredire. Mais pas cette fois. « Robbie ! c'est horrible de dire ça ! »

Je suis sérieux. L'infection rend les gens allergiques à la viande. S'il n'y avait plus de viandards, ça serait incroyable. Notre nourriture serait multipliée par dix !

Ces mots me mirent mal à l'aise. J'aurais voulu qu'Aly intervienne auprès de notre fils. Mais c'était bien le problème : elle intervenait déjà.

Il se brancha une quatrième fois sur le modèle de l'extase de sa mère. Puis une cinquième. Chaque séance accroissait un peu sa perplexité bienheureuse. Il parlait de moins en moins, regardait et écoutait davantage. Il dessinait dans son carnet à la vitesse d'une plante qui pousse.

Un soir après dîner, il entra dans mon bureau, où j'écrivais du code informatique. *Est-ce que j'étais mieux hier qu'aujourd'hui ?*

« Qu'est-ce que tu veux dire ? »

Ben ouais, hier j'avais l'impression que rien ne pouvait m'atteindre. Mais aujourd'hui ? Arrrggh !

Il poussa le même rugissement de rage impatiente que sa mère quand elle était confrontée à une bureaucratie inepte. Mais alors même qu'il enfonçait ses griffes en moi, tremblant d'une frustration qu'il ne savait nommer, son aura demeurait vaste et fluide. Il se trouvait à l'aise dans sa nouvelle peau.

Ce fut une période d'éclaircie. Il passait des heures d'affilée sur son microscope numérique. Il pouvait contempler des choses toutes simples et dessiner presque tout l'après-midi. Les nichoirs du jardin, les boulettes régurgitées par une chouette, même la moisissure d'une orange suffisaient à l'hypnotiser. Il retombait encore dans de vieilles peurs, de vieilles colères. Mais elles s'écoulaient plus vite hors de lui, et le reflux laissait échoués toutes sortes de trésors dans les flaques nues et apaisées.

Le garçon qui agitait sa pancarte bricolée sur les marches du Capitole n'était plus là. J'aurais dû être soulagé. Mais chaque soir en me couchant j'éprouvais pour ce fils naguère angoissé un sentiment terriblement proche du deuil.

Je fis une chose impardonnable. Je jetai un œil furtif dans ses carnets. Au fil des millénaires, des millions de parents ont fait bien pire, quoique généralement pour de meilleures raisons. Je ne pouvais pas invoquer la nécessité de le fliquer. Je n'avais aucune raison de me faire voyeur de ses pensées. Je voulais simplement surprendre des bribes de son dialogue ininterrompu avec le fantôme d'Aly.

Ça arriva le 1er août, lorsqu'il demanda la permission de camper dans le jardin. *J'adore être dehors la nuit ! Il y a tellement de trucs qui se passent. Tout le monde parle à tout le monde !*

On entendait déjà très bien depuis la maison : les chorales de rainettes, l'unisson des cigales, et les solos des oiseaux de nuit qui les chassaient. Mais il voulait être au cœur des sons. Cela me surprit que mon fils si craintif demande à passer la nuit dehors tout seul. Je ne fus que trop heureux de l'encourager. Si le monde se décomposait, notre jardin semblait encore un abri sûr.

Je l'aidai à dresser la tente. « Tu es sûr que tu ne veux pas de compagnie ? » Ce n'était pas une proposition sérieuse. Mon esprit planifiait déjà sa séance nocturne de lecture illicite.

J'attendis que la lumière s'éteigne sous la tente. Ses carnets étaient posés sur son bureau d'écolier, calés entre deux géodes qui servaient de serre-livres. Il me faisait confiance. Il savait que jamais je ne l'espionnerais. Je dénichai le carnet en cours, dont la couverture arborait l'inscription REMARQUES INTIMES DE ROBIN BYRNE. J'en parcourus les pages sans aucun remords jusqu'à ce que je constate ce qu'elles renfermaient. Pas le moindre mot sur sa mère, ni sur moi d'ailleurs. Pas une ligne sur ses propres espérances ou peurs intimes. Le volume tout entier était consacré à des dessins, notations, descriptions, questions, spéculations et appréciations – attestant une autre forme de vie.

Où vont les pinsons quand il pleut ?
Quelle distance parcourt un cerf en un an ?
Est-ce qu'un grillon se rappelle comment sortir d'un labyrinthe ?
Et si une grenouille le mangeait, est-ce qu'il mémoriserait le labyrinthe plus vite ?
J'ai ramené un papillon à la vie avec mon souffle chaud.

Une page presque blanche proclamait :

J'adore l'herbe. Elle pousse par en bas, pas par en haut. Si quelque chose mange le bout des tiges, ça ne tue pas la plante. Au contraire, elle pousse encore plus vite. C'est vraiment génial !!!

Sous ce manifeste, il avait dessiné un brin d'herbe dont toutes les parties étaient identifiées : *limbe, gaine, nœud, collet, talle, hampe, barbe, glume*... Il avait copié les noms quelque part, mais le regard était bien le sien. Il avait entouré d'un cercle une zone du brin d'herbe vu en coupe, avec un gros point d'interrogation : *Comment on appelle le pli au milieu ?*

Mon visage s'empourpra d'une double honte. Je violais l'intimité de mon fils. Et pour la première fois je regardais vraiment un brin d'herbe. Un sentiment des plus étranges m'envahit : ces pages avaient été dictées d'outre-tombe. Je remis le carnet à sa place. Quand Robin rentra à la maison le lendemain matin et regagna sa chambre, j'eus peur qu'il ne flaire l'empreinte de mes doigts sur ses pages manuscrites.

Et si on partait à l'aventure ? demanda-t-il, et il m'emmena faire un tour du quartier. Je ne l'avais jamais vu marcher aussi lentement, ni sa tête pivoter aussi souvent. *Extase* n'était pas le mot juste. Chez Robin, la ferveur d'Alyssa s'adoucissait, se faisait plus fluide et spontanée. La moitié des espèces du monde étaient mourantes. Mais le monde, disait son visage, resterait vert voire plus vert encore. Il était en paix à présent face à chaque nouvelle catastrophe, tant qu'il pouvait être en plein air.

Il me stupéfia en saluant un jeune couple croisé sur le trottoir. *Vous allez loin aujourd'hui ?*

La question les fit rire. Non, pas bien loin.

Nous non plus. Peut-être seulement au coin de la rue. Mais bon, qui sait ?

La jeune femme me considéra, et les muscles autour de ses yeux me félicitèrent d'un travail bien fait. Je niai toute responsabilité.

Un peu plus loin, il me prit par le coude. *T'entends ça ? C'est deux pics minules qui discutent.*

Je m'efforçai d'entendre. « Comment tu le sais ? »

Fastoche. « De minule à minuscule. » Tu entends comme le chant descend un peu, à la fin ?

« Oui, d'accord. Mais comment tu sais que c'est le chant du pic minule qui descend comme ça ? »

Et ça, c'est un troglodyte familier. « Peur-chicoréééée ! »

Je faillis le secouer comme un prunier. « Robbie. Qui t'a appris tout ça ? »

Maman connaissait tous les chants d'oiseaux.

Il devait bien savoir qu'il me faisait flipper. Peut-être qu'il me réprimandait de mon ignorance. Tant que je courtisais Aly, j'allais observer les oiseaux avec elle. Mais après notre mariage, j'avais délégué cette tâche à d'autres.

« C'est vrai. C'est bien vrai. Mais elle les avait étudiés pendant des années. »

Je les connais pas tous. Juste ceux que je connais.

« Et tu les étudies quelque part ? Sur Internet ? »

Je les étudie pas vraiment. J'écoute et j'apprécie.

Où étais-je durant toute cette écoute ? Sur d'autres planètes.

On poursuivit notre marche, Robbie attentif, moi agité. J'effectuais un calcul que je ne savais pas terminer. En quoi était-il différent de celui qu'il avait été quelques mois auparavant ? Il avait toujours dessiné, toujours été curieux, toujours adoré les êtres vivants. Mais le garçon marchant à ma droite était d'une autre espèce que le garçon qui jouait avec son nouveau microscope dans notre cabane des bois, moins d'un an plus tôt. La fascination l'avait rendu invincible.

Au bout de deux pas, il se figea sur place. Il me fit signe d'avancer en désignant le trottoir avec force pantomime. Sur le béton, les ombres du feuillage d'un ferréol tout proche dansaient sur un champ de soleil sablonneux. On aurait dit des couches de dessins à l'encre japonais sur du papier grossier, flottant superposés dans une animation spectrale. Son visage éclata d'une joie contagieuse. Mais il y avait autant d'écart entre son bonheur et le mien qu'entre une sterne portée par les vents et un planeur à élastique. Je m'impatientai bien avant lui. Il aurait pu passer l'après-midi à contempler ces silhouettes fantomatiques si je ne l'avais pas poussé à repartir.

À trois rues de la maison, on parvint au minuscule square de quartier. Dans le coin du terrain de jeux, près des balançoires, il désigna un arbre, gracieuse fontaine.

C'est mon préféré. Je l'appelle mon petit rouquin.

« Ton *quoi* ? Pourquoi ? »

Parce qu'il a les cheveux roux. En vrai ! T'as jamais vu ?

Il me guida vers les basses branches. Parvenu à l'arbre, il tordit une feuille. Et sur la face cachée, à la jonction de la côte et des veines, s'étalaient d'infimes plaques de poil roux.

Un chêne écarlate. C'est cool, hein ?

« J'aurais jamais cru ! »

Il me tapota le dos. *C'est pas grave, papa. T'es pas le seul.*

Des cris retentirent plus loin dans la rue. Trois garçons guère plus âgés que lui tentaient de déraciner un panneau stop. L'inquiétude obscurcit le visage de Robin. *Les gens sont vraiment étranges.*

Il lâcha la feuille et la branche se remit prestement en place. Je levai les yeux vers ce pilier dont chaque feuille était désormais rousse. « Robbie. Quand est-ce que tu as appris tous ces trucs ? »

Il recula brusquement, dévisageant bouche bée la seule créature ici qui le déconcertait. *Comment ça, « quand » ? Mais tout le temps !*

« Mais tu étudies tout seul ? »

Tout son corps regimba. *Tout le monde ici a envie que je les connaisse.* Et en un instant, il oublia complètement que j'avais posé une question. Il me montra une fourmilière et un terrier creusé sous le mur d'un petit cabanon. *Je ne sais pas à qui c'est, pas encore.* Il s'accroupit et contempla l'ouverture assez longtemps pour que je commence à m'impatienter. *En tout cas, quel que soit l'habitant, c'est fantastique.*

Il s'enfonça sous le tunnel d'érables et de frênes maudits comme s'il pilotait un submersible tout au fond de la fosse des Mariannes. Je traînais dans le sillage de son regard giratoire. Et malgré tout, je ne voyais rien. Impossible de m'enlever de la tête une question qui me rongeait depuis des semaines. Elle m'échappa alors même que je cherchais quelque moyen de la refouler. « Robbie ? Quand tu fais les séances… c'est comme si maman était là ? »

Il s'arrêta, la main crispée sur le grillage. *Maman est partout.*

« Oui, bien sûr. Mais… »

Tu te rappelles ce que nous a dit le Dr Currier ? Chaque fois que je m'entraîne à reproduire le schéma, alors ce que je ressens…

… c'est ce qu'elle ressentait. La tranche couleur citron chez Plutchik, le gros lot de sa roue de la fortune. Il avait droit à l'Extase, pendant que j'étais coincé dans l'Appréhension, l'Envie ou pire encore.

Il reprit sa marche et je suivis. Sa main balaya l'étendue de rue pavillonnaire. *Tu sais, papa ? C'est comme cette planète qu'on a visitée. Celle où toutes les créatures séparées partagent une mémoire unique.*

Il désigna au bout de la rue les garçons qui vandalisaient le panneau. *Allons voir ce qu'ils font.*

Ça, ce n'était pas Robbie. Le vrai Robbie était resté à la maison, à jouer en solo sur sa ferme virtuelle, à regarder des vidéos de ses deux femmes préférées, et à se blottir bien à l'abri de l'humanité. Mais cet enfant-ci me tirait par le bras.

On va juste dire bonjour, OK ?

Des paroles par lesquelles Aly m'avait amadoué mille et une fois en cette vie. Je contestai la sagesse de s'aventurer dans ce nuage de testostérone. Et puis je fus frappé d'une révélation : une bonne part de l'expérience visait à lui faire désapprendre ses pires traits hérités de moi. Dans cette petite cambrousse barbare de Sol 3 qui m'effarouchait tant, mon fils, mystérieusement, s'était emparé du trône de la confiance.

À notre approche, les trois préados levèrent un instant les yeux de leurs déprédations pour nous toiser, sarcastiques. Deux d'entre eux étaient des pubs vivantes pour des baskets. Le troisième portait un pantalon de camouflage et un tee-shirt qui disait NOS COULEURS NE FUIENT PAS… ELLES RÉARMENT.

Ils cessèrent de donner des coups de pied dans le panneau, mais en faisant comprendre qu'ils termineraient leur tâche dès qu'on serait repartis. La semaine précédente, j'avais vu un sondage préélectoral. Vingt et un pour cent des Américains estimaient que cette société devait être réduite en cendres. Un panneau, ça devait sembler une bonne manière de commencer.

Avant que je puisse feindre l'autorité et leur ordonner de rentrer chez eux, Robbie les interpella. *Salut, les mecs ! Qu'est-ce que vous faites ?*

Le réarmeur ricana. « On enterre notre poisson rouge. »

Robin écarquilla les yeux. *C'est vrai ?* Les trois garçons s'esclaffèrent. Je vis mon fils se crisper un peu, avant de pouffer à son tour. *Nous, un jour, on a dû enterrer notre chien. Et au fait, vous êtes au courant pour le hibou ?*

Les garçons le dévisagèrent sans un mot, craignant d'avoir affaire à un handicapé mental. Enfin le plus petit des trois, un gringalet dont la casquette de base-ball disait EN VRAI JE SUIS PAS AUSSI MOCHE, se lança : « Mais de quoi tu parles ? »

Le grand duc. Dans le pin blanc près de l'église catholique. Il est énorme ! Il écarta les mains jusqu'à la moitié de sa propre taille. *Venez ! Je vais vous montrer.*

Les deux petits consultèrent du regard le plus grand, qui hésitait au carrefour du Dégoût et de l'Intérêt. Robin fit demi-tour et leur fit signe de le suivre. Et, incroyable mais vrai, ils le suivirent.

Il nous conduisit dans une rue transversale jusqu'à un matelas d'aiguilles brunes accumulées sous les branches d'un grand pin blanc. Il pointa l'index, et tous les quatre on leva les yeux. *Chhhut. Il est là-haut.*

« Où ça ? » brailla l'un des voyous à mes côtés.

Robin le fit taire, exaspéré. Il chuchota entre ses dents serrées : *Argggh ! Mais là-haut !*

Je cherchai trente bonnes secondes avant de me rendre compte que je regardais droit dans les yeux le magnifique oiseau. Il devait faire soixante centimètres de haut, mais le camouflage élaboré de ses plumes se fondait dans l'écorce fendillée de l'arbre. Seuls le badigeon blanc sur le tronc en dessous et les cercles dorés de son regard implacable trahissaient sa présence. Tout le quartier se serait posté sous ce pin, s'il avait su.

Le réarmeur dégaina son portable pour prendre des photos. Le PAS AUSSI MOCHE l'imita pour envoyer des SMS. Le troisième gamin s'écria : « Oh putain ! » et la majestueuse créature se pencha, oscilla deux fois et se déploya dans les airs. Ses gigantesques ailes fuselées s'ouvrirent, d'une envergure égale à ma taille. Elles poussaient sur l'air dense, et l'oiseau disparut derrière le toit de la maison d'en face.

Robin semblait prêt à sauter sur les garçons pour avoir fait fuir l'oiseau. Mais il se contenta de soupirer, dégoûté d'avoir livré un secret si précieux. Il croisa mon regard et pencha la tête en direction de la rue qui nous mènerait à l'abri. Il attendit d'être hors de portée pour reprendre la parole.

En termes de sauvegarde, le grand duc est classé « moins préoccupant ». Tu te rends compte comme c'est idiot ? Genre, tant qu'ils sont pas tous morts, y a pas à s'inquiéter.

Même sa colère était généreuse. Je passai le bras autour de ses épaules. « Et comment tu l'as déniché ? »

Fastoche. J'ai regardé.

Les jours raccourcissaient, l'été suivait son cours. Un soir de la mi-août, il demanda une planète avant de se coucher. Je lui offris Chromat. Elle avait neuf lunes et deux soleils, l'un petit et rouge, l'autre grand et bleu. Ce qui produisait trois types de jour de longueur différente, quatre types d'aube et de couchant, des dizaines d'éclipses possibles, et d'innombrables saveurs de crépuscule et de nuit. La poussière dans l'atmosphère transformait les deux types de lumière solaire en aquarelles tourbillonnantes. Les langues de ce monde avaient pas moins de deux cents mots pour désigner la tristesse et trois cents pour la joie, selon la latitude et l'hémisphère.

Il resta songeur à la fin de l'histoire. Il se renfonça sur son oreiller, les mains jointes derrière la tête, contemplant l'idée de Chromat au plafond de sa chambre.

Papa ? Je crois que, pour moi, c'est fini l'école.

Ses mots me ravagèrent. « Robbie. On va pas recommencer avec ça. »

Et pourquoi pas me faire l'école à la maison ? Il paraissait argumenter avec quelqu'un sur le toit.

« Je travaille à plein temps. »

Comme professeur, non ?

Il était aussi calme qu'un esquif sur un lac sans vent. Et moi je chavirais. J'avais envie de crier : *Donne-moi une seule bonne raison de ne pas aller en classe comme tous les enfants de ton âge !* Mais des bonnes raisons, j'en connaissais déjà plusieurs.

Eddie Tresh étudie à la maison, et ses parents travaillent tous les deux. C'est fastoche, papa. On remplit un formulaire pour informer l'État du Wisconsin que c'est toi qui vas t'en charger. On peut trouver des cours tout prêts et des tas de trucs sur Internet, si on veut. Tu n'aurais vraiment pas besoin de me consacrer du temps.

« Robbie, c'est pas ça le problème. »

Il se tourna vers moi pour me regarder en face et attendit mes objections. Comme elles ne venaient pas, il pivota, appuyé sur un coude, pour ramasser un livre de poche défraîchi sur son petit bureau d'écolier à côté du lit. Il me tendit l'ouvrage : le vieux guide d'Aly recensant les oiseaux de l'est des États-Unis.

« Où t'as trouvé ça ? » Même moi, je frémis en m'entendant. On aurait dit que je cherchais à criminaliser mon fils. Il l'avait pris dans la bibliothèque de ma chambre – forcément !

Je suis capable d'apprendre tout seul, papa. Tiens, donne-moi un nom et je te dirai à quoi il ressemble.

Je feuilletai le livre, désormais rempli de minuscules marques cochant les espèces qu'il connaissait. L'un de ses parents lui faisait déjà l'école à la maison.

Je veux devenir ornithologue. Et ça, on ne te l'apprend pas en CM1.

Le guide paraissait aussi lourd qu'il l'aurait été sur Jupiter. « L'école te prépare à bien plus qu'à un métier. » Il me regarda, inquiet de m'entendre aussi las et pathétique. Maladroitement, je fis avec mes doigts le signe du hashtag qu'il m'avait appris. « Le savoir-être, Robbie. Par exemple, apprendre à être à l'aise avec d'autres enfants. »

Si vraiment on nous apprenait ça, ça ne me dérangerait pas d'y aller. Il se pelotonna contre moi pour me cajoler l'épaule. *Je vais te dire comment je vois les choses, papa. J'ai bientôt dix ans. Tu veux que j'apprenne tout ce qui sera nécessaire pour être adulte. Donc l'école devrait m'apprendre à survivre au monde tel qu'il sera dans dix ans. Alors... ça ressemblera à quoi, d'après toi ?*

Le nœud coulant se resserrait, sans que je puisse me dégager. Il avait dû puiser son argument dans toutes ces vidéos d'Inga Alder.

Sérieusement. J'ai besoin de savoir.

La Terre abritait deux sortes de gens : ceux qui étaient capables de faire les calculs et de croire la science, et ceux qui préféraient leurs propres vérités. Mais dans le quotidien de nos cœurs, quelle que soit notre éducation, nous vivions tous comme si demain devait être le clone d'aujourd'hui.

Dis-moi ce que tu crois, papa. Parce que c'est ça que je devrais apprendre.

Je n'eus pas besoin de parler. Avec ses pouvoirs fraîchement acquis, Robbie n'eut qu'à me regarder dans les yeux, déplacer et agrandir son point lumineux intérieur, pour lire dans mes pensées.

Tu te rappelles comment pépé est devenu de plus en plus malade sans vouloir aller chez le docteur, et puis il est mort ?

Je me rappelle.

Eh bien, tout le monde fait pareil.

Je n'avais guère envie de repenser à mon père.

On déposa la demande officielle auprès du ministère de l'Éducation. J'élaborai un programme sommaire : lecture, maths, sciences, sciences sociales, hygiène et santé. C'était mieux que celui auquel il avait eu droit. Le jour où on le retira de l'école, il courut dans toute la maison en chantant *When the Saints Go Marching In*. Il mimait tous les instruments et connaissait toutes les paroles.

Le changement demanda du temps, du boulot et beaucoup plus de baby-sitters. J'avais des horaires assez souples, et il adorait m'accompagner sur le campus. Faute de mieux, je l'installais à la bibliothèque. Mais mes autres élèves ne me virent pas sous mon meilleur jour d'enseignant ce semestre-là. Mon propre travail de chercheur se retrouva au point mort. Je dus annuler mes interventions dans des colloques à Bellevue, à Montréal et à Florence.

Je fus étonné d'apprendre que nous n'étions tenus qu'à 875 heures d'instruction annuelle. Comme Robbie voulait apprendre même le week-end, ça représentait moins de deux heures et demie par jour. Il n'eut aucun mal à boucler le programme public. Il expédia allègrement ses auto-examens en ligne, les doigts dans le

Ni de discuter d'un cataclysme sans fond avec mon fils de neuf ans. La maison était paisible et la nuit était calme. Je tripotai le livre d'Aly, avec ses dizaines de nouvelles marques.

« La paruline de Bachman. »

La paruline de Bachman, répéta-t-il, comme un candidat de concours d'orthographe. *Mâle ? Capuchon noir, tendant au gris. Corps vert, ventre jaune, blanc sous la queue.*

Je m'étais trompé d'école. Il avait plus appris en un été, par lui-même, qu'en une année passée en classe. Il avait découvert, par lui-même, ce que l'éducation officielle s'efforçait de nier : la vie attendait quelque chose de nous. Et le temps était compté.

Gravement menacée, conclut-il. *Peut-être même déjà éteinte.*

« C'est bon, t'as gagné. » Comme si sa victoire avait pu faire le moindre doute. « Et la première leçon, c'est de comprendre comment ça marche, cette école à la maison. »

nez. On voyageait partout où pouvaient nous emmener la lecture, les maths, les sciences, les sciences sociales et la santé. On étudiait à la maison, dans la voiture, pendant les repas, et lors de longues balades dans les bois. Même tirer des penaltys au parc devenait une leçon de physique et de statistiques.

Je lui confectionnai un Transpondeur d'Exploration Planétaire : en gros, ma vieille tablette informatique, enjolivée à la peinture émaillée pour avoir l'air cool et futuriste. Je lui créai un code d'accès spécial, verrouillé sur un moteur de recherche scolaire qui le limitait à une poignée de sites destinés aux enfants et à quelques jeux éducatifs. Ces restrictions ne le gênaient pas. Être dans l'orbite terrestre, c'était déjà être en orbite.

Entre les cours particuliers pour qu'il suive son programme, la préparation de deux cours de premier cycle et d'un séminaire doctoral sur les biomarqueurs, les démarches vaines mais persistantes contre le retrait des visas étudiants pour les doctorants asiatiques, et la rédaction de moult e-mails à des collègues pour m'excuser de mes divers retards, je me sentais comme la NASA après l'explosion de la navette *Challenger*. Stryker, dégoûté, mit fin à notre partenariat de recherche. Pour la première fois depuis mon arrivée dans le Wisconsin, je dus rendre un rapport d'activité annuel dénué de toute publication digne de ce nom.

Un samedi, Robin me réveilla une demi-heure avant le soleil, mettant un terme aux premières heures de sommeil profond que je goûtais depuis des jours. Mais au moins, il me réveillait dans la joie, et pas pour faire une crise. *Où est-ce que je vais aujourd'hui, papa ? Allez. Donne-moi une nouvelle chasse au trésor.*

Je cherchai quelque chose qui l'occuperait assez longtemps pour me permettre de rattraper mon propre travail en souffrance.

« Dessine-moi les contours de huit pays d'Afrique de l'Ouest. Et ensuite, mets-y pour chacun quatre dessins d'animaux et de plantes indigènes. »

Trop fastoche, déclara-t-il en se ruant hors de la chambre pour aller chercher son fidèle Transpondeur. À quinze heures, le boulot était fait. Au rythme qu'il instaurait, il menaçait de boucler ses 875 heures de CM1 avant la fin de l'été.

J'ai une super-idée, dit Robbie. *Le labo du Dr Currier pourrait engager un chien. Un chien assez doué. Mais ça pourrait aussi bien être un chat ou un ours ou même un oiseau. Tu savais que les oiseaux sont bien plus intelligents qu'on ne le croit ? Par exemple, y a des oiseaux qui peuvent* voir *le magnétisme. C'est pas cool, ça ?*

Je l'avais amené pour l'après-midi à mon bureau où je préparais la rentrée universitaire. Il jouait avec une balance programmable qui indiquait votre poids sur Jupiter, Saturne, la Lune, ou toute autre planète du système solaire.

« Engager un chien, pour faire quoi, Robbie ? » Ses pensées désormais se faisaient souvent trop riches pour ses mots.

L'engager pour le scanner. Scanner son cerveau quand il est tout excité. Alors les humains pourraient se brancher sur ses schémas, et on comprendrait ce que ça fait d'être un chien.

J'échouai à surmonter une condescendance d'adulte. « C'est cool comme idée. Tu devrais en parler au Dr Currier. »

Sa réprobation fut clémente, comparée à ce que

je méritais. *Jamais il ne m'écouterait. Et c'est bien triste, tu sais ? C'est vrai, quoi, réfléchis-y, papa. Ça pourrait faire partie du programme scolaire. Tout le monde devrait apprendre ce que ça fait d'être une autre créature. Pense à tous les problèmes que ça réglerait !*

J'ai oublié ce que je lui répondis. Trois semaines plus tard, j'appris qu'une éminente écologue de l'université de Toronto, la professeure Ellen Coutler, avait utilisé certains de mes modèles atmosphériques pour calculer comment les écosystèmes de la Terre risquaient d'évoluer sous des températures en augmentation constante. La professeure Coutler et ses doctorants voyaient des milliers d'espèces interdépendantes disparaître dans une succession de vagues en cascade. Pas un déclin graduel : une chute à pic.

Robbie avait raison : il fallait instaurer et généraliser des cours de neurofeedback, obligatoires comme de connaître la Constitution ou d'avoir un permis de conduire. L'animal modèle pourrait être un chien ou un chat ou un ours ou même l'un des oiseaux si chers à mon fils. N'importe quelle créature qui nous fasse ressentir comment c'était de ne pas être nous.

Il laissa tomber un bol en verre sur le carrelage de la cuisine. Il se brisa en mille morceaux. Alors que Robbie reculait en sursaut, un éclat de verre lui entailla le talon. Un an plus tôt, il aurait explosé en larmes ou en furie. Cette fois, il se contenta de saisir son pied blessé et de le maintenir en l'air. *Oh, zut ! Pardon, pardon !* Une fois son pied lavé et pansé, il insista pour balayer ses dégâts. Un an plus tôt, il n'aurait même pas su où trouver le balai.

« Tu m'impressionnes, Robbie. À croire que tu abordes tout ce grand jeu de la vie avec une stratégie totalement nouvelle. »

Il enfouit son poing au ralenti dans ma bedaine molle et éclata de rire. *Vraiment ? Ben oui, c'est un peu ça. Le vieux Robin aurait été tout : Ââââââh !* Il désigna le plafond. *Mais le nouveau Robin est là-haut, à observer l'expérience.*

Il joignit les mains en V inversé devant ses lèvres. Le geste était irrésistible, comme s'il réincarnait Sherlock Holmes. Comme si lui et moi étions deux vieux potes, deux petits vieux méditant sur la route longue et sinueuse qui nous avait menés devant la cheminée de la salle commune d'une maison de retraite. *Tu te rappelles quand Chester déchirait un livre ou faisait pipi sur la moquette ? On pouvait pas vraiment lui en vouloir parce que, après tout, ça n'était qu'un chien, pas vrai ?*

J'attendis qu'il complète sa pensée. Mais en l'occurrence, la pensée était déjà complète.

J'amenai Robbie au labo pour sa dernière séance de l'été. À ce stade, toute l'équipe le révérait. Ginny lui offrit des BD et me conduisit au bout du couloir pour ne pas qu'il nous entende. Elle secouait la tête, ne sachant comment formuler ce qu'elle devait exprimer. « Votre fils… C'est juste que… Je l'aime vraiment. »

Je lui fis un grand sourire. « Moi aussi.

— Il devient vraiment incroyable. Quand il est dans les parages, je me sens, comme dire… » Elle me regarda, les yeux désemparés. « Comme si j'étais un peu plus *là* ? Il est contagieux. Un vrai vecteur viral. On se sent tous plus heureux avec lui. Deux jours avant qu'il vienne on s'en fait déjà une fête. » Gênée mais heureuse, elle battit en retraite et retourna aux machines.

J'observai la séance depuis la cabine de contrôle. Robin était devenu un virtuose. Son plaisir était proportionnel à l'aisance avec laquelle il animait son écran par la seule force de sa pensée. L'IA et lui improvisaient un duo, en harmonies mutuelles. Je regardais de l'extérieur, incapable d'entendre la moindre note de la symphonie qui se déployait. Le visage de Robbie parcourait toute sa gamme de plissements, froncements et grimaces. Il semblait bavarder avec quelqu'un dans la langue maternelle d'une peuplade réduite à deux individus.

J'avais déjà vu ça. Robin avait presque sept ans. Alyssa et lui faisaient un puzzle sur une table pliante, à la lumière d'une lampe en cuivre inclinable. Les pièces étaient grosses et peu nombreuses. Aly aurait pu terminer le puzzle toute seule en deux minutes. Mais elle se retenait, ralentissait pour l'inclure au jeu, faire durer le plaisir. Et il la récompensait par tout l'arc-en-ciel d'une joie d'enfant. Dans leur numéro de duettistes, ils rebondissaient sans cesse, se délectaient de descriptions anatomiques farfelues des pièces qu'ils recherchaient, faisaient la course pour puiser dans la réserve déclinante de candidates possibles. Quatre mois plus tard, Aly ne serait plus là. Cette soirée disparut avec elle, jusqu'à ce qu'elle me revienne à l'improviste en voyant Robin, de nouveau, jouer avec elle.

Currier me demanda de le rejoindre dans son bureau. On s'assit face à face, séparés par un monticule de papiers spiralés. « Theo, j'ai un service à vous demander. »

Cet homme m'avait offert une thérapie gratuite et inestimable. Il avait métamorphosé Robin et écarté Dieu sait quelles catastrophes. Techniquement, je lui devais sûrement un service.

Il jouait avec un casse-tête japonais complexe, une boîte en bois qui ne s'ouvrait qu'en suivant un long rituel d'étapes mémorisées. « On croit tenir quelque chose de viable. Une modalité de traitement aux résultats significatifs. » J'opinai sans bouger, comme Chester quand Aly lui lisait des poèmes. « Et votre fils représente notre argument le plus puissant. Il a toujours été un décodeur hautement performant. Mais à présent… » Il posa le casse-tête encore irrésolu. « On aimerait répandre la nouvelle.

— Vous avez déjà publié des articles, pas vrai ? »

Il me sourit comme mon père quand je ratais une frappe au base-ball en tapant trop fort. « Forcément.

— Et puis les congrès ? Les colloques ?

— Bien sûr. Mais maintenant on se bat pour conserver nos subventions.

— Ne m'en parlez pas. » Après un âge d'or d'une douzaine d'années, l'astrobiologie en était réduite à mendier. Mais je fus étonné d'apprendre que même le domaine de Currier, malgré ses applications pratiques, était à court d'argent. Je n'aurais jamais imaginé que toute recherche scientifique doive prouver sa rentabilité. Mais bon, je n'aurais jamais imaginé non plus que le ministère de l'Éducation couperait les crédits aux écoles primaires qui enseignaient la théorie de l'évolution.

Son regard me demanda pardon à l'avance. « Il faut qu'on prévoie un transfert de technologie tant que c'est encore possible. Et ça, c'est franchement une technologie qui mérite d'être transférée.

— Vous voulez la franchiser.

— Tout le processus. Comme un mode de thérapie adaptable à une multitude de troubles psychologiques. »

Mon fils ne souffrait d'aucun trouble. « Dites-moi juste quel service vous me demandez.

— On va faire des démonstrations pour d'autres professionnels. Des journalistes, des gens du secteur privé. Est-ce qu'on peut inclure une petite vidéo de lui ? »

Je butai sur le *secteur privé*. J'ignore pourquoi. Tout sur cette planète était déjà marchandisé bien avant mon époque. Currier évitait mon regard. Le casse-tête japonais mobilisait son attention. « On pourrait utiliser tout ce qu'on a enregistré depuis le début des séances. »

Je n'avais pas le souvenir qu'il ait été question d'enregistrements vidéo. J'avais dû donner mon accord, dans un formulaire quelconque.

« Ce serait anonymisé, bien sûr. Mais on aimerait pouvoir décrire ce qui rend ses progrès si singuliers. »

Un enfant apprend l'extase avec sa mère morte.

Mon cerveau était trop lent pour tout ce flot de calculs. Je croyais en la science. J'avais envie que Robin s'inscrive dans un projet d'utilité plus vaste. J'avais envie que les gens voient ce qui lui arrivait. Il pourrait devenir un virus de bien-être, comme disait Ginny. Mais ce projet de Martin déclencha un signal d'alarme.

« Ça m'a l'air un peu risqué.

— On ne montrerait que deux minutes d'images floutées, avec la voix déformée, à des chercheurs et à des professionnels de la santé. »

Je me sentis mesquin et superstitieux. Pire : bassement égoïste. Comme si, après avoir profité du dîner, je refusais de payer ma part. « Vous voulez bien me laisser quelques jours pour réfléchir ?

— Naturellement. » Il semblait trop soulagé pour être honnête. Il demanda, peut-être pour m'amadouer : « Est-ce qu'à la maison il rayonne autant qu'au labo ?

— Il est aux anges. Et c'est un ange. Depuis des semaines. Je ne me rappelle même pas à quand remonte sa dernière crise.

— Ça a l'air de vous rendre perplexe.

— J'ai tort ?

— Imaginez où il évolue.

— J'aimerais faire plus qu'imaginer. »

Il fronça les sourcils. Il ne pigeait pas.

« J'aimerais suivre la formation, moi aussi. » L'idée m'obsédait toujours davantage à chaque séance de Robin. Il me fallait avoir accès à l'esprit de ma femme morte.

Son froncement se transforma en sourire embarrassé. « Désolé, Theo. Je craindrais fort de ne pouvoir justifier cette dépense. On se débat déjà pour financer l'expérience officielle. »

Échauffé, je choisis d'obliquer. « Je voulais vous demander… Plus Robin se branche, plus il ressemble à Alyssa. Cette façon qu'il a de se tapoter la tempe, de dire *Vraiment* en dégustant le mot… c'est surnaturel. Il a assimilé la moitié des oiseaux que connaissait Aly. »

Cette idée l'amusa. « Je vous assure, ça ne peut pas être dû aux séances. Tout ce qu'il reçoit de son empreinte cérébrale, c'est une affinité avec un état émotionnel précis qu'il apprend à reproduire. »

Et pourtant elle l'instruisait, d'une façon ou d'une autre. Je n'insistai pas. Je me faisais l'effet d'un Aborigène superstitieux vénérant une épave d'avion. Je me contentai de dire : « Pour être franc, je ne crois pas que cet état émotionnel, c'était vraiment elle.

— L'extase ? Pas vraiment *Aly* ? »

Une étincelle passa entre Martin et moi. Je n'eus pas besoin de feedback pour la décrypter. Son regard esquiva soigneusement le mien, et je compris. Tout mon programme d'ignorance délibérée s'effondra, dévoilant la vérité enfouie d'un soupçon que je nourrissais depuis toujours. Mon manque d'assurance abyssal n'expliquait pas tout : en douze ans de mariage, je n'avais jamais vraiment connu ma femme. Elle était une planète rien qu'à elle.

Cette nuit-là, les astronomes du monde entier recueillirent plus d'informations sur l'univers que tous les astronomes au monde n'en avaient rassemblées pendant mes deux premières années de thèse. Des caméras cinq cents fois plus grosses que celles sur lesquelles je m'étais formé balayèrent le ciel en arcs de cercle. La conscience interstellaire s'éveillait, et il lui poussait des yeux.

Assis devant le grand écran incurvé de mon bureau, je puisais à des océans de données planétaires partagées, pendant que mon fils, vautré sur la moquette du salon, naviguait sur ses sites de nature préférés avec son Transpondeur d'Exploration Planétaire. Dans tout le pays, mes collègues anxieux préparaient la guerre. Et j'étais mobilisé.

Depuis huit ans, j'avais conçu des mondes et généré des atmosphères de vie, construisant peu à peu ce que mes collègues astrobiologistes appelaient le Guide Byrne des extraterrestres. Fondamentalement, c'était un catalogue taxinomique de tous les types de signatures spectroscopiques, coordonnés aux stades et aux genres hypothétiques de vie extraterrestre susceptibles de les produire. Pour tester mes modèles, je regardais la Terre de très loin. Je voyais notre atmosphère comme une masse pâle et floue de pixels lumineux réfractée par la Lune. J'intégrais ces pixels à mes simulations, et les lignes noires inscrites dans leurs spectres vérifiaient la validité de mes modèles en constante évolution et m'aidaient à les ajuster.

Mais l'œuvre de ma vie avait atteint un point de stagnation. Comme des centaines d'autres chercheurs, j'attendais des données : des données réelles en provenance de mondes réels, *là-haut*. L'humanité avait fait le premier pas pour déterminer si le cosmos respirait. Mais elle s'était immobilisée le pied en l'air.

Le télescope Kepler dépassa nos rêves les plus fous. Il peupla l'espace de nouvelles planètes à perte de vue. Des milliers de mondes potentiels étaient en attente de validation, faute de chercheurs en nombre suffisant pour valider leur candidature. Nous savions désormais que les Terres étaient courantes. Elles étaient plus nombreuses que je n'avais osé l'espérer, et plus proches.

Et pourtant Kepler ne vit jamais une seule planète directement. Il lançait un vaste filet, guettant la plus infime occultation de soleils situés à des milliers de parsecs, et capturait cette lumière avec une marge d'erreur d'une vingtaine d'unités par million. Un fléchissement infinitésimal de l'éclat d'une étoile trahissait une planète invisible venue s'interposer. J'en reste stupéfait, aujourd'hui encore : c'était comme voir un insecte se poser sur un réverbère à cinquante mille kilomètres de distance.

Mais Kepler ne put me donner ce que je voulais : *savoir*, sans doute possible, qu'un autre monde là-haut était vivant. Ne serait-ce qu'un seul. J'ignorais pourquoi ça m'importait tant, alors qu'il y avait tant de gens que ça laissait froids. Même ma femme, ça lui était un peu égal. Mais pas Robbie.

Pour savoir avec certitude si une planète respirait, il nous fallait des images infrarouges directes, et assez précises pour livrer une empreinte spectrale détaillée de son atmosphère. Nous avions les moyens de les obtenir. Bien avant la naissance de Robin, bien avant même ma rencontre avec Aly, je planifiais déjà, comme beaucoup de chercheurs, un télescope spatial apte à peupler tous mes modèles et à décider une fois pour toutes si l'univers était stérile ou vivant. L'engin que nous réclamions était cent fois plus puissant que Hubble. À côté de lui, les meilleurs télescopes existants faisaient figure de vieillards à lunettes noires et chien guide.

Mais c'était aussi une dépense folle de fric et d'énergie qui en pratique ne changerait rien à la marche du monde. Ça n'enrichirait pas le futur, ça ne guérirait aucune maladie, ça ne protégerait personne des eaux montantes de notre propre folie. Ça répondrait simplement à la question que les humains se posaient depuis qu'ils étaient descendus des arbres : Est-ce que l'esprit de Dieu était enclin à la vie, ou est-ce que nous, Terriens, n'avions aucune raison d'être ici ?

Ce soir-là, un grand pow-wow se réunit à l'échelle du continent, de Boston à la baie de San Francisco. Le Congrès menaçait de nous couper les fonds pour notre Guetteur d'autres Terres. Mes collègues, en hâte, avaient rassemblé un quorum, animé d'une mentalité de ruche, pour une défense ciblée de notre grand œuvre. En visioconférence : deux douzaines de fenêtres à l'écran et autant de canaux audio, à la synchro vacillante. À chaque orateur qui s'exprimait, mon écran s'emplissait du visage du frêle vaisseau qui portait ces mots. L'homme à la chemise tachée de nourriture, incapable de soutenir même le regard d'une webcam. L'homme qui assaisonnait chaque phrase d'un « en fait ». La femme qui avait été infirmière pendant des années avant de devenir l'une des plus grandes chasseuses de planètes. L'homme dont le fils avait sauté sur une mine artisanale en Afghanistan. L'homme qui, comme moi, s'était mis à boire comme un trou à quatorze ans, mais qui, contrairement à moi, n'arrivait plus à se refréner.

— Rappelez-vous. Ça fait déjà deux fois que le Congrès menace de couper les vivres pour le NextGen.

— Mais le problème, c'est bien le NextGen ! Ça fait des décennies que ce foutu machin nous pompe tout notre budget.

Le télescope spatial NextGen était une pomme de discorde pour ma tribu. Ce vaisseau amiral de l'astronomie avait déjà dix ans de retard et quatre milliards de dollars de dépassement. On en avait tous envie, bien sûr. Mais il concernait davantage la cosmologie que la chasse aux planètes. Et il piquait dans la caisse de tous les autres projets.

— On ne pouvait pas choisir un pire moment pour défendre le Guetteur. Vous avez vu le tweet du Président ?

Bien sûr, on l'avait tous vu. Mais le brillant observateur accro à l'éthanol crut bon de l'afficher dans le *chat* :

Pourquoi verser toujours plus d'argent dans un PUITS SANS FOND, pour un investissement qui ne rapportera jamais un SEUL CENTIME ? La soi-disant « Science » devrait arrêter d'inventer des faits et de les facturer au peuple américain !!

— Il drague les xénophobes et les isolationnistes. Tous les internalistes.

— Ce sont eux qu'on écoute à Washington. Les gens dans ce pays en ont marre de l'astronomie.

— Alors, c'est à nous, les externalistes, d'aller à Washington plaider notre cause.

Le cœur me manqua tandis que ma tribu échafaudait son plan d'attaque. Je n'avais pas une heure de plus à consacrer à une autre cause que celle qui absorbait tout mon temps. Et je ne voyais pas bien en quoi une expédition à Washington changerait quoi que ce soit. Le Guetteur d'autres Terres n'était qu'une bataille par procuration, une de plus dans la guerre civile sans fin que se livraient les Américains. Notre camp affirmait que la découverte d'autres Terres augmenterait la sagesse collective de l'humanité et sa capacité d'empathie. Les hommes du Président rétorquaient que sagesse et empathie étaient des complots collectivistes pour détruire notre niveau de vie.

Je me détournai de l'écran pour jeter un œil vers le salon. Aly était assise dans son fauteuil œuf préféré, en balançant les jambes, comme si l'heure approchait de boire un verre de vin et de trouver un sonnet pour Chester. Elle me lança un regard et s'illumina de ce sourire éblouissant : les petites dents blanches, la ligne des gencives large et rose. Elle secoua la tête, incapable de comprendre comment je pouvais être aussi bouleversé par une discussion de si peu d'importance. Je voulais lui demander si elle m'aimait autant que son chien. Je voulais lui demander si cet opossum valait la peine d'abandonner son mari et son fils. Mais la question qui me vint à l'esprit – ça compte vraiment pour une question, quand on la pose à un fantôme ? – était pire encore. Aly. C'est vraiment mon fils ?

Avec un timing impeccable, mon lecteur de pensées émérite apparut sur le seuil du bureau en brandissant son Transpondeur.

Papa. Tu vas pas me croire. La moitié des Américains pensent qu'on a déjà reçu des visites de créatures venues d'ailleurs.

Tout le groupe à l'écran éclata de rire. L'homme au fils sacrifié sur l'autel du dieu pétrole s'écria de l'autre bout du pays : *Ça te dirait d'en parler à des gens à Washington ?*

La voisine téléphona pour me dire que Robin était derrière la maison. « Il ne bouge pas. Complètement immobile. Je crois qu'il a un problème. »

Je fus tenté de lui dire : *Bien sûr qu'il a un problème. Il* regarde *les choses.* Mais je la remerciai du renseignement. Elle jouait simplement son rôle dans le système d'autosurveillance perpétuelle, qui fait en sorte que personne ne s'aventure trop loin.

Je sortis dans le jardin crépusculaire pour trouver le délinquant. Il était sorti en fin d'après-midi avec une boîte de craies pour dessiner le bouleau, qui exhibait encore ses verts de fin d'été. Il avait pris un petit tabouret de toile. Je le trouvai assis dans l'herbe glaciale et me joignis à lui. En quelques secondes, mon jean fut trempé. J'avais oublié que la rosée se forme le soir. Au matin, on ne fait que la découvrir.

« Voyons ça. » Il me livra son otage pastel. L'arbre était gris à présent, tout comme son dessin. « Je vais devoir te faire confiance sur ce coup-là, mon pote. J'y vois rien du tout. »

Son petit rire se perdit dans le rugissement des feuilles. *C'est bizarre, hein, papa ? Pourquoi la couleur disparaît quand il fait sombre ?*

Je lui expliquai que le défaut résidait dans nos yeux, et non dans la nature de la lumière. Il hocha la tête, comme s'il était déjà parvenu à cette conclusion. Sa tête visa droit devant lui l'arbre en pleine exhalaison. De chaque côté de son visage, ses mains palpèrent l'air en quête de tiroirs secrets.

Et y a un truc encore plus bizarre. Plus il fait sombre, mieux je vois du coin de l'œil.

Je fis le test ; il avait raison. Je me rappelai vaguement la raison : il y a plus de bâtonnets aux extrémités de la rétine. « Ça pourrait inspirer une bonne chasse au trésor. » Mais il ne semblait s'intéresser qu'à la sensation même.

« Robbie ? Le Dr Currier voudrait savoir s'il peut montrer à d'autres gens les vidéos de tes séances. »

Cela faisait deux jours que j'éludais la question. Je détestais l'idée que des inconnus évaluent la transformation de Robin. Je détestais Currier d'avoir ravagé mes souvenirs d'Aly. Et à présent, il avait mon fils.

Je m'allongeai sur l'herbe humide. Je ne devais à Currier que de l'hostilité. Et pourtant, j'éprouvais envers lui une dette si grande que je ne pouvais l'estimer. Aucun parent digne de ce nom ne voudrait faire de son enfant une marchandise. Mais dix mille enfants dotés des yeux neufs de Robin nous apprendraient peut-être à habiter la Terre.

Il restait face à l'arbre, toujours pris par son expérience, en m'observant du coin de l'œil. *Quel genre de gens ?*

« Des journalistes. Des professionnels de la santé. Des gens susceptibles de créer des centres de neurofeedback dans tout le pays. »

Tu veux dire un business ? Ou est-ce qu'il veut aider les gens ?

C'était bien la question.

Parce que, tu sais, papa. Il m'a aidé. Beaucoup. Et il a ramené maman.

Un gros invertébré tapi dans la terre planta ses mandibules dans l'arrière de mon mollet. Robin enfonça ses ongles dans le sol et sa petite main en ressortit dix mille espèces de bactéries enveloppées dans cinquante kilomètres de filament fongique. Il répandit la poignée de terre et s'allongea à côté de moi, en calant sa tête sur l'oreiller de mon bras. Longtemps, on se contenta de regarder les étoiles – toutes celles qu'on voyait, et la moitié des invisibles.

Papa. J'ai l'impression de me réveiller. D'être à l'intérieur de tout. Regarde où on est ! Cet arbre. Cette herbe !

Aly affirmait souvent – à moi, aux parlementaires locaux, à ses collègues, aux abonnés de son blog, à qui voulait l'entendre – que si une masse critique de gens, si modeste soit-elle, retrouvait la conscience du lien qui nous unit, l'économie deviendrait écologie. On voudrait d'autres choses. On trouverait un sens à la vie *dans le monde*.

Je pointai du doigt ma constellation préférée de fin d'été. Avant que je ne puisse la nommer, Robin dit : *La Lyre. C'est un genre de harpe, un truc comme ça ?*

J'eus du mal à hocher la tête, appuyée contre le sol. Robin désigna le lointain du ciel, et le lever de lune.

Tu as bien dit que la lumière voyage de là-bas à ici presque instantanément, hein ? Ça veut dire que tous les gens qui regardent la Lune voient la même chose en même temps. On pourrait s'en servir comme d'un téléphone géant, un téléphone à lumière, si jamais on est séparés.

De nouveau, il s'aventurait trop loin pour moi. « Apparemment, ça te pose pas de problème que le Dr Currier montre des vidéos de toi ? »

Son haussement d'épaules effleura mon biceps. *Elles sont pas vraiment à moi, ces vidéos. Je crois qu'elles appartiennent à tout le monde.*

Aly était là, allongée, la tête posée sur mon autre bras. Je ne fis rien pour me dégager. *Pas bête, ce garçon*, dit-elle.

Tu te rappelles comme maman aimait cet arbre ? Depuis deux ans il me demandait comment était Aly. À présent, c'était lui qui me la restituait. *Elle l'appelait la Pension de famille. Elle disait que personne n'a jamais pu compter toutes les sortes de créatures qui vivent dedans.*

Je cherchai confirmation du côté de sa mère, mais elle avait disparu. Quand la première des dernières lucioles de l'année illumina l'air à deux mètres de nous, Robin eut le souffle coupé. Immobiles, on les regarda flamboyer et s'éteindre. Elles flottaient en traînées lentes sur le noir de l'été, telles les lumières de vaisseaux interplanétaires surgis de toutes les planètes que nous avions pu visiter pour lancer une invasion massive de notre jardin.

J'appelai Martin Currier. « C'est bon, utilisez la vidéo. Mais vous avez intérêt à masquer complètement son visage.

— Ça, je peux vous le promettre.

— Et si jamais quelqu'un remonte jusqu'à nous, je vous en tiendrai pour personnellement responsable.

— Je comprends. Theo… Merci. »

Je lui raccrochai au nez. Mais au moins, j'attendis que la communication soit coupée pour l'insulter.

À ce stade tardif de l'histoire du monde, tout n'était que marketing. Les universités étaient contraintes de développer leur marque. Toute action charitable devait battre tambour. Les amitiés se mesuraient en partages, en likes, en liens. Poètes et prêtres, philosophes et pères de jeunes enfants : nous étions tous engagés dans un business total et sans fin. Alors, forcément, la science devait faire de la pub. Il m'avait fallu bien du temps pour me dessiller. Mettons ça sur le compte d'une naïveté juvénile.

À sa décharge, Currier sut rester digne en jouant les VRP. Il vanta ses résultats aux parties intéressées sans fausser les données. Il expliqua franchement les limites cliniques de son procédé, sans cesser de faire miroiter les lointains rivages de ses possibilités. Dans un monde accro à l'optimisation, les journalistes adorèrent ses suggestions prudentes d'un âge d'or à venir.

Dès octobre, des brèves sur le labo Currier se mirent à apparaître dans les médias de masse. On le regarda, Robin et moi, passer dans l'émission *Actu Techno*. Je vis circuler des articles dans *New Science*, *Weekly Breakthrough* et *Psychology Now*. Dans chaque contexte, Currier arborait une personnalité légèrement différente, comme s'il retaillait la moquette aux dimensions de la boutique.

Puis vint la demi-page dans le *New York Times*. Elle dépeignait un Currier optimiste mais circonspect. Une photo de lui, installé près de la machine qui avait si souvent scanné en temps réel les émotions de Robin, comportait en légende : « Le cerveau est un réseau de réseaux enchevêtrés. Nous n'aurons jamais fini de le cartographier. » L'homme sur la photo appuyait le menton sur sa main.

Tout au long de l'article, Currier situait le neurofeedback décodé dans la lignée de la psychothérapie courante, « en beaucoup plus rapide et plus efficace ». Des chiffres concrets venaient appuyer ses dires sur la solidité du projet. Il minimisait l'aspect télépathie émotionnelle. « La meilleure comparaison serait peut-être l'effet puissant produit par une grande œuvre d'art. » Mais la visite guidée de sa technique en suggérait juste assez pour faire du NeuroDec la révolution de demain :

> Le bien-être est comme un virus. Une seule personne bien dans sa peau et à l'aise dans le monde peut

en contaminer des dizaines d'autres. Ça ne vous tente pas, une épidémie de bien-être contagieux ?

Sur l'insistance du journaliste, Currier affirmait : « Le seuil critique d'un tel phénomène est sans doute moins élevé que vous ne pensez. »

Outre les écarts types, les valeurs-p et les affirmations de bénéfices thérapeutiques, Currier mentionnait généralement cette donnée fascinante au bout de la courbe : un garçon de neuf ans qui avait commencé les tests en vraie boule de rage et en était ressorti en vrai Bouddha junior. Tantôt le garçon avait perdu sa mère, tantôt il se débattait avec des troubles émotionnels préexistants, tantôt c'était juste un garçon souffrant de « difficultés » non précisées. Puis venait la vidéo : une demi-minute d'un Robin flouté discutant avec les expérimentateurs le jour de sa première séance, quarante-cinq secondes de Robin dans l'IRM concentré sur son écran, et encore une minute, un an plus tard, de Robin parlant avec sa chère Ginny. La première fois que je vis ce montage, j'en eus le souffle coupé. La posture et l'attitude de mon fils, la mélodie de sa voix : c'était comme un avant/après d'une immunothérapie expérimentale. Il n'était plus la même personne. À peine de la même espèce.

La vidéo faisait un tabac partout où elle passait. Currier la montra à six cents personnes au congrès annuel de l'Association américaine de santé publique. À la réception qui suivit sa conférence, il révéla à un groupe de thérapeutes que derrière cette étonnante vidéo il y avait une histoire plus étonnante encore. Et c'est alors que l'avenir de Robin se déroba à moi.

Je lui proposai une chasse au trésor autour du Mississippi. Imagine que tu es une goutte d'eau qui fait son chemin d'un lac glaciaire du Minnesota jusqu'à la Louisiane et au golfe du Mexique. Quels sont les États que tu traverserais ? Quels poissons et quelles plantes serais-tu susceptible de voir ? Quelles vues et quels sons s'offriraient à toi ? Ça paraissait bien innocent : le genre de devoir que j'aurais pu faire moi-même, il y a trente ans. Mais il y a trente ans, c'était un autre fleuve.

Comme souvent à cette période, Robbie en fit un peu trop. La chasse au trésor se mua en excursion d'une semaine. Il dessinait des cartes et des diagrammes, des bateaux, des barges et des ponts, des panoramas subaquatiques regorgeant de créatures pittoresques. Au bout de plusieurs jours, il se matérialisa dans mon bureau en brandissant la tablette émaillée sur laquelle il faisait ses recherches. *Allô, allô. Demandons optimisation du Transpondeur.*

« Qu'est-ce que tu lui reproches ? »

Mais enfin, papa ! Tu dis qu'il est Planétaire, mais c'est juste un pauvre navigateur pour les petits. Ça ne m'emmène nulle part.

« Et où tu veux aller ? »

Il m'expliqua ce qu'il cherchait et où il comptait le trouver.

« D'accord. Pour aujourd'hui, tu peux utiliser le nom d'utilisateur "Theo". Mais à condition de revenir à ton compte quand tu auras terminé. »

Génial ! T'es le meilleur. Je l'ai toujours dit. C'est quoi le mot de passe ?

« L'oiseau préféré de ta mère. Mais qui vole à l'envers. »

Vu son regard, je lui faisais pitié d'avoir choisi un code secret si transparent. Mais il retourna à la tâche, extatique.

Il était un peu éteint au dîner, à l'issue de notre journée de boulot. Je dus lui tirer les vers du nez. « Ça va comment, la vie sur le Mississippi ? »

Il prit une cuillerée lointaine de soupe à la tomate. *Pas très bien, en fait.*

« Dis-moi. »

C'est carrément grave, papa. T'es sûr que tu veux savoir ?

« Je peux encaisser. »

Je sais pas par où commencer. Genre, plus de la moitié de nos oiseaux migrateurs utilisent ce fleuve, sauf qu'ils ne peuvent plus parce qu'ils sont en train de perdre leur habitat. Tu savais ça ? Les pesticides que les agriculteurs balancent sur leurs récoltes vont dans l'eau, et ça transforme les amphibiens en mutants. Et puis tous les médicaments qui partent aux toilettes dans le pipi et le caca. Les poissons sont complètement dopés. On ne peut même plus y nager ! Et au bout ? À l'embouchure ? C'est des milliers de kilomètres carrés de zone morte.

Son visage me fit regretter de lui avoir donné

mon code. Comment faisaient les vrais instits ? Comment pouvaient-ils organiser des sorties scolaires sur ce fleuve sans fausser les données ou ignorer l'évidence ? Le monde était devenu une chose qu'aucun écolier ne devrait être autorisé à découvrir.

Il avait le bras posé sur la table et s'y appuya le menton. *Bon, d'accord, j'ai pas vérifié, mais à mon avis les autres fleuves c'est pas mieux.*

Je contournai la table pour me poster derrière sa chaise. Mes mains se tendirent pour le prendre par les épaules. Il ne leva pas les yeux.

Est-ce que les gens sont au courant ?

« Je crois. Plus ou moins. »

Et ils laissent faire parce que... ?

La réponse standard – l'économie – était insensée. À l'école, j'avais manqué quelque chose d'essentiel. Et il me manquait encore quelque chose. Je lui caressai le haut du crâne. Quelque part sous mes doigts mouvants, il y avait ces cellules remodelées par les séances. « Je ne sais pas quoi te dire, Robin. Et je regrette vraiment. »

Il tendit la main à l'aveuglette pour presser la mienne. *C'est pas grave, papa. C'est pas ta faute.*

J'étais presque sûr qu'il avait tort.

Nous les humains, on est juste une expérience, pas vrai ? Et tu dis toujours qu'une expérience au résultat négatif n'est pas pour autant une expérience ratée.

« Non, c'est vrai. Il y a beaucoup à apprendre d'un résultat négatif. »

Il se leva, plein d'énergie, prêt à retourner finir son travail. *T'inquiète pas, papa. Nous, on trouvera peut-être pas la solution. Mais la Terre, si.*

Je lui parlai de la planète Mios, qui avait prospéré pendant un milliard d'années avant notre apparition. Les habitants de Mios avaient construit un vaisseau pour des voyages d'exploration de longue distance et de longue durée, peuplé de machines intelligentes. Ce vaisseau parcourut des centaines de parsecs jusqu'à ce qu'il trouve une planète riche en matières premières où il se posa, s'installa, se répara, puis se dupliqua, équipage compris. Alors deux vaisseaux identiques décollèrent dans des directions différentes et parcoururent encore des centaines de parsecs jusqu'à ce qu'ils trouvent de nouvelles planètes, où ils répétèrent tout le processus.

Pendant combien de temps ? demanda mon fils.

Je haussai les épaules. « Il n'y avait rien pour les arrêter. »

Ils partaient en éclaireurs pour envahir des planètes ou quoi ?

« Peut-être. »

Et ils ont continué à se dédoubler ? Il devait y en avoir un million !

« Hé oui. Puis deux millions. Puis quatre. »

Nom d'un chien ! Il devait y en avoir partout !

« C’est grand, l’espace. »

Et est-ce que les vaisseaux envoyaient leur rapport à Mios ?

« Oui, même si les messages mettaient de plus en plus longtemps à arriver. Et les vaisseaux ont continué à émettre, même quand Mios a cessé de répondre. »

Qu’est-ce qui était arrivé à Mios ?

« Les vaisseaux ne l’ont jamais su. »

Et ils ont continué, alors que Mios n’existait plus ?

« Ils étaient programmés pour ça. »

Cela le fit réfléchir. *C’est plutôt triste.* Il se redressa dans son lit et repoussa l’air avec sa main. *Mais quand même, papa, c’est peut-être pas si mal pour eux. Pense à tout ce qu’ils ont vu.*

« Ils ont vu des planètes d’hydrogène et des planètes d’oxygène, des planètes de néon et d’azote, des mondes aquatiques, des mondes en silicate, en fer, et des globes d’hélium liquide enveloppant des diamants d’un trillion de carats. Il y avait toujours de nouvelles planètes. Toujours différentes. Pendant un milliard d’années. »

Ça fait beaucoup, dit mon fils. *Peut-être que ça suffisait. Même si Mios n’existait plus.*

« Ils se sont dupliqués et dissociés et ont continué de se répandre dans la galaxie comme s’ils avaient encore une raison. Un des arrière-arrière-arrière-arrière-arrière-petits-enfants du vaisseau d’origine a atterri sur une planète rocheuse aux mers peu profondes, dans un drôle de petit système stellaire qui gravitait autour d’une étoile de type G. »

Allez, dis-le, papa. La Terre !

« L’engin s’est posé sur une plaine régulière, au milieu de structures géantes, anarchiques, oscillantes, plus élaborées que tout ce que l'équipage avait jamais pu voir. Ces structures complexes et frémissantes réfractaient la lumière à diverses fréquences. Beaucoup arboraient à leur sommet des formes incroyables qui résonnaient aux fréquences basses… »

Attends. Des plantes ? Des fleurs ! Tu veux dire que les vaisseaux sont minuscules *?*

Je ne niai pas. Il parut tout à la fois sceptique et fasciné.

Et alors ?

« L'équipage du vaisseau étudia longuement ces gigantesques fleurs ondulantes, vertes et rouges et jaunes. Mais ils n'arrivèrent pas à comprendre ce que c'était ni comment ça marchait. Ils voyaient des abeilles pénétrer dans les fleurs et les fleurs traquer le soleil. Ils voyaient les fleurs flétrir et monter en graine. Ils voyaient les graines tomber et germer. »

Mon fils leva la main pour interrompre l'histoire. *S'ils avaient compris, papa, ça les aurait achevés. Ils auraient branché le communicateur pour dire à tous les autres vaisseaux présents dans la galaxie de laisser tomber.*

Ses mots me donnèrent la chair de poule. Ce n'était pas la fin que j'avais imaginée. « Pourquoi tu dis ça ? »

Parce qu'ils auraient compris. Que c'étaient les fleurs qui allaient quelque part, pas les vaisseaux.

Je l'emmenais avec moi sur le campus les jours où je faisais cours. Il étalait ses livres sur mon bureau et, pendant que j'enseignais ou que j'assistais à des réunions, Robin apprenait tout seul à faire des divisions et à résoudre des problèmes de maths, déchiffrait des poèmes, et découvrait pourquoi les arbres à la fenêtre devenaient couleur d'or et de carotte. Il n'étudiait plus. Il se contentait de jouer avec les choses et de savourer leur déploiement.

Les doctorants adoraient lui servir de tuteurs. Un matin d'octobre, en repassant à mon bureau après un long séminaire, je surpris Viv Britten, qui travaillait sur la crise à petite échelle inhérente au modèle Lambda-CDM de l'univers, en train de se tenir la tête, assise en face de mon fils.

« Hé, boss ! Vous avez déjà pensé à tout ce qui se passe à l'intérieur d'une feuille d'arbre ? Je veux dire, vraiment réfléchi ? Franchement, ça me troue le cul. »

Robin ricana du chaos qu'il avait déchaîné. *Attention ! Gros mot !*

« Quoi ? fit Viv. J'ai dit le *QI*. Franchement, ça me troue le QI, ce que tu me racontes. »

Il y avait de quoi, vraiment. La verte Terre était en roue libre : elle constituait son atmosphère, s'inventait plus de formes qu'elle n'en aurait jamais besoin. Et Robin prenait des notes.

On déjeunait sur les rives du lac, en repérant les poissons. Robbie avait découvert que les lunettes de soleil polarisées lui donnaient accès à tout un nouveau monde extraterrestre sous le miroir de la surface. On regardait, hypnotisés, un banc d'intelligences de dix centimètres de long quand une voix se fit entendre, à guère plus d'un mètre de mon épaule.

« Theodore Byrne ? »

Une femme de mon âge se tenait debout, serrant contre sa poitrine un ordinateur en argent brossé. Elle portait une impressionnante quincaillerie de turquoise, et les plis de sa tunique grise tombaient sur un jean moulant. Sa voix de contralto maîtrisée semblait étonnée de sa propre audace.

« Excusez-moi. On se connaît ? »

Son sourire flottait entre la gêne et l'amusement. Elle se tourna vers mon fils qui, selon un rituel animiste qu'il affectionnait, tapotait le sandwich au beurre d'amande qu'il s'apprêtait à manger. « Et toi, tu dois être Robin ! »

Une bouffée prémonitoire me brûla la nuque. Avant que je puisse demander ce qu'elle voulait, Robin dit : *Vous me rappelez ma maman.*

La femme le regarda du coin de l'œil et éclata de rire. Les ancêtres d'Alyssa comme les miens venaient effectivement d'Afrique, mais ça remontait à plus loin. Elle revint à moi. « Excusez-moi de vous déranger ainsi. Est-ce que vous auriez un moment ? »

Je fus tenté de demander : *Un moment pour quoi, au juste ?* Mais mon fils, formé à l'extase, dit : *Des moments, on en a des millions. Pour le moment, on est à l'heure des poissons.*

Elle me tendit une carte de visite constellée de calligraphies et de couleurs. « Je suis Dee Ramey, productrice pour *Ova Nova.* »

Cette chaîne comptait des centaines de milliers d'abonnés, et certaines de ses vidéos atteignaient le million de vues. Je n'en avais jamais regardé une seule minute, mais je savais quand même à quoi ça ressemblait.

Dee Ramey se tourna vers Robin. « Je t'ai vu dans les films du professeur Currier. Tu es incroyable.

— Qui vous a parlé de nous ? » Je ne pus dissimuler la colère dans ma voix.

« On a fait nos devoirs. »

Alors seulement ça a fait tilt. Pour un type biberonné à la science-fiction, je m'étais montré étonnamment naïf face à ce que pouvaient accomplir l'intelligence artificielle, la reconnaissance faciale, le filtrage croisé, le bon sens et une plongée rapide dans le cerveau aggloméré de la planète. Je m'affranchis enfin de toute politesse ridicule. « Vous voulez quoi ? »

Robin fut choqué de ma grossièreté envers une inconnue. Il continua à tapoter son sandwich, trop vite, trop fort. *C'est* Ova Nova, *papa. Tu sais bien, c'est eux qui ont fait le reportage sur le gars qui avait une mouche des chevaux dans l'épaule ! Elle avait même pondu ses œufs sous la peau.*

Dee Ramey s'écria : « Waouh, tu nous regardes ! »

Juste les films où on voit que l'univers est vraiment cool.

« Eh bien ! Nous, on trouve que ce qui t'arrive, c'est un des trucs les plus cool qu'on ait jamais vus. »

Robin regarda vers moi, guettant une explication. Je lui rendis son regard. La compréhension envahit son visage. Des influenceurs le voulaient pour le parfait épisode de trois minutes, celui qui leur vaudrait un million de pouces levés de la part d'inconnus du monde entier : *Un garçon reprend vie dans le cerveau de sa mère morte.* Ou peut-être que c'était l'inverse.

La vie se constitue sur une accumulation d'erreurs. Lorsque Dee Ramey finit par surgir, avec pour projet de faire de mon fils un spectacle, j'avais perdu le compte de mes gaffes parentales.

Robin pensait que ce serait marrant de devenir un épisode parmi tant d'autres habitants insolites de la Terre. Il m'exposa ses arguments autour d'un cornet de glace, quelques heures après que j'eus envoyé balader Dee Ramey. *Franchement, papa, réfléchis-y. J'ai été super-malheureux tellement longtemps. Et maintenant c'est fini. Les gens aimeraient peut-être en savoir plus. Et ça sera éducatif. Toi qui ne parles que d'éducation, papa. En plus, c'est cool comme émission.*

Deux jours plus tard, Dee Ramey me téléphona. « Vous ne comprenez pas mon fils, lui dis-je. Il est… peu commun. Je ne peux pas le laisser transformer en bête de cirque.

— Ce ne sera pas une bête de cirque. Ce sera un sujet d'intérêt légitime, traité avec respect. Vous pourrez être présent sur le tournage. On évitera tout ce qui pourrait vous mettre mal à l'aise.

— Je suis désolé. Mais c'est un enfant particulier. Il a besoin d'être protégé.

— Je comprends. Mais il faut que vous sachiez que nous allons faire ce film, que vous vouliez ou non y participer. On sera libre d'utiliser tout le matériau déjà disponible, de la manière qui nous paraîtra appropriée. En revanche, si vous participez, vous aurez votre mot à dire. »

Le smartphone est un miracle, et il a fait de nous des dieux. Mais sur un point tout simple, il est très primitif : on ne peut pas raccrocher avec fracas.

Techniquement, mon fils restait anonyme. Mais ce qu'avaient mis au jour les documentalistes d'*Ova Nova*, d'autres ne tarderaient pas à le découvrir. J'avais commis une erreur, et si je n'agissais pas maintenant elle ne ferait qu'empirer. Je pouvais au moins tenter encore de contrôler la façon dont l'histoire serait rendue publique. Deux jours plus tard, ma colère un peu calmée, je rappelai Dee Ramey.

« Je veux avoir mon mot à dire sur le montage final.

— On peut vous garantir ça.

— Vous n'aurez pas le droit d'employer son vrai nom, ni de dire quoi que ce soit qui faciliterait son identification.

— Pas de problème. »

Mon fils était un garçon perturbé, blessé de voir ce que ne voyait pas ce monde somnambule. Une thérapie excentrique l'avait rendu un peu plus heureux. Peut-être que le montrer en train d'être lui-même compenserait le sensationnalisme avec lequel *Ova Nova* risquait de traiter les vidéos de Currier, et son boniment de VRP.

C'est ce que m'expliqua Robin, lové sous mon bras sur le canapé du salon, un soir où on avait décidé de rester sur Terre bien au chaud. *Comme dit le Dr Currier, ça peut toujours servir.*

Je ne saisis pleinement ce qui arrivait à Robin qu'en voyant le premier montage. Dans la vidéo, il s'appelle Jay. Il entre dans le champ, et aussitôt le plan respire. Il se détourne pour regarder les canards, les écureuils gris, les tilleuls bordant le lac, et son regard en fait des extraterrestres que la caméra doit réévaluer.

Ensuite, il est allongé dans le tunnel d'IRM du labo de Currier et déplace des formes sur l'écran par la seule force de son esprit. Il a un visage rond et ouvert mais un peu diabolique, ravi de son habileté. Dee Ramey, en voix off, explique que Jay apprend à calquer une série d'émotions gardées au frais depuis des années. Mais son explication passe à côté de la vérité. C'est un enfant, en proie à l'ivresse de la création.

Puis il est assis en face de Dee Ramey, sur un banc sous un saule pleureur. Elle demande : « Mais ça fait quel effet ? »

Il a le nez et la bouche qui frémissent un peu. Ses mains exaltées se tordent en explications. *Vous voyez comment c'est, quand on chante une chouette chanson avec des gens qu'on aime bien ? Et que tout le monde chante une note différente, mais qu'ensemble ça sonne super ?*

La journaliste paraît triste, l'espace d'un bref instant. Peut-être songe-t-elle que ça fait bien longtemps qu'elle n'a pas chanté avec ses amies. « C'est comme si tu parlais avec ta mère ? »

Son front se plisse ; il n'aime pas trop cette question. *Personne ne parle vraiment, si c'est ça que vous voulez dire.*

« Mais tu la sens ? Tu sais que c'est elle ? »

Il hausse les épaules. Du pur Robin millésimé. *C'est nous.*

« Tu as l'impression qu'elle est là avec toi ? Pendant les séances ? »

La tête de Robin pivote sur la tige de son cou. Il regarde quelque chose de bien trop vaste pour en parler à cette femme. Il tend la main au-dessus de sa tête pour attraper les basses branches du saule et les laisser glisser entre ses doigts. *Même maintenant, elle est ici.*

La vidéo clignote puis coupe.

Ils marchent au bord du lac. Jay lui pose une main au creux des reins, tel un médecin annonçant une nouvelle contrariante mais pas catastrophique. Elle dit : « Tu as dû tellement souffrir. »

Chaque fois, j'ai envie de lui hurler dessus. Mais Robin prête attention au monde, pas à la question.

« Quand est-ce que ça a commencé, cette souffrance ? Quand ta mère est décédée, ou avant ? »

Il fronce les sourcils au mot *décédée*. Mais il le décode aussitôt. *Ma mère n'est pas décédée. Elle est morte.*

Dee Ramey en trébuche et s'arrête. Peut-être que ces paroles la forcent à écouter. Peut-être qu'elles l'excitent, que leur bizarrerie promet quelques milliers de likes en plus. Peut-être que je suis trop méchant.

« Mais tu as appris à calquer les schémas de son activité cérébrale. Donc maintenant tu as cette partie d'elle en toi, pas vrai ? »

Il sourit et secoue la tête, mais pas pour la démentir. Il sait à présent que les adultes ne peuvent pas piger. Il tend les mains vers l'herbe et le ciel et les chênes et les tilleuls bordant le lac. Il lève encore ses paluches dans l'air froid et sec, et les agite pour englober notre quartier invisible et lointain, l'université, les maisons des amis, le Capitole, et d'autres États au-delà de notre État. *Tout le monde est en chacun de nous.*

Raccord sur des images des premières séances. C'est un autre garçon, tassé dans un fauteuil en plastique incurvé, qui élude les questions de l'interrogateur en phrases méfiantes et monocordes. Il se mord la lèvre, grogne au moindre revers. Le monde est là pour le punir. Puis des images de lui en train de peindre, ivre de lignes et de couleurs. J'ai regardé cette vidéo tant de fois que je ne saurais les compter. Je suis responsable à moi seul d'un bon millier de vues. Mais voir ces deux garçons côte à côte continue de me stupéfier.

Puis les revoilà au bord du lac. « Tu paraissais tellement blessé et en colère. »

Beaucoup de gens sont blessés et en colère.

« Mais toi, tu ne l'es plus ? »

Il pouffe, dans un contraste saisissant avec le garçon des vidéos de Currier. *Non. Plus maintenant.*

Sur un banc, sous les arbres. Dee Ramey feuillette un des carnets de Robin, posé sur ses genoux. Il lui explique ses dessins. *Ça, c'est un annélide. Il est incroyable, faut bien le reconnaître. Et ça, une ophiure. Ces créatures-là ? Ce sont des tardigrades. On les surnomme les ours d'eau. Ils peuvent survivre dans l'espace. Sérieux. Ils pourraient flotter jusque sur Mars.*

Raccord sur un plan moyen, où il l'emmène dans un sentier pour lui montrer quelque chose. La caméra zoome : un carré de plantes dont les feuilles aux dentelures arrondies sont toutes perlées des minuscules globes de la pluie du matin. Il désigne les cosses de fruits qui pendent encore des branches. *Passez les mains autour, comme ça. Attention ! Ne la touchez pas !*

On dirait qu'il raconte une blague dont il est tenté de révéler la chute. Dee glousse d'étonnement quand le contact de ses mains fait éclater la cosse. Elle regarde ses paumes : d'étranges spirales vertes y ont explosé. « Waouh ! C'est *quoi* ce truc ? »

C'est dément, hein ? C'est de la balsamine. Et vous pouvez manger les graines !

Il fouille parmi ces torsades rétrofuturistes et en extrait une pilule vert pâle. Dee Ramey cabotine pour la caméra – « J'espère que tu as raison » – et la fourre dans sa bouche. Elle a l'air surprise. « Hmmm, miam-miam ! C'est dingue, ça a goût de noisette ! »

Je n'ai aucun souvenir d'avoir parlé de cette plante à mon fils. Mais j'ai un souvenir très vif du jour où j'en appris l'existence, par la femme qui allait devenir sa mère. Les années écoulées depuis gisent comme du shrapnel dans ma main ouverte.

Dans la vidéo, mon fils ne mentionne pas l'autre nom de la plante : l'impatiente. *Noli me tangere.* Tout ce qu'il dit, c'est : *Y a plein de bons trucs à manger ici, quand on sait où regarder.*

Tout le monde est cassé, lui dit-il. À la plage, assis sur un kayak renversé, ils regardent l'unique soleil bas projeter des couleurs. Deux bateaux toutes voiles dehors glissent côte à côte pour regagner les quais avant que le jour disparaisse.

C'est pour ça qu'on casse toute la planète.

« On est vraiment en train de la casser ? »

Et on prétend le contraire, comme vous venez de le faire. La honte sur le visage de Dee n'apparaît qu'en arrêt sur image. *Tout le monde sait ce qui est en train de se passer. Mais on regarde tous ailleurs.*

Elle attend qu'il développe. Qu'il dise ce qui ne va pas chez les gens, et ce qui pourrait les guérir.

Il dit : *J'aurais dû prendre mes lunettes de soleil.*

Elle éclate de rire. « Pourquoi ? »

Il désigne le lac. *Y a des* poissons *là-dedans ! On pourrait les voir, avec des lunettes de soleil. Vous avez déjà vu un grand brochet ?*

« Je n'en sais rien. »

Son visage s'embrume d'incompréhension. *Vous sauriez forcément. Vous le sauriez, si vous aviez vu un brochet.*

Un couple en promenade et ses deux jeunes enfants arrivent à leur hauteur. Jay les salue avec enthousiasme. Il a oublié l'équipe technique. Ses bras balaient tous les points cardinaux tellement il est ravi. Les parents sourient quand il indique trois variétés de canards et imite leur cri. Il leur parle des daphnies et d'autres crustacés d'eau. Il leur montre comment trouver des crevettines. Les deux enfants, un garçon et une fille, sont suspendus à ses lèvres.

Le crépuscule tombe en accéléré. L'indicatif de l'émission démarre en sourdine. Jay et sa nouvelle meilleure amie sont assis sur le bateau renversé. Les lumières de la ville clignotent en cercle autour d'eux. Il dit : *Mon papa est astrobiologiste. Il recherche de la vie là-haut. Soit elle est nulle part, soit elle est partout. Vous préférez quoi ?*

Elle suit son doigt et lève les yeux vers le ciel obscur. Son expression vacille, comme si elle essayait de calquer un modèle d'émotion que sa bouche et ses yeux refusent de reconnaître. Peut-être pense-t-elle déjà qu'elle va violer sa promesse envers moi en gardant ces dernières paroles de Robin dans le montage final. Elles sont trop bien pour être sacrifiées à quelque chose d'aussi dérisoire que la déontologie.

Dee Ramey parle en voix off sur le plan de ses yeux levés. « Nous pensons pour la plupart être les seuls au monde. Mais pas Jay. »

Contrechamp sur Robbie, qui la contemple avec le même amour indifférencié qu'il éprouvait pour tout le monde, durant cette brève succession de jours. Son visage semble éclairé de l'intérieur. Elle baisse les yeux vers lui, sourire fripé dans le crépuscule. La Dee ultérieure continue à parler tandis que celle à l'écran reste muette.

« Passer du temps avec Jay, c'est voir du lien partout, prendre part à une gigantesque expérience qui ne prend pas fin avec soi, et se sentir aimé par-delà la tombe. Moi, en tout cas, j'adorerais entendre ce feedback. »

Mais c'est Robin qui a le dernier mot. *Sérieusement*, dit-il, les yeux levés vers elle en un sourire de pur encouragement. *D'après vous, entre les deux, ça serait quoi le plus cool ?*

Currier téléphona une semaine après qu'*Ova Nova* eut posté la vidéo. Sa voix faisait le tour de la roue des émotions en dérapage incontrôlé. « Votre fils. Il est viral.

— Qu'est-ce que vous racontez ? Qu'est-ce qui s'est passé ? » Je crus qu'on avait repéré une infection cérébrale sur un scan de Robbie.

« On a reçu des demandes d'information d'une bonne demi-douzaine d'entreprises de trois continents différents. Sans compter tous les individus qui veulent s'inscrire pour des séances. »

J'envisageai et rejetai toutes sortes de réponses. Je finis par atterrir sur : « Sincèrement, je vous hais. »

Il y eut un silence, plus songeur que gêné. Puis Currier dut décréter que c'était juste une formule rhétorique. Il se mit à l'ouvrage comme si je n'avais rien dit, pour me briefer sur tout ce qui s'était produit ces derniers jours.

Ova Nova avait balancé la vidéo dans le cadre d'un package intitulé « La fin du monde revient. Et ensuite ? ». En l'accompagnant d'un lancement massif sur les réseaux sociaux. D'autres chaînes avaient repris l'info, ne serait-ce que pour remplir leur quota quotidien de nouvelles. La vidéo de Robbie capta l'attention stroboscopique d'une influenceuse. Cette femme avait créé sa propre chaîne Internet fort lucrative, où elle parcourait le monde pour aider des gens à se débarrasser d'objets qu'ils n'avaient jamais vraiment voulus. D'innombrables personnes sur toute la planète étaient accros à son amour vache, et deux millions et demi de ces individus se considéraient comme ses amis. L'influenceuse posta un lien avec une image de Robbie entourant de ses mains une cosse de balsamine, avec en légende :

SI VOUS AVEZ BESOIN D'UN BON CRÈVE-CŒUR
CE MATIN, ESSAYEZ ÇA.

L'influenceuse accompagnait l'invitation de plusieurs émojis énigmatiques. Toutes sortes d'influenceurs et de non-influenceurs se mirent à reposter son post, provoquant un embouteillage de streaming qui suffoqua les serveurs d'*Ova Nova* pendant une bonne heure. Rien ne rendait plus désirable un contenu libre d'accès qu'une rupture temporaire d'approvisionnement.

Selon Currier, les branchés avaient afflué mardi et mercredi. Jeudi et vendredi, ç'avait été le tour du grand public, et les retardataires s'étaient joints à la fête le week-end. Apparemment, quelqu'un avait piraté la vidéo pour la télécharger vers deux sites d'archives. Quelqu'un d'autre avait prélevé et retouché un extrait de Robin, donnant à ses mots surnaturels des accents plus surnaturels encore. Des gens relayaient cet extrait sur des forums, dans des *chats* et des SMS, en signature de leurs mails…

Le téléphone dans une main, j'utilisai l'autre pour faire une recherche sur ma tablette. Huit mots tout simples, entre guillemets, et Robbie apparaissait, avec l'allure et le ton d'un visiteur venu d'une galaxie très, très lointaine.

« Oh merde. »

Un rire filtra de la chambre de Robbie. *Je t'ai entendu !*

« Et qu'est-ce que vous me suggérez de faire face à tout ça ? Qu'est-ce que je suis censé lui dire ?

— Theo. Le problème, c'est qu'on est aussi contactés par des journalistes. »

Ce qui voulait dire qu'ils seraient sur le pas de ma porte dans un clin d'œil. « Non, fis-je, presque en crachant. C'est fini. J'arrête là. Il n'est plus question qu'on parle à qui que ce soit.

— Très bien. À vrai dire, c'est ce que je vous conseillerais. »

Il paraissait presque serein. Mais après tout, il allait profiter massivement de ce coup de pub. Contrairement à Robin.

Je n'arrivais pas à évaluer la gravité de la situation. Peut-être que cette effervescence virale se dégonflerait aussi vite qu'elle avait enflé. La plupart des gens qui cliquaient sur l'extrait et le relayaient ne prenaient sans doute même pas la peine de le regarder jusqu'au bout. C'était juste la météo du jour, et il y aurait bien d'autres objets de clics et de partages d'ici la fin de la journée.

Mais pendant que Currier me disait de ne pas m'inquiéter, des torrents massifs de bits correctifs déferlaient en vagues de radiations électromagnétiques sur toute la surface de la planète. Ils jaillissaient en geysers verticaux qui s'élevaient à 35 786 kilomètres de la Terre et retombaient en pluie à une vitesse de 300 millions de mètres à la seconde. Ils parcouraient en faisceaux de lumière parallèle des conduits de fibre optique pour se déployer dans l'air en rafales d'ondes radio au gré de dizaines de millions de doigts avides et capricieux qui attiraient les électrons venus de centaines de millions de points différents sur des écrans tactiles hauts de quelques centimètres. Les streams de Robin n'étaient qu'un infime signal dans la quête désespérée de distraction de masse qui obsédait l'espèce humaine. Simple fraction de toute la production consommée ce jour-là sur la Toile, ces quelques centaines de milliards de bits d'information prenaient l'allure d'un unique grain à la surface d'une fraise, à l'issue d'un banquet à huit services. Mais ces bits, c'était mon fils, et, une fois réassemblés, ils gardaient la trace de son visage par une fin d'après-midi au bord d'un lac, en train de dire à une parfaite inconnue : *Tout le monde est en chacun de nous.*

Currier dit : « Restons calmes et voyons comment ça évolue. »

Lui raccrocher au nez devenait naturel.

COG vint à Madison. C'était déjà arrivé, mais ça remontait à plusieurs années. À l'époque, ils avaient filmé mon argumentaire éclair sur les lignes d'absorption dans la lumière traversant l'atmosphère d'une planète, comme outil pour détecter la vie à mille billions de kilomètres. Depuis lors, COG avait changé de statut : ce slam des conférences universitaires était devenu le canal majeur pour populariser la recherche scientifique.

Tout speech COG devait être prononcé devant un public, en moins de cinq minutes. Les mini-films les mieux notés par les utilisateurs du site COG Madison étaient promus à un site baptisé COG Wisconsin, dont les champions filtraient jusqu'à COG Midwest, puis COG USA, et enfin le très convoité COG Monde. Pour émettre un vote sur une vidéo donnée, il fallait en avoir regardé au moins une minute. Les votants eux-mêmes faisaient l'objet d'un palmarès en fonction du nombre d'avis donnés. Ainsi, le savoir se démocratisait, et les sciences devenaient participatives, selon le principe d'une sous-traitance sous-informée. Mon propre speech avait plafonné à COG Wisconsin, recalé du championnat régional par des milliers d'utilisateurs furieux que j'ose parler de l'univers sans jamais mentionner Dieu.

Les organisateurs de COG Mad 2 m'envoyèrent un e-mail. Je parcourus les premières lignes et déclinai par retour de courrier en leur rappelant que j'avais déjà participé la dernière fois. Deux minutes plus tard, je reçus un nouveau message clarifiant celui que j'avais lu trop vite. Ce n'était pas moi qu'ils recrutaient. Ils voulaient que Robin Byrne fasse une apparition lors d'un speech de Martin Currier sur le neurofeedback décodé.

J'étais furibard. Je traversai en courant cinq cents mètres de campus pour atteindre son labo. Heureusement, ce sprint me laissa trop essoufflé pour que je lui saute dessus quand je le trouvai dans son bureau. Mais je parvins à hurler : « Espèce de salopard ! On s'était mis d'accord ! »

Currier tressaillit mais ne se démonta pas. « Je ne vois absolument pas de quoi vous parlez.

— Vous avez livré à COG l'identité de mon fils.

— Je n'ai rien fait de tel. Je n'ai même pas été en contact avec eux ! » Il sortit son téléphone et consulta ses mails. « Ah. Les voilà. Ils veulent savoir si je serais d'accord pour rejoindre votre fils sur scène. »

Je compris en même temps que lui. COG m'avait contacté directement. Ils n'avaient rien fait de plus que ce que Dee Ramey et *Ova Nova* avaient fait avant eux. Découvrir le vrai Jay était désormais élémentaire, avec tant d'indices. Mon fils était démasqué. Trop de faux pas commis.

Mes mains tremblaient. Je pris sur son bureau un jeu de logique : un oiseau en bois qu'il fallait libérer d'un nid composé d'une douzaine de pièces de bois coulissantes. Le seul problème, c'est que rien ne voulait coulisser. « Il n'a plus de vie privée. Tout le monde se l'approprie.

— Oui », dit Currier. Dans sa bouche, c'était presque un *mea culpa*. Il étudia mon visage, en psychologue de formation. J'étais occupé à me prouver que cet oiseau avait le cou brisé et que le jeu était insoluble. « Mais il a donné de l'espoir à beaucoup de gens. Les gens sont émus par son histoire.

— Les gens sont aussi émus par les films de gangsters, les chansons en trois accords et les pubs de forfaits téléphoniques. » Je recommençais à m'échauffer. Comme toujours quand je paniquais. Currier se contenta de m'observer et d'attendre, jusqu'à ce que j'ouvre la bouche et que des mots en sortent. « Je vais poser la question à Robin. Ça n'est ni à vous ni à moi de décider pour lui. »

Currier fronça les sourcils mais acquiesça. Quelque chose en moi l'épouvantait, à juste titre. J'avais l'impression d'être mon fils, à la veille de ses dix ans, perçant à jour pour la première fois ce qu'était l'âge adulte.

Robin prit la chose au sérieux mais se montra prudent. *C'est vraiment moi qu'ils veulent ? C'est pas plutôt Jay ?*

« C'est vraiment toi. »

Cool. Mais qu'est-ce que j'aurai à faire ?

« Tu n'as rien à faire du tout. Même pas à dire oui si tu n'as pas envie. »

Ils veulent que je parle des séances et du cerveau de maman et tout ça ?

« C'est le Dr Currier qui s'en chargerait, avant que tu montes sur scène. »

Alors qu'est-ce que je suis censé faire ?

« Juste être toi-même. » Les mots perdirent tout leur sens dans ma bouche.

Ses yeux prirent leur air lointain. Mon petit garçon farouche, qui avait passé des années à éviter tout contact avec des inconnus, calculait le plaisir qu'il pourrait y avoir à lâcher au grand public le secret de la vie du haut d'une vaste scène.

Une semaine avant l'événement, je me mis à décompenser. Je regrettais de l'avoir laissé accepter quoi que ce soit. S'il faisait un flop, ça risquait de le marquer à vie. S'il faisait un tabac, il gravirait l'échelle régionale des COG et le nombre de gens qui l'aimaient serait multiplié par dix. Les deux éventualités me rendaient malade.

La veille de l'événement, lorsqu'il eut terminé ses derniers exercices de maths, il vint me voir dans mon bureau où, assis derrière une pile de copies de premier cycle à corriger, j'employais toute mon énergie à ne rien faire. Il passa derrière ma chaise et posa les mains sur mes trapèzes. Puis il prononça les instructions que j'utilisais pour qu'il se détende, autrefois. *Et zou tout mou !*

Je laissai mon corps se relâcher.

Oh hisse la saucisse !

Je retendis mes muscles. On renouvela l'exercice avant qu'il vienne s'asseoir en amazone sur le bras du fauteuil. *Allez, papa. Relax ! Tout va bien. Sérieux, c'est pas comme si j'avais à faire un discours ou quoi.*

Dès qu'il partit se coucher, j'appelai l'organisateur local de COG – un sosie de Trotski qui faisait l'intermédiaire avec Martin et moi. « J'ai encore une condition à poser. Quand vous aurez filmé la rencontre, si je n'en suis pas satisfait, interdit de la publier.

— Ça, c'est du ressort du professeur Currier.

— Eh bien, il me faut un droit de veto.

— Je ne pense pas que ce soit possible.

— Alors je ne pense pas que mon fils montera sur scène demain. »

C'est marrant comme on gagne toujours dans les négociations où on ne tient pas tant que ça à gagner.

Trois cents personnes emplissaient l'amphithéâtre, et des gens continuaient à entrer au compte-gouttes pendant que s'achevait la présentation de la matinée. Un quart d'heure avant l'entrée en scène, on nous convoqua tous les trois en coulisses. Un technicien équipa Currier et Robin et leur récapitula le planning.

« Vous verrez une horloge rouge à l'avant-scène. À quatre minutes et quarante-cinq secondes... » Il passa son index sur sa gorge et émit un gargouillis. Marty hocha la tête. Robbie éclata de rire. Et moi j'avais envie de gerber sur le plancher.

Je ne me rendis pas compte que la rencontre avait commencé jusqu'à ce que je voie Currier debout au centre de la scène, sous les applaudissements. Je passai un bras sur l'épaule de Robin, comme s'il risquait de se ruer sur scène dès que je le lâcherais. Le technicien, posté à côté de lui, un écran portatif à la main, chuchotait dans le micro de son casque.

Currier n'avait pas l'air blasé, lui qui pour la énième fois présentait ses recherches en public. Il en parlait comme si les résultats continuaient de l'émerveiller. Il prit cinquante secondes pour définir le neurofeedback, quarante autres pour décrire les logiciels d'IRM et d'IA, et une demi-minute pour en résumer les effets. La minute trois fut consacrée à des images de Robin. L'auditoire en fut bruyamment impressionné. Tout comme mon fils en les revoyant, debout à mes côtés dans les coulisses d'un amphi noir et bondé. *Waouh ! C'est ça qui m'est arrivé ?*

La minute quatre apporta la révélation. Currier la laissa échapper comme si ça n'était qu'une donnée parmi d'autres : la mère dont la mort avait projeté ce garçon dans une spirale descendante est revenue guérir son âme. Robin frémit sous mon bras. Je regardai cette petite planète, dont je serrais l'épaule trop fort. Mais il avait un grand sourire, comme si le garçon arraché à cette spirale le fascinait.

Pour son ultime demi-minute seul sur scène, Currier succomba à l'interprétation. « Nous ne faisons encore qu'entrapercevoir le potentiel de ces techniques. Seul le futur nous en révélera toutes les possibilités. En attendant, imaginez un monde où la colère d'une personne est apaisée par le calme d'une autre, où vos terreurs intimes sont dissipées par le courage d'autrui, et où on peut se former à chasser la douleur aussi facilement qu'à jouer du piano. Nous pouvons apprendre à vivre ici, sur Terre, sans avoir peur. Et maintenant, je vous demande d'accueillir un ami à moi. Mr Robin Byrne. »

La minuscule créature à côté de moi se dégagea de mon bras et disparut. Je me cramponnai à ma nuque pendant qu'il traversait la scène. Il avait l'air si petit. J'avais vu un jour une enfant de sa taille jouer le *Concerto pour piano n° 8* de Mozart au Merkin Hall de New York. Ses mains couvraient à peine un intervalle de cinquième. Je ne sais pas comment elle faisait, ni pourquoi ses parents la laissaient faire.

J'éprouvais le même trouble à présent. Mon fils était devenu un petit prodige, un virtuose de son propre instrument. Le public applaudit frénétiquement quand Robin rejoignit au petit trot le centre de la scène inondé de lumière. Là, il plaqua sèchement la main sur sa poitrine et s'inclina jusqu'à la taille. Les applaudissements et les rires redoublèrent.

J'ai si souvent regardé la vidéo que, dans mon souvenir, je suis convaincu que je me trouvais dans la pénombre des gradins. Currier devait penser que Robin se contenterait de sourire et de saluer avant que tous deux ne prennent congé. Mais il leur restait une minute longue et fluide.

Toute la salle a envie qu'il demande : *C'est comment ? Ça fait quel effet ? Est-ce que c'est encore elle ?* Mais Currier bifurque dans une tout autre direction. Il demande : « Qu'est-ce qui a le plus changé entre le moment où tu as commencé les séances et maintenant ? »

Robin se frotte le nez et la bouche. Il tarde trop à répondre. On voit vaciller l'assurance de Currier, on entend le public broncher. *Vous voulez dire : dans la vraie vie ?*

Les mots s'échappent de ses dents serrées avec un léger chuintement. Le public glousse. Currier ne voit absolument pas où Robin veut en venir. Mais avant qu'il puisse le remettre sur les rails, mon fils proclame : *Rien !*

Nouveaux rires dans la salle, mais aussi un certain malaise. La question agace Robin. Il y a dans ce monosyllabe quelque chose qui dit : Tu sais très bien ce qui est en train de se passer. Tout le monde le sait, malgré la loi du silence. Ce monde, cet infini cadeau, est en train de disparaître. Mais son poignet droit pivote bizarrement, près de sa cuisse, un geste qu'aucun des centaines de milliers de spectateurs à part moi ne sait interpréter.

C'est juste que je n'ai plus peur. Je suis tout mélangé à un truc vraiment énorme. C'est ça le plus cool.

Currier fait un geste vers le public, qui éclate en applaudissements. Il pose une main sur la tête de Robin. L'amant de la mère de mon fils. Avec dix secondes d'avance, la rencontre prend fin.

Sur Nithar, nous étions presque aveugles. De nos dix sens principaux, la vue était le plus faible. Mais nous n'avions pas besoin de voir grand-chose, hormis quelques écoulements de bactéries luisantes. Nos nombreuses oreilles soigneusement réparties entendaient quasiment en couleurs, et nous appréhendions notre environnement avec une précision extrême grâce aux diverses pressions sur notre peau. Notre goût percevait d'infimes changements à de grandes distances. Les tempos respectifs de nos huit cœurs distincts nous conféraient une sensation aiguë du temps. Les gradients de température et les champs magnétiques nous indiquaient où il fallait être. Nous parlions par ondes radio.

En agriculture, en littérature, en musique, en sports et en arts graphiques, nous rivalisions avec la Terre. Mais notre grande intelligence et notre culture pacifique n'avaient jamais découvert la combustion, l'imprimerie, la métallurgie, l'électricité ni aucune forme d'industrie perfectionnée. Sur Nithar, il y avait du magma en fusion, du magnésium en combustion, et d'autres formes d'incandescence. Mais il n'y avait pas de feu.

Cool, dit mon fils. *Je vais explorer.*

Je l'avertis de ne pas trop s'éloigner de la surface, et surtout des conduits d'air. Mais il était jeune, et c'étaient les jeunes qu'affectait entre tous le grand défi de Nithar. Une planète où le mot *toujours* était le même que le mot *jamais* était cruelle pour sa jeunesse.

Il revint de son trop bref envol. Accablé. *Il n'y a rien là-haut à part des cieux*, gémit-il. *Et les cieux sont durs comme du roc.*

Il voulait savoir ce qu'il y avait au-dessus du ciel. J'évitai de me moquer de lui, mais je ne lui fus d'aucun secours. Il demanda autour de lui, et fut raillé sans pitié par sa génération comme par la mienne. C'est alors qu'il se jura de forer.

Je me gardai de l'en dissuader. Je me dis que ça l'amuserait pour quelques millions de macro-instants, et qu'ensuite il n'en serait plus question.

Il utilisait la pointe acérée et chauffée de la coquille de nautiles longs et droits. Le travail était laborieux, fastidieux, usant. Il fallait des millions de battements de cœur pour que son trou atteigne en profondeur la longueur d'un unique tentacule déployé. Mais des gravats y tombaient de très haut, et ce fut le premier événement inédit sur Nithar depuis jamais ou presque. Le Trou devint un sujet de plaisanteries, un objet de suspicions, et le sanctuaire de nouvelles sectes religieuses. Des générations se succédèrent, toutes observant mon fils et ses progrès infinitésimaux. Il continuait à forer, lui qui avait tout le temps du monde à sa disposition avant de se coucher.

Au bout de dizaines de milliers de vies, il tomba sur du vide. Et dans un torrent de révélations, une révolution si grande que rien sur Nithar n'y survécut, mon fils découvrit la *glace* et l'*écorce* et l'*eau* et l'*atmosphère* et le *clair d'étoiles* et être *pris au piège* et l'*éternité* et l'*ailleurs*.

Robin était tout exalté de notre voyage à Washington. J'y allais pour soutenir la quête d'une vie dans l'univers. Et le plus fervent de mes étudiants à plein temps m'accompagnait dans l'aventure.

Je vais préparer un truc pour le voyage, OK ?

Il refusait de me dire quoi. Mais étant officiellement chargé de son éducation, j'étais toujours avide de projets plus exaltants que les mornes sujets pédagogiques en sciences sociales que je trouvais sur Internet. *(Comment économiser de l'argent ? Qu'est-ce que le profit ? Il me faut un emploi !)* Une excursion scolaire dans la Capitale de notre Nation serait l'occasion rêvée d'un TP fait maison en instruction civique.

Il me fit attendre dans la voiture tandis qu'il entrait dans la Coopérative des métiers d'art avec toutes ses économies. Il en ressortit quelques minutes plus tard, un sac serré contre sa poitrine. Une fois à la maison, il dissimula ses trésors secrets dans sa chambre et se mit à l'ouvrage. Un écriteau se matérialisa sur sa porte. Son écriture en grosses lettres rondes se faisait plus espiègle à chaque séance de feedback, plus proche de celle d'Aly :

ZONE DE TRAVAIL
INTERDIT AUX VISITEURS

Je n'avais aucune idée de ce qu'il mijotait, sinon que ça impliquait un rouleau de papier kraft blanc de cinquante centimètres de large, impossible à dissimuler. Mes questions eurent pour seul effet de susciter de sévères mises en garde contre tout regard indiscret. C'est ainsi qu'on prépara chacun de son côté notre voyage officiel. Tandis que mon fils travaillait à son projet top secret, je fignolais la déposition que je présenterais au comité d'expertise indépendant du Congrès.

Le comité avait pour seule tâche d'émettre une recommandation : soit répondre enfin à la plus vieille question du monde, la plus fondamentale, soit laisser tomber. Sur plusieurs jours, des dizaines de collègues allaient déposer en faveur du projet de Guetteur d'autres Terres développé par la NASA. Notre mission était simple : sauver ce télescope du couperet de la commission du budget, et créer un monde qui serait à même, dans quelques années, de scruter l'espace tout proche et d'y apercevoir la vie.

Le parti au pouvoir n'était guère enclin à chercher d'autres Terres. Les présidents du comité menaçaient d'ajouter notre chasseur de planètes au cimetière toujours plus peuplé des projets NASA avortés. Mais sur trois continents des scientifiques tombaient le masque de la froide objectivité pour défendre la cause de l'exploration spatiale, par tous les moyens à notre disposition. Et c'est ainsi que le fils d'un escroc, un ado surnommé Chien Enragé qui avait débuté dans la vie en nettoyant des fosses septiques, se retrouva dans un avion pour Washington, où il allait plaider en faveur des plus puissantes lunettes jamais inventées. Et mon fils m'accompagnait, lancé dans sa propre croisade.

Il me précéda dans l'allée centrale, rayonnant, saluant tous les passagers. Il me rabroua quand je mis son sac dans le compartiment à bagages. *Attention, papa ! Ne l'écrase pas !* Robbie voulut le hublot. Il observa les caristes et le personnel au sol comme s'ils bâtissaient les pyramides. Il m'agrippa la main au décollage mais se rasséréna dès qu'on fut en vol. Durant le trajet, il charma les hôtesses, et parla à l'homme d'affaires assis à ma droite de « quelques bonnes ONG » qu'il devrait envisager de subventionner.

On avait une correspondance à Chicago. Robin dessina les passagers de la zone d'embarquement et leur fit cadeau des portraits. À l'autre bout du hall, trois ados le montraient du doigt en chuchotant, comme s'ils n'avaient jamais vu un gif en chair et en os.

Il eut moins de mal avec le décollage cette fois. Quand on perça les nuages dans la descente finale, il s'écria, couvrant le bruit des moteurs : *Crotte alors ! Le monument à George Washington ! C'est comme dans le livre !*

Tous les passagers autour de nous éclatèrent de rire. Je pointai l'index par-dessus son épaule. « Et là-bas, c'est la Maison Blanche. »

Il réagit d'une voix assourdie. *Waouh ! Elle est trop belle !*

Petite interro surprise : « Dans une démocratie, c'est quoi les trois pouvoirs ? »

Il tendit le doigt pour ferrailler avec moi. *L'exécutif, le législatif et... celui avec les juges.*

Du taxi qui nous emmenait à l'hôtel, on aperçut le Capitole. Il le contempla, impressionné. *Qu'est-ce que tu vas leur dire ?*

Je lui montrai le topo que j'avais préparé. « Et ils vont aussi me poser des questions. »

Quel genre de questions ?

« Oh, ça peut être n'importe quoi. Pourquoi le coût du Guetteur n'arrête pas d'augmenter. Qu'est-ce qu'on espère trouver. Pourquoi on ne peut pas trouver de la vie à moins cher. Qu'est-ce que ça changerait si finalement il n'était pas construit. »

Robin regarda par la vitre, émerveillé par les monuments. Le taxi ralentit en pénétrant dans Georgetown, où se situait l'hôtel. Robbie était plongé dans un nuage de préoccupations : il essayait de résoudre ma crise politique. Je lui arrangeai les cheveux, comme faisait Aly quand on s'aventurait tous les trois en public. Je nous sentais voyager sur un petit engin se frayant un chemin dans la capitale de la superpuissance planétaire dominante sur la côte du troisième continent en taille d'un modeste monde rocheux sur la bordure interne de la zone habitable d'une étoile naine de type G située à un quart de chemin de l'extrémité d'une vaste et dense galaxie spirale barrée qui dérivait à travers un groupe local clairsemé en plein centre de tout l'univers.

On s'engagea dans l'allée circulaire de l'hôtel et le chauffeur dit : « Et voilà. Le Comfort Inn. »

J'insérai ma carte dans l'appareil et un crédit se déversa d'un centre de données niché dans la toundra bientôt fondue du nord de la Suède jusque dans les mains virtuelles du chauffeur. Robbie descendit, récupéra son sac dans le coffre, contempla le fort modeste hôtel franchisé et émit un long sifflement admiratif. *Nom d'un chien. C'est la vie de château.* Il refusa que le portier lui prenne son sac. *Y a des trucs dedans !*

Il siffla encore en voyant la chambre spartiate au neuvième étage avec vue sur le Potomac. Son cours d'instruction civique rayonnait en avenues sous ses yeux. Il plaqua sa main contre la vitre, dévorant des yeux toutes ces possibilités. *Allez, on y va !*

On ne dépassa jamais la salle des Squelettes au premier étage du Muséum d'histoire naturelle. La parade d'ossements saisit Robin par le bulbe rachidien et ne voulut plus le lâcher. Carnet de croquis en main, il resta planté devant la vitrine des poissons perciformes, apportant un soin enamouré à la courbure et au fuselage de chaque arête. De l'autre bout de la salle, je ne pouvais m'empêcher de le contempler. Dans son anorak défait et son jean flottant, il ressemblait à un vieux sage d'une de ces espèces voyageuses, minuscules et obsolètes qui durant des milliards d'années avaient collecté des archives, gardiennes de l'histoire d'une planète jadis florissante mais disparue sans laisser de trace.

On trouva un restaurant qui accueillait les herbivores puis on regagna l'hôtel à pied. Une fois dans la chambre, il redevint sérieux. Il était assis tout au bord de son lit, les mains jointes devant le visage. *Papa ? Je voulais attendre demain pour te montrer, mais je devrais peut-être te montrer dès maintenant ?*

Il traversa la pièce pour extraire de son bagage le rouleau de papier kraft, un peu froissé par le voyage. Il le posa par terre au pied des lits, en cala avec un oreiller l'extrémité recourbée et déroula. La banderole était plus longue que nous deux mis bout à bout. Et couverte de peinture, de feutre, d'encre de toutes les couleurs. Et sur toute la longueur se déployaient les mots :

GUÉRISSONS NOS VICTIMES

Il avait peuplé son parchemin de motifs vigoureux et éclatants. Encore une chose qu'il semblait avoir apprise directement d'Aly, qui œuvrait sur une toile trop grande pour mon regard. Des créatures entouraient les lettres, comme dessinées par une main plus mûre que la sienne. Des bancs de corail corne de cerf prenaient une blancheur de cadavre. Oiseaux et mammifères fuyaient une forêt en feu. Des abeilles de trente centimètres gisaient tout le long de la bordure inférieure, les pattes en l'air, de petits X à la place des yeux.

Ça représente l'extinction des pollinisateurs. Tu crois que les gens pigeront ?

Je ne pouvais le dire. Je ne pouvais même pas parler. Mais de toute façon, il n'attendait pas vraiment de réponse.

Cela dit, on peut pas déprimer les gens. Ça leur fait juste peur et c'est tout. Il faut leur montrer le bon côté de la vie.

Il souleva une extrémité de la banderole et m'ordonna de faire pareil à l'autre bout. On la retourna complètement. Si le recto montrait l'enfer, ici s'étendait le royaume de la paix. Cette fois, les mots étaient groupés au centre, sur deux lignes :

PUISSENT TOUS LES ÊTRES
ÊTRE EXEMPTS DE SOUFFRANCES

Des créatures grouillaient de part et d'autre : à poils et à plumes, épineuses, en étoile, à lobes et à nageoires, massives ou lisses et profilées, des créatures symétriques, ramifiées, radiales, rhizomatiques, connues et inconnues, une gamme déchaînée de créatures sauvages de toutes couleurs et de toutes formes, toutes déployées entre forêt vert sombre et bleu de l'océan. Les séances de Robin avec l'empreinte d'Aly avaient rendu sa peinture plus lumineuse, libéré sa main et son œil.

Il regarda son œuvre de haut, en voyant dans sa tête ce qu'elle aurait dû être. *Je ne savais plus comment ça s'écrivait,* sensible.

« Tu aurais pu me demander. »

Mais dans ce cas t'aurais deviné.

« Robbie. C'est mieux comme ça. »

Tu crois vraiment ? Faut être franc, papa. Je demande juste de la franchise.

« Robbie. Je te le dis comme je le pense. »

Il fixa la banderole en plissant les yeux. Secoua la tête. *Si seulement les gens pouvaient comprendre, tu vois ? Qu'on est tous multi-richissimes.* Il tendit les mains à plat devant lui, comme si elles étaient pleines de germoplasme et de trésors.

« Et qu'est-ce que tu comptes faire avec ? »

Ah oui, au fait ! Je me disais que, toi et moi, quand t'auras parlé au comité, on pourrait la déployer quelque part dehors, avec des chouettes monuments à l'arrière-plan, et demander à quelqu'un de nous prendre en photo. Et ensuite on pourrait mettre les photos sur le Net avec mon nom en mot-clé. Comme ça, quand les gens chercheront cette fichue vidéo de moi, c'est ça qu'ils verront à la place.

On replia le parchemin avant d'aller se coucher. Dans le noir, la chambre d'hôtel scintillait de dizaines d'ampoules LED à l'utilité obscure. Bien calés dans nos lits jumeaux, on aurait pu se croire aux commandes d'un vaisseau à propulsion exponentielle, bivouaquant quelques instants à un point d'eau cosmique avant de reprendre sa mission d'exploration sans fin.

La voix de mon fils testa les ténèbres. *Et ces gens, alors ? C'est du sérieux ?*

« De qui tu parles, mon gars ? »

Tous ces gens qui ont cliqué sur ma vidéo ?

Sa voix était empreinte d'un doute tout scientifique. J'en avais le cœur lourd et la tête en surchauffe. « Oui, eh bien ? »

Y en a combien qui regardaient juste pour se moquer de moi ?

La chambre se mit à bourdonner sur plusieurs fréquences différentes. Je ne trouvais que des démentis de pleutre. Mon silence prolongé lui fournit sa réponse.

« Tu sais, Robbie, les humains… c'est une espèce assez contestable. »

Il médita ces mots. Il soupesa ce que ça représentait de devenir un produit. À la merci du public. Son visage s'aigrit.

« Robbie. Je suis tellement désolé. J'ai fait une grosse erreur. »

Alors, à contre-jour devant la fenêtre, je le vis secouer la tête. *Non, papa. Tout est bien. T'en fais pas. Tu te rappelles le signal ?*

Il le reproduisit dans la flaque de lumière, en faisant pivoter sa main recourbée sur la tige de son bras maigrichon. Il m'avait enseigné ce geste un jour, des mois plus tôt, sur une autre Terre : un code de son invention pour dire En Paix.

Tu sais comment les gens s'inquiètent, des fois. Ils se demandent : Est-ce qu'Untel m'en veut ? Eh bien, s'il y en a que ça intéresse, moi je suis en paix avec le monde entier.

Le buffet du petit-déjeuner fit son bonheur. Il empila sur son plateau plus de flocons d'avoine, de muffins aux myrtilles et de tartines à l'avocat qu'une créature de sa taille ne pourrait normalement absorber en un jour. Les lèvres dégoulinant de beurre de noisettes au chocolat, il s'exclama : *C'est la meilleure sortie scolaire de ma vie ! Et on n'a même pas encore commencé !*

On avait prévu une promenade sur le Mall pour la matinée, avant ma déposition. On discuta un peu des choses à voir. Il voulait retourner au Muséum. *Pour voir les plantes. Papa ? Presque personne ne le sait, mais c'est les plantes qui font pratiquement tout le boulot. Les autres créatures, c'est juste des parasites.*

« Vous avez raison, professeur ! »

Non mais franchement, manger de la lumière ? C'est dément ! Mieux que la science-fiction ! Son visage s'assombrit. *Alors pourquoi dans la SF elles font toujours peur ?*

Je n'eus pas le temps de lui répondre : une femme aviaire et courte sur pattes, qui avait le double de mon âge et semblait porter des lunettes de métallurgiste, apparut au bout de notre banquette. « Excusez-moi de vous déranger en plein déjeuner, dit-elle en regardant Robin. Mais tu es bien… le garçon ? Celui de cette vidéo tellement belle ? »

Avant que je ne puisse lui demander ce qu'elle voulait, il se fendit d'un grand sourire. *C'est pas impossible.*

Elle recula d'un pas. « J'en étais sûre. Y a un truc chez toi. T'es vraiment quelque chose ! »

Tout le monde est quelque chose, dit-il. Et cet écho de la vidéo virale les fit rire tous deux.

Elle se tourna vers moi. « Vous êtes son père ? Eh bien, votre fils, c'est vraiment quelque chose.

— En effet. »

Ma sécheresse la fit battre en retraite, dans un bredouillis d'excuses et de remerciements. Lorsqu'elle fut trop loin pour nous entendre, Robin me regarda bouche bée. *Franchement, papa. Elle voulait juste être gentille. T'avais pas à être méchant avec elle.*

Je voulais retrouver mon fils. Celui qui savait qu'il ne fallait jamais faire confiance aux grands bipèdes.

Le comité d'expertise siégeait dans le bâtiment Rayburn, une dépendance du Congrès située en face du Capitole. Robin lambinait, béat de patriotisme. Je dus le traîner pour être au rendez-vous en temps et en heure. La salle était caverneuse, lambrissée et pavoisée de drapeaux. De longues travées de fauteuils de cuir rembourrés faisaient face à une estrade où une lourde table en bois était segmentée par des plaques nominatives et des bouteilles d'eau. Au fond, des tréteaux regorgeaient de cafés et de mignardises.

On tarda à passer la sécurité, et à notre entrée la salle était déjà pleine de collègues venus de tout le pays. Certains d'entre eux reconnurent en Robin le garçon qui s'était incrusté dans notre visioconférence. Ils furent nombreux à le taquiner, ou à lui demander s'il allait faire un speech. *Je parie que je pourrais les convaincre*, dit-il.

La séance s'ouvrit. Je le fis asseoir près de moi. « Prends tes aises, mon gars. On n'est pas près de déjeuner. » Il montra son carnet, ses pastels, et un roman graphique sur un garçon qui apprend à respirer sous l'eau. Il était pleinement équipé.

La tribune se remplit de politiciens qui ressemblaient

à l'Amérique d'hier. Pour ouvrir les débats, ils demandèrent à un ingénieur de la NASA de présenter le dernier état du projet de Guetteur de Terres : il était censé se fixer près de l'orbite de Jupiter avant de déployer son gigantesque miroir auto-montable. Alors un second engin, l'Occulteur, à plusieurs milliers de kilomètres, se positionnerait à l'endroit précis permettant de masquer la lumière respective des étoiles pour que notre Guetteur puisse apercevoir leurs planètes. L'ingénieur fit une démonstration par l'exemple. « C'est comme de cacher avec la main la lumière d'une lampe torche pour voir qui la tient. »

Même pour moi, ça paraissait fou. La première question fut posée par le représentant d'une circonscription de l'ouest du Texas. Son accent traînant et nasillard semblait sculpté pour le régal du public. « Si je comprends bien, vous nous dites que le Guetteur à lui tout seul sera largement aussi complexe que le télescope NextGen, avant même d'ajouter cet abat-jour volant ? Déjà qu'on n'arrive pas à faire décoller ce satané NextGen ! » L'ingénieur voulut répliquer, mais le parlementaire l'interrompit et enfonça le clou. « Le NextGen a déjà des décennies de retard et des milliards de dépassement. Comment croire que vous allez pouvoir faire marcher un truc deux fois plus compliqué pour le budget que vous demandez ? »

À partir de là, la séance de questions alla de mal en pis. Deux autres ingénieurs tentèrent de réparer les dégâts et de rétablir la confiance. L'un d'entre eux frôla l'implosion. La matinée menaçait de finir avant d'avoir commencé. Robbie s'était affairé pendant des heures sans moufter. Franchement, j'avais même oublié sa présence. Quand on refit surface pour le déjeuner, il me montrait une feuille peinte pour avoir mon avis : une autre planète, telle que la verrait le Guetteur, et dont le disque tourbillonnait d'une turbulence bleu-vert-blanc dont la seule cause possible était la vie.

C'était une image lumineuse. J'avais envie de l'intégrer à mes diapos. Nous avions une heure de pause. Je commençai par nous piloter dans la file d'attente pour le traiteur. Il y avait des plateaux marqués *Vegan*, d'autres marqués *Pluton-repas*. « T'es censé rigoler », dis-je à mon fils.

La situation est trop Sirius pour ça.

« Je vois que tu as lu *Le Grand Livre des blagues d'astronomes.* »

Satellitera de le relire.

On trouva un coin où se terrer. Tandis qu'il mangeait, je posai au sol sa peinture luxuriante, je la pris en photo avec mon téléphone, je l'envoyai en copie par la voie des airs à mon ordi portable, je la recadrai, puis je l'insérai à la fin du chariot diapo virtuel que j'allais projeter dans l'après-midi à une salle pleine. Toute la SF qui avait nourri ma jeunesse n'aurait pu prédire une telle magie.

Après le déjeuner témoignaient plusieurs scientifiques qui avaient besoin pour leur travail d'un instrument comme le Guetteur. Je fus le troisième à prendre la parole. Je montai à la tribune juste au moment où la salle sombrait dans une léthargie glucosée. J'expliquai qu'aucune autre méthode ne pouvait rivaliser avec une imagerie optique directe pour détecter la vie. Je montrai notre meilleure photo existante d'une exoplanète – guère plus qu'un flou grisâtre. Mais c'était déjà impressionnant, étant donné que mon directeur de thèse m'avait affirmé un jour qu'on ne vivrait pas assez longtemps pour voir ça.

Ma diapo suivante relevait un peu du show : une simulation numérique de cette planète telle qu'elle apparaîtrait, selon nos estimations, à travers les yeux occultés du Guetteur. La salle en eut le souffle coupé, comme si le Congrès avait dit : Que la lumière soit et que l'univers avait obtempéré. Je soulignai qu'une image aussi nette, avec toutes ses données, serait à même de révéler si la planète était habitée. Je conclus en projetant la peinture de Robbie tout en citant Carl Sagan : *Nous donnons un sens à ce monde par le courage de nos questions et la profondeur de nos réponses.*

Puis je me blindai contre des questions fort peu courageuses. Le représentant du Texas dégaina le premier. « Est-ce que vos modèles atmosphériques peuvent faire la différence entre un monde rempli d'une vie intéressante et un monde où il n'y a que des microbes ? »

Je répondis qu'une planète lointaine peuplée de bactéries compterait parmi les découvertes les plus intéressantes de l'Histoire.

« Est-ce que vous pourriez déterminer si une planète avait une forme de vie intelligente ? »

J'essayai, en vingt secondes, d'expliquer comment on pourrait faire.

« Et quelles sont les probabilités ? »

Je faillis esquiver, mais ça n'aurait rien arrangé. « Personne ne pense que ce soit très probable. »

Déception unanime. Un autre parlementaire demanda : « Est-ce que vous pourriez faire votre travail avec le NextGen, si jamais on le lance un jour ? »

J'exposai en quoi même ce magnifique engin ne pouvait suffire à observer directement les atmosphères. Un représentant du Montana largement périmé télescopa les deux télescopes. « Et si tous ces joujoux ruineux nous apprenaient que les êtres les plus intéressants de tout l'univers auraient pu mieux employer leurs milliards de dollars ici-bas, sur la planète la plus intéressante qui soit ? »

Je sus alors pourquoi ces hommes voulaient tant enterrer ce projet. Les dépassements de budget n'étaient qu'un prétexte. Le parti au pouvoir aurait combattu le Guetteur même s'il était gratuit. Découvrir d'autres Terres, c'était un complot mondialiste qui méritait le même traitement que la tour de Babel. Si nous, les élites scientifiques, découvrions que la vie fleurissait partout, ça relativiserait l'humanité et sa Relation privilégiée avec Dieu.

En descendant de la tribune, je me sentais comme une merde. En négociant mon chemin jusqu'à ma place dans un champ de vision rétréci par le vertige, j'entendis mon fils s'exclamer : *Papa ! C'était super !* Je détournai la tête pour fuir son regard.

Après la séance, on s'attarda dans le hall devant la salle d'audience, pour l'autopsie. Avec mes collègues, on compta les pertes sur le champ de bataille. Certains restaient optimistes. D'autres avaient perdu tout espoir. Un ponte de Berkeley suggéra d'un ton lapidaire que je m'en serais mieux sorti avec plus de statistiques et moins de dessins d'enfant. Mais l'une de nos plus grandes chasseuses de planètes s'enticha de Robbie au point de le faire rougir. « Tu es merveilleux ! » lui dit-elle. Et à moi : « Vous avez de la chance. Moi, je ne comprends pas pourquoi, mais mes garçons préfèrent *Star Wars* aux vraies étoiles. »

On descendit Independence Avenue. Robbie me prit la main. *Moi, je t'ai trouvé super, papa. Et toi, qu'est-ce que t'en dis ?*

Mes pensées n'étaient pas appropriées pour des oreilles juvéniles. « Oh, tu sais, Robbie… Les humains. »

Les humains, convint-il. Il sourit tout seul, puis leva les yeux vers la *Liberté* de bronze qui couronnait le dôme du Capitole. *Tu crois que les extraterrestres ont trouvé un meilleur système que la démocratie ?*

« Eh bien, *meilleur*, ça a sans doute une allure différente sur chaque planète. »

Il opina, et transféra ce souvenir à nous dans le futur. *Tout a une allure différente sur chaque planète. C'est pour ça qu'il faut qu'on les découvre.*

« Voilà ce que j'aurais dû dire, tout à l'heure. »

Il écarta les bras pour englober le Capitole. *Regarde-moi cet endroit. Le vaisseau mère !*

On suivit l'un des chemins qui serpentaient sur la pelouse. Robin nous poussait doucement vers les marches. J'eus un coup au cœur en comprenant ce qu'il avait en tête. La banderole de papier kraft pointait hors de son sac à dos comme une antenne de cosmonaute.

Là, c'est un bon spot, pas vrai ?

L'écart entre la peur et l'excitation ne doit pas excéder quelques neurones. Au même moment, l'un des ingénieurs de la NASA qui avaient témoigné le matin apparut sur le sentier. Je lui fis signe tout en disant : « Allez, Robbie, c'est maintenant ou jamais ! » Ça ne nous prendrait qu'une minute ou deux, et au moins l'un de nous deux rentrerait victorieux.

Pendant que Robbie extirpait sa banderole, j'échangeai avec l'ingénieur un bilan prudent de la journée d'audience. « C'est juste pour le show, dit-il. Évidemment qu'ils vont nous financer. C'est pas des Cro-Magnon. »

Je lui demandai s'il serait d'accord pour nous prendre en photo, mon fils et moi. J'aidai Robin à dérouler son chef-d'œuvre Une légère brise tenta de nous l'arracher des mains. *Papa ! Attention !* On résista, on tira sur les bords, et la banderole se déploya pleinement. Elle s'enfla comme le foc d'une sonde spatiale au vent solaire. Dans l'éclat de l'après-midi, je découvrais des détails de ses créatures qui m'avaient échappé à l'hôtel.

L'ingénieur n'était qu'enthousiasme et chicots. « Hé ! T'as fait ça tout seul ? Mais c'est super. Si j'avais été capable de dessiner comme ça, je serais jamais devenu radioamateur. »

Je lui confiai mon téléphone, et il prit plusieurs photos en variant l'angle et la distance dans la lumière changeante. Un garçon, son père, les oiseaux et les bêtes à l'agonie, l'apocalypse des insectes au bas de la banderole, et à l'arrière-plan la mosaïque de grès, de pierre calcaire et de marbre dédiée à la liberté et bâtie par des esclaves : l'ingénieur voulait que tout soit parfaitement saisi. Deux autres astronomes sortis des auditions nous aperçurent de loin. Ils s'approchèrent pour admirer la banderole et expliquer à l'ingénieur comment prendre une photo. Il retourna mon téléphone pour montrer à Robbie les objectifs. « C'est à la NASA qu'on a inventé les appareils photo numériques. Moi j'ai aidé à construire une caméra qui valait un milliard de dollars, et qu'on a perdue en orbite autour de Mars. »

L'un des astronomes défendit l'honneur de sa profession. « Sans nous, la NASA n'aurait même pas eu l'idée d'y mettre une caméra, bande de bas-du-front ! »

Passants ordinaires et touristes patriotes s'arrêtaient, attirés par le parchemin de Robbie et par ces trois vieillards qui s'insultaient joyeusement. Une femme de l'âge de ma mère étouffa Robin sous les compliments. « C'est toi qui l'as fait ? Et tu as fait ça tout seul comme un grand ? »

On ne fait jamais rien tout seul. Une phrase qu'Aly lui disait jadis, quand il était petit. J'ignore comment il s'en souvenait.

On fit pivoter la banderole. Les spectateurs acclamèrent l'autre face. Ils se pressèrent pour étudier tout le luxe de détails. L'ingénieur aéronautique frétillait, bourdonnait, faisait reculer les gens pour prendre une nouvelle série de photos. Un cri retentit à quelques mètres : « J'en étais *sûre* ! » Parmi les milliards de mondes en orbite des réseaux sociaux, une lycéenne avait dû voir des posts d'un drôle de petit garçon qui gazouillait son drôle de chant d'oiseau. Et à présent la jeune fille s'agitait au milieu de ce rituel de conversion impromptu, téléphone en main, remontant d'un pouce frénétique le chemin semé de miettes de pain jusqu'à la vidéo originelle d'*Ova Nova*. « C'est Jay ! C'est le gamin qu'ils ont branché à sa mère morte ! »

Robin n'entendit pas. Il était occupé à expliquer à deux femmes mûres comment réhabiter la planète Terre. Il racontait des blagues et des anecdotes. La jeune fille qui l'avait reconnu dut sûrement déclencher une cascade de SMS, car quelques minutes plus tard d'autres ados commencèrent à surgir de l'extrémité est du Mall. Quelqu'un sortit un ukulélé de son sac à dos. Ils chantèrent *Big Yellow Taxi*. Ils chantèrent *What a Wonderful World*. Des gens mitraillaient la scène et postaient des messages avec leur téléphone. On s'échangeait des friandises, on improvisait un pique-nique. Robin était aux anges. Il continuait à brandir la banderole avec moi, et de temps en temps quatre ados nous relayaient. C'était le genre d'événement que sa mère aurait pu organiser. Et ce fut peut-être le plus beau jour de sa vie.

J'étais tellement pris dans les festivités que je ne vis pas deux agents de la police du Capitole stationner sur la 1re Rue et descendre de leur voiture de patrouille. Les ados se mirent à les huer. *C'est une fête, on ne fait rien de mal. Allez plutôt arrêter les vrais criminels !*

On déposa la banderole au sol pour que je puisse parler aux agents. Deux ados la ramassèrent et se mirent à la faire tournoyer comme s'ils s'adonnaient au kitesurf. Ce qui ne contribua guère à désamorcer la situation. Robin s'interposa en conciliateur entre ses partisans et les policiers. Sa poitrine leur arrivait à hauteur de ceinturon.

La plaque de l'agent en chef annonçait « Brigadier Juffers ». Son numéro d'insigne était un nombre premier palindromique. « Vous n'avez pas d'autorisation pour ça », dit-il.

Je haussai les épaules. Je n'aurais pas dû. « Ce n'est pas une manifestation. On voulait juste se prendre en photo devant le Capitole, avec la banderole qu'a confectionnée mon fils. »

Le brigadier Juffers regarda Robin. Ses yeux se plissèrent face à cette complication du maintien de l'ordre. Ç'avait sûrement été une longue journée pour lui comme pour moi. La situation n'était pas brillante à Washington ; j'aurais dû m'en souvenir. Le harcèlement se répercutait d'échelon en échelon. « Il est illégal d'occuper, d'obstruer ou de gêner l'accès à un édifice public. »

Je jetai un regard vers l'entrée du Capitole. Il aurait fallu être champion de base-ball pour lancer une balle jusque-là. J'aurais dû laisser tomber. Mais ce type se montrait obtus sur quelque chose qui avait donné tant d'espoir à mon fils. « Ça n'est pas exactement ce qu'on fait.

— Ou d'occuper, obstruer ou gêner l'accès à toute rue ou trottoir. Ou de poursuivre ou reprendre ladite occupation, obstruction ou entrave après s'être vu intimer l'ordre d'y mettre fin par un agent de la force publique. »

Je lui présentai mon permis de conduire du Wisconsin. Lui et son acolyte, dont la plaque indiquait « Agent Fagin », retournèrent vers leur véhicule. La dernière fois qu'on m'avait surpris à enfreindre la loi, ça remontait au lycée : j'avais piqué du vin dans une épicerie. Depuis lors, même pas une amende pour excès de vitesse. Mais voilà que j'encourageais un petit garçon à contester la destruction de toute vie sur Terre. C'était un comportement socialement inacceptable.

En cinq minutes, ils disposèrent de tous les renseignements possibles et imaginables sur Robin et moi. Toutes les données, instantanément disponibles, et accessibles à tous. Au demeurant, ils n'avaient besoin d'aucune info complémentaire pour savoir de quel bord on était dans cette guerre civile. Tout était dit sur la banderole.

Ça n'était pas inclus dans les leçons de mon fils sur la séparation des pouvoirs, mais la police du Capitole relève de la responsabilité du Congrès et non du Président. Mais ces distinctions n'avaient pratiquement plus cours depuis quatre ans. À présent, le Congrès lui-même recevait ses ordres de la Maison Blanche, tout comme les juges nommés à la Cour suprême s'alignaient sur ses positions. Une destruction méthodique des normes légales – approuvée par une partie non majoritaire de la population – avait réuni les trois pouvoirs pour les subordonner à la vision du Président. Et même si la loi ne disait rien de tel, ces deux policiers n'avaient à répondre que devant lui.

Ils quittèrent leur véhicule pour revenir d'un pas lourd vers notre attroupement. À leur approche, les deux ados qui tenaient la banderole se mirent à décrire des cercles autour des agents. Juffers tournoyait comme une toupie. « Nous allons vous demander de vous disperser.

— Ça ne suffira pas à disperser le problème », rétorqua l'un des deux ados.

Mais la plupart des présents étaient à court de volonté politique et commençaient à s'égailler. Juffers et Fagin fondirent sur les porteurs de banderole, qui laissèrent tomber le grand œuvre de Robin pour s'enfuir à toutes jambes. Le vent entraîna la banderole flasque à l'autre bout de la chaussée. Robin fila à sa poursuite, moi aussi. Il reste un pli et une empreinte de pied à l'endroit où j'ai marché dessus pour l'empêcher de s'envoler. Juste au-dessus du dessin de ce qui doit être un pangolin.

Les agents nous regardèrent défroisser, épousseter et rouler la banderole dans le vent violent. *Vous devez vous sentir triste*, dit Robin à Juffers. *C'est une triste époque pour les vivants.*

« Allez, roule-moi ça, dit Juffers. On y va. »

Robin s'immobilisa. Je l'imitai. *Si les insectes meurent, on ne pourra plus faire pousser de quoi manger.*

L'agent Fagin voulut saisir la banderole, pour achever de la rouler et mettre fin au spectacle. Son geste brusque affola Robin, qui pressa son œuvre contre sa poitrine. Fagin, défié par cette minuscule créature, lui agrippa le poignet. Je lâchai la banderole en hurlant : « On ne touche pas à mon fils ! » Les deux hommes firent bloc contre moi, et c'est ainsi que je me fis arrêter.

Ils me menottèrent sous ses yeux. Puis ils nous fourrèrent à l'arrière de leur voiture, un habitacle hermétique, pour parcourir les quatre rues qui nous séparaient du QG de la police du Congrès des États-Unis. Robin les regarda prendre mes empreintes digitales. Son visage brûlait d'un mélange d'horreur et de fascination. On m'inculpa de violation de la section 22-1307 du Code pénal du district de Columbia. J'avais le choix entre deux maux. Soit je demandais à être jugé, et il faudrait que je me retape tout le voyage jusqu'à Washington pour la comparution. Soit je plaidais coupable d'obstruction et d'entrave, je payais les trois cent quarante dollars d'amende plus tous les frais administratifs, et j'étais débarrassé. Je ne contestai rien. Après tout, j'avais enfreint la loi.

On regagna l'hôtel après la nuit tombée. Robin ne me lâchait plus. Toujours le sourire aux lèvres. *Papa. J'arrive pas à y croire. Tu as pris tous les risques pour la Force de Vie !* Je lui montrai mes doigts noircis. Il était aux anges. *Maintenant, t'as un casier. Criminel, va !*

« Et… en quoi c'est marrant ? »

Il me saisit le poignet comme Fagin avait tenté de prendre le sien. Et il me fit faire halte sur le trottoir de Constitution Avenue. *Ta femme t'aime. Je le sais de source sûre.*

Le lendemain matin ne nous ramena qu'à Chicago. L'aéroport O'Hare était dans un état de sécurité renforcée visiblement pas assez sûr pour en informer le public. Des gardes armés cuirassés de gilets pare-balles, accompagnés de chiens renifleurs, traversèrent la salle d'embarquement alors que nous rejoignions notre porte. Je dus retenir Robin de caresser les canidés.

L'endroit était un cocktail de kérosène et de phéromones anxieux. Ce qu'on appelait naguère une anomalie climatique entraînait reports et annulations en cascade. Notre correspondance pour Madison était retardée. Nous étions assis devant un mur de quatre téléviseurs, chacun réglé sur une fréquence différente du spectre idéologique. L'écran centriste progressiste annonçait de nouveaux empoisonnements dus aux drones dans les États du nord des Grandes Plaines. L'écran conservateur modéré diffusait un reportage sur une milice privée déployée le long de la frontière sud. Je sortis mon téléphone pour m'attaquer aux deux jours de tâches accumulées. Robin observait les humains, et son visage était une allégorie de l'étonnement.

Chaque fois que je levais les yeux vers le panneau des départs, notre vol s'affaissait d'un quart d'heure. Visiblement, un membre du personnel au sol arrachait le pansement aussi délicatement que possible.

Des alertes ricochèrent sur tous les téléphones de la zone d'embarquement. Un SMS du tout nouveau Service national de notification se mit à clignoter sur chaque écran. C'était un message du Président, enhardi depuis deux mois par une succession de décrets incontestés.

> Bonjour, l'Amérique, regarde un peu les résultats ÉCONOMIQUES du jour ! C'est absolument INCROYABLE ! Ensemble, on va mettre fin aux MENSONGES, faire taire les contradicteurs, et DÉFAIRE le défaitisme !!!

Je mis mon téléphone sur silencieux et retournai à mon travail. Robbie dessinait. Je crus qu'il croquait les passagers en attente. Mais quand je regardai, les silhouettes se transformèrent en radiolaires, en mollusques et en échinodermes, des créatures qui donnaient à la Terre des allures de magazine de SF des années 1950 particulièrement délirant.

Je m'affairai en ignorant l'agitation sur le siège à ma gauche. Une femme imposante, la tête en rotation permanente, admonestait son téléphone. « Il se passe quelque chose dehors ? »

Son téléphone répondit avec la voix mutine d'une jeune actrice. « Voici les événements à ne pas manquer aujourd'hui dans la région de Chicago ! »

La femme surprit mon regard. Je détournai les yeux, vers le mur de téléviseurs : un nuage d'acrylonitrile long de plusieurs kilomètres se répandait dans la Ruhr. Il y avait dix-neuf morts et des centaines d'hospitalisations. Une petite patte m'agrippa le bras. Robin me considéra, les yeux écarquillés.

Papa ? Tu vois comment les séances me rebranchent le cerveau ? Son geste engloba toute la folie de la salle. *Eh bien, les autres, voilà ce qui les branche.*

La femme à ma gauche reprit la parole. « Il y a un truc qu'on ne nous dit pas. Même les machines ne savent pas ce qui se passe. » Je ne savais pas si elle s'adressait à moi ou à son assistante numérique. Tout le monde autour de nous était penché et pianotait, chacun perdu dans son univers de poche.

Une voix retentit dans les haut-parleurs. « Mesdames et messieurs, nous informons les passagers en attente d'un vol qu'aucun avion ne décollera de cet aéroport pendant encore au moins deux heures. »

Un cri jaillit des sièges voisins – une créature contrariée prête à l'attaque. La femme à ma gauche tenait son téléphone à plat devant sa bouche, comme si elle s'apprêtait à manger une tartine. « Ils viennent de dire qu'on est tous cloués au sol. Ouais, c'est ça. Cloués au sol. »

Une autre voix se fit entendre dans les haut-parleurs, si fluide qu'elle devait être synthétique. « Les passagers nécessitant un hébergement imprévu doivent se présenter au comptoir d'assistance et s'inscrire à un tirage au sort de bons de réduction pour une nuit d'hôtel. »

Robin me tapota le mollet avec son pied. *Tu crois qu'on sera rentrés ce soir ?*

Ma réponse se perdit dans un concert de cris. Je lui dis de ne pas bouger et allai vérifier la cause de l'incident. Trois portes plus loin, un passager exaspéré avait poignardé la main d'une hôtesse avec son stylet électronique. Je regagnai nos places ; la femme imposante disait à son téléphone : « On ne nous dit pas tout, j'en suis sûre. C'est sûrement un coup des Humains Unis. J'ai pas raison ? Tu vas voir, c'est un complot. »

Je fus tenté de l'avertir qu'il était désormais illégal de dire certaines choses en public.

Robin lorgnait la porte d'embarquement en fredonnant tout bas. Je me penchai pour entendre la chanson. C'était *High Hopes* de Sinatra. Tant qu'il y a de la vie, il y a de l'espoir. Aly la lui chantait en lui donnant son bain, quand il était bébé.

On parvint enfin à rentrer. Robbie rattrapa sa séance manquée de neurofeedback, et je m'employai à éteindre divers départs de feu professionnels. Quelques jours plus tard, il m'emmena observer les oiseaux. Rester immobile à regarder était devenu son activité préférée au monde. Et naturellement, il postulait que ça ferait également ressortir la meilleure part de moi-même. Ce ne fut pas le cas. Je restai immobile. Je regardai. Mais tout ce que je voyais, c'étaient les dizaines d'excursions auxquelles ma femme m'avait convié, avant de renoncer et d'aller observer les oiseaux avec quelqu'un d'autre.

On se rendit dans une réserve naturelle à vingt-cinq kilomètres de la ville. On atteignit un confluent de lac, de prairie et d'arbres. *Ici, c'est parfait*, déclara Robin. *Ils adorent les bordures. Ils adorent voler en faisant le va-et-vient d'un monde à un autre.*

On s'assit dans les herbes hautes près d'un rocher en se faisant tout petits. C'était une journée cristalline. On se partageait les vieilles jumelles suisses d'Aly. Robbie se préoccupait moins de repérer des oiseaux isolés que d'écouter leurs cris emplir l'océan d'air. Je n'avais jamais réalisé combien il y avait de types de cris avant que mon fils me les fasse remarquer. J'entendis un chant, sauvagement exotique. « Waouh ! C'est quoi, ça ? »

Sa bouche s'ouvrit trop grande. *T'es sérieux ? Tu sais vraiment pas ? C'est ton oiseau préféré.*

Il y avait des geais et des cardinaux, un couple de sittelles et une mésange bicolore. Il identifia même un épervier brun. Quelque chose fusa, jaune, blanc et noir. Je tendis la main vers les jumelles, mais ce trophée disparut avant que je ne puisse les porter à mes yeux. « T'as pu voir ce que c'était ? »

Mais Robin était réglé sur d'autres pensées, dont les ondes lui parvenaient sur quelque fréquence vacante. Il jaugea l'horizon en restant longtemps pétrifié. Enfin il dit : *Je crois savoir où se trouve tout le monde.*

Il me fallut un moment pour me rappeler : la question qui l'avait happé tant de mois plus tôt, par une nuit étoilée dans les montagnes. Le paradoxe de Fermi. « Alors relâche-les sans violence, mon pote. On te posera pas de questions. »

Tu te rappelles quand tu disais qu'il y avait peut-être un gros embouteillage quelque part ?

« Le Grand Filtre. C'est comme ça qu'on l'appelle. »

Eh ben, peut-être qu'il y a un Grand Filtre juste au commencement, au moment où les molécules se transforment en êtres vivants. Ou bien quand une cellule évolue pour la première fois, ou que les cellules apprennent à s'assembler. Ou peut-être au moment du premier cerveau.

« Ça fait beaucoup de goulets d'étranglement. »

Je me disais juste... Ça fait soixante ans qu'on regarde et qu'on écoute.

« L'absence de preuve n'est pas une preuve d'absence. »

Je sais bien. Mais peut-être que le Grand Filtre n'est pas derrière nous. Peut-être qu'il est devant nous.

Et peut-être qu'on était justement en train de buter dessus. Une conscience sauvage, violente, quasi divine, des masses et des masses de conscience, une conscience exponentielle et explosive, intensifiée par les machines et multipliée par milliards : une puissance trop précaire pour durer longtemps.

Parce que, sinon… Quel âge t'as dit qu'il avait, l'univers ?

« Quatorze milliards d'années. »

Parce que sinon, ils seraient déjà ici. Partout. Pas vrai ?

Ses mains s'agitèrent dans toutes les directions. Elles se figèrent quand une apparition primordiale parapha le ciel. Ce fut Robbie qui les aperçut en premier, quand ce n'étaient encore que des points à l'horizon : une famille de grues du Canada, un trio, qui volait vers le sud en formation fluide vers des quartiers d'hiver que le petit n'avait encore jamais vus. Elles migraient en retard. Mais tout l'automne avait des semaines de retard, et inversement le printemps aurait des semaines d'avance.

Elles s'approchèrent au long d'un fil liquide. Leurs ailes, châles gris bordés de noir, s'arquaient et retombaient. Les longues pointes sombres de leurs plumes primaires se pliaient comme des doigts spectraux. Elles volaient tout étirées, une flèche tendue du bec aux serres. Et au milieu, entre les pattes et le cou si fins, un corps enflé qui semblait trop massif pour s'arracher à la pesanteur, malgré tout le battement de ces ailes majestueuses.

Le même son revint, et Robbie me saisit le bras. Un premier oiseau, puis un deuxième, puis le trio déroulèrent un accord glaçant. Ils devinrent si proches qu'on voyait les éclaboussures de rouge sur le bulbe de leur tête.

C'est des dinosaures, papa.

Les oiseaux passèrent au-dessus de nous. Robbie, immobile, les regarda s'éloigner à tire-d'aile jusqu'à n'être plus rien. Il semblait effrayé, minuscule, étonné de se retrouver ici, à la bordure des bois, de l'eau et du ciel. Enfin ses doigts relâchèrent leur emprise sur mon poignet. *Comment on pourrait reconnaître des extraterrestres ? On connaît même pas les oiseaux.*

On aperçut Similis de très loin. C'était une boule d'indigo parfait, qui luisait de la lumière captée de l'étoile voisine.

C'est quoi, ça ? demanda mon fils. *Ça a dû être construit par des gens.*

« C'est une pile solaire. »

Une pile solaire qui couvre toute la planète ? C'est dément !

On effectua quelques rotations autour du globe, ce qui confirma ses dires. Similis était un monde qui s'efforçait de capter le moindre photon d'énergie qui y pleuvait.

C'est du suicide, papa. S'ils monopolisent toute leur énergie, comment ils font pour faire pousser à manger ?

« Peut-être qu'ils trouvent à manger ailleurs, sur Similis. »

On alla y voir de plus près, à la surface de la planète. Il y faisait aussi noir que sur Nithar, mais beaucoup plus froid, et tout était silencieux en dehors d'un bourdonnement permanent dont on suivit la trace. Il y avait des lacs et des océans, tous gelés sous une épaisse banquise. On passa sous des carcasses d'arbres dispersées et éclatées qui jadis avaient dû être des forêts touffues. Il y avait des champs de néant, des pâturages sans herbe de scories et de roc. Les routes étaient à l'abandon, les villes et les villages déserts. Mais aucun signe de destruction ou de violence. Tout était tombé en ruine lentement, spontanément. Ce monde donnait l'impression que tous ses habitants étaient partis pour se faire acheminer dans le ciel. Mais ce ciel était couvert de panneaux solaires, qui débitaient des électrons à plein régime.

On suivit le bourdonnement jusqu'à une vallée. C'est là qu'on trouva les seuls bâtiments encore intacts, une vaste caserne gardée et entretenue par des robots en vigilance constante. De grands conduits de câblage canalisaient toute l'énergie captée par la coque solaire pour la redistribuer dans ce complexe proliférant.

Qui a construit ça ?

« Les habitants de Similis. »

Et c'est quoi ?

« Un centre de données informatique. Qui centralise les serveurs. »

Mais où sont passés les gens, papa ? Qu'est-ce qui leur est arrivé ?

« Ils sont tous dedans. »

Mon fils fronça les sourcils en essayant d'imaginer : un édifice de circuits, infiniment plus grand à l'intérieur qu'à l'extérieur. Des civilisations foisonnantes, inventives, sans limites et sans fin – des millénaires d'espoir, de crainte, d'aventure et de désir – qui mouraient et ressuscitaient, sauvegardaient et redémarraient, et ainsi de suite éternellement, jusqu'à ce qu'il n'y ait plus de courant.

Le jour de ses dix ans, le garçon que naguère je ne pouvais réveiller sans qu'il braille comme un singe hurleur m'apporta le petit-déjeuner au lit : compote de fruits, pain grillé et fromage frais aux noix de pécan, artistement disposés sur un plateau accompagné d'un bouquet peint de chrysanthèmes.

Debout là-dedans ! J'ai séance aujourd'hui. Et j'ai tellement de devoirs à faire avant de partir – grâce à toi !

Il voulut aller à pied au labo. C'était à six kilomètres de la maison – deux heures de marche dans chaque sens. Ça ne m'enchantait pas de consacrer une demi-journée à cette expédition, mais c'était le seul cadeau d'anniversaire qu'il désirait.

Les érables flamboyaient, orange sur fond de ciel bleu intense. Robbie prit le plus petit de ses carnets. Il le tenait au creux de son bras, et y griffonnait en marchant. Les choses les plus banales ralentissaient son pas. Une fourmilière. Un écureuil gris. Une feuille de chêne sur le trottoir, aux nervures rouges comme de la réglisse. Lui et sa mère m'avaient laissé loin derrière, attaché à la Terre. Moi aussi, j'avais besoin d'un moment seul avec Aly, pour explorer cette extase dont elle ne m'avait jamais révélé la source. Currier m'avait déjà recalé une fois. Mais ce jour-là semblait sonner l'heure de l'ultimatum.

Malgré mon aiguillonnement constant, on arriva au labo avec dix minutes de retard. Je franchis la porte, des excuses à la bouche. Ginny et deux laborantins étaient en pleine discussion. Ils sursautèrent à notre vue et s'interrompirent. Ginny secoua la tête, toute remuée. « Je suis vraiment désolée, les gars. On est obligés d'annuler la séance. J'aurais dû téléphoner. »

Je ne comprenais pas ce qui se passait. Mais avant que je puisse la cuisiner, Currier surgit du fond du couloir. « Theo. Je peux vous parler ? »

On se dirigea vers son bureau. Ginny chopa Robin par l'épaule. « Tu veux venir voir les limaces de mer ? » Il s'illumina, et elle le conduisit hors du labo.

Je n'avais jamais vu Martin Currier aussi lent. Il me fit signe de m'asseoir. Il resta debout, hésitant, près de la fenêtre. « On nous a suspendus. Le Comité d'éthique sur la recherche humaine nous a envoyé une injonction hier soir. »

Ma première pensée fut pour la santé de mon fils. « Il y a un problème avec cette technique ? »

Il se retourna brusquement pour me regarder en face. « À part qu'elle est trop prometteuse, vous voulez dire ? » Il esquissa un geste d'excuses et se ressaisit. « On nous a ordonné d'interrompre toute expérience financée pour tout ou partie par le département de la Santé et des services sociaux, en attendant les résultats d'une enquête sur d'éventuelles atteintes à l'intégrité des sujets humains.

— Attendez. Les services sociaux ? C'est pas possible. »

Sa bouche eut un pli amer face à ma pauvre objection. Il vint s'asseoir à son bureau. Ses doigts picotèrent son clavier. Un instant plus tard, il lut à haute voix ce qu'il avait à l'écran : « "Nous craignons que vos procédures ne violent l'intégrité, l'autonomie et le caractère sacré de vos sujets de recherche."

— Le caractère *sacré* ? »

Il haussa les épaules. Ça n'avait pas de sens. Le NeuroDec était une thérapie simple et autorégulée qui donnait de bons résultats. Dans tout le pays, des labos testaient des protocoles bien plus risqués. Et chaque jour des centaines de milliers de gosses servaient de cobayes à des cocktails chimiques bien plus extrêmes. Mais quelqu'un à Washington faisait du zèle pour appliquer les nouvelles normes de protection de la personne humaine.

« Le gouvernement ne censure pas arbitrairement des recherches raisonnables. Vous avez fait quelque chose qui a déplu au pouvoir ? »

Il respira profondément, et la lumière se fit. Il n'avait rien fait, lui. C'était mon gif de fils. Les élections approchaient, et les partis étaient au coude-à-coude. D'un seul geste, conçu pour faire les gros titres, les sbires d'un gouvernement friand de chaos flattaient la Croisade pour la Sacralisation de l'humain, dézinguaient le mouvement écologiste, pissaient sur la science, préservaient l'argent du contribuable, lançaient un os à ronger à leur base électorale et étouffaient une menace nouvelle contre la culture marchande.

Marty soutint mon regard – une autre forme de neurofeedback. Il avait autant de mal que moi à admettre l'idée. Le principe de parcimonie exigeait une explication plus simple. Mais ni lui ni moi n'en avions à offrir. Il écarta sa chaise à roulettes de l'ordinateur et se massa le visage des deux mains. « Inutile de dire que ça anéantit toute chance de breveter cette technique. Si j'étais parano… » Il l'était assez pour ne pas aller au bout de sa phrase.

« Qu'est-ce que vous allez faire ?

— Accepter l'enquête, et faire appel devant le conseil de l'ordre. Qu'est-ce que je peux faire d'autre ? Ça ne sera peut-être qu'une contrariété temporaire, qui sait ?

— Et en attendant… ? »

Il me lança un regard oblique. « Vous voulez savoir ce qui va lui arriver si on ne continue pas le traitement. »

J'avais honte, mais il disait vrai. Tel est le piège que l'évolution a façonné pour nous : même si le sort de toute l'espèce était en jeu, je me soucierais d'abord de mon fils.

« Je vais vous répondre franchement : On n'en sait rien. On a cinquante-six sujets différents soumis à diverses formes de feedback. Ils vont tous être violemment arrachés à leur traitement. On navigue en mer inconnue. Il n'y a aucune donnée concernant ce qui va arriver. » Il balaya du regard son bureau, ses posters motivants et ses trompe-l'œil en 3D. « Avec un peu de chance, il est déjà en orbite permanente. Peut-être qu'il continuera à faire des progrès tout seul. Mais le NeuroDec, ça peut très bien être comme n'importe quel autre exercice pour la santé. Quand on cesse de le pratiquer, on perd ses acquis, et le corps régresse jusqu'à son point de référence. La vie est une machine à homéostasie.

— Et qu'est-ce que je dois faire s'il y a des changements ? »

Il parut vouloir me demander une faveur, de scientifique à scientifique. « Si je pouvais, je vous demanderais de me l'amener régulièrement pour une évaluation. Mais je ne peux pas, tant que l'enquête n'est pas terminée.

— C'est clair », dis-je. Mais rien n'était clair.

Robin se montra philosophe, sur le chemin du retour. *L'expérience continue, pas vrai ? Quoi qu'il arrive, on apprendra des choses intéressantes.*

Je me demandai s'il me consolait ou s'il m'instruisait sur la méthode scientifique. Je n'arrivais pas à me concentrer. Je pensais à toutes les recherches légitimes qui risquaient d'être stoppées d'ici le jour de l'élection, sans autre motif qu'un caprice politique. Comme disait Marty, on naviguait en mer inconnue.

« C'est temporaire. Juste suspendu quelque temps. »

Ils pensent que c'est dangereux ou quoi ?

Les érables étaient trop orange. J'entendis tinter une notification de mail. Je flairais l'hiver dans l'air, à trois mille kilomètres et trois jours de distance. Robbie me tira sur la manche.

C'est pas à cause de Washington, quand même ?

« Oh non, Robbie. Bien sûr que non. »

Le ton de ma voix le fit frémir. Le tintement retentit de nouveau. Robbie s'arrêta net sur le trottoir et dit une chose des plus étranges. *Papa ? Si tu partais en mer ou à la guerre... si quelque chose t'arrivait ? Si tu devais mourir ? Je resterais immobile, je penserais à ta façon de bouger les mains en marchant, et tu serais encore là.*

Après le dîner, il me demanda de le tester sur ses fiches des fleurs du Wisconsin. Avant de se coucher, il me régala d'histoires sur une planète où un jour ne durait qu'une heure, mais où une heure était plus longue qu'une année. Et les années étaient de longueur différente. Le temps s'accélérait ou ralentissait en fonction de la latitude. Il y avait des vieux plus jeunes que les jeunes. Les choses survenues jadis étaient parfois plus proches que ne l'était hier. On s'y perdait, à tel point que les gens renoncèrent à mesurer le temps pour se contenter de Maintenant. C'était un chouette monde. Je suis content qu'il l'ait inventé.

Il me prit de court en m'embrassant pour me dire bonne nuit – sur la bouche, comme il l'exigeait quand il avait six ans. *Crois-moi, papa. Je suis en paix à cent pour cent. On peut continuer l'expérience tout seuls. Toi et moi.*

Ce premier mardi de novembre, des rumeurs complotistes sur Internet, des soupçons de fraude électorale et des bandes de manifestants armés devant les bureaux de vote mirent en cause la validité des résultats dans six États clés. Le pays bascula dans trois jours de chaos. Le samedi, le Président déclara toute l'élection invalide. Il ordonna un nouveau vote, non sans affirmer qu'il faudrait au moins trois mois pour l'organiser et en assurer l'intégrité. La moitié de l'électorat fut révoltée par ce projet. L'autre moitié était à fond pour rempiler. Dans un contexte de suspicion généralisée, où on établissait les faits en cliquant sur *like*, le seul moyen d'avancer, c'était de recommencer.

Je me demandai comment j'aurais pu expliquer la crise à un anthropologue venu de Proxima du Centaure. Sur cette planète-ci, avec une telle espèce, prisonnière de telles technologies, même un simple décompte devenait impossible. Seule la sidération nous protégeait d'une guerre civile.

Je le surpris dans le jardin, un jour bien trop chaud pour une fin d'automne, en train de dessiner dans un carnet comme si son crayon de couleur était un scalpel. Il sursauta quand mon ombre se projeta dans l'herbe à ses pieds, et il se hâta de refermer le carnet. Je fus étonné de le voir si cachottier. Il passa à ses exercices de maths – des multiplications à deux chiffres – et glissa le carnet compromettant sous ses jambes croisées comme s'il pouvait disparaître dans l'herbe et la terre.

Je n'avais pas la moindre envie de retourner fouiller dans ses pensées intimes. Mais compte tenu de la situation, il paraissait sage d'y jeter un coup d'œil. J'attendis trois jours, jusqu'à ce qu'il parte à vélo vers la voie ferrée pour chercher des monarques migrateurs sur les derniers laiterons. Alors je gagnai sa chambre, où je ratissai sa bibliothèque et ses cachettes favorites avant de trouver enfin le carnet. Entre deux comptes rendus d'observation, il y avait une double page explosant de lignes et de couleurs. On aurait dit un Kandinsky d'enfant. La peinture avait cette fièvre d'excitation moderniste commune à toute une génération d'artistes sur le point de partir en flammes. En dessous il avait écrit, d'une petite écriture tremblante : *Rappelle-toi comment elle est ! Rappelle-toi comment ça fait ! Tu peux y arriver !!!*

Le lundi matin, je dus aller le secouer pour qu'il se lève. Je lui avais préparé son émietté de tofu préféré mais, quand je me risquai à le chatouiller pour le réveiller, il me cria dessus. Il fut lui-même surpris de s'entendre hurler. *Papa ! Excuse-moi. Je suis vraiment fatigué. J'ai pas trop bien dormi.*

« Il faisait trop chaud dans la chambre ? »

Il ferma les yeux, contemplant quelque animation résiduelle au-dedans de ses paupières. *Il n'y avait plus d'oiseaux. Voilà ce qui s'est passé. Dans mon rêve.*

Il se ressaisit, se leva. On déjeuna et on passa une journée correcte, même si ses devoirs, comme toujours désormais, lui prenaient plus de temps qu'avant. On alla jouer aux boules dans le parc et il gagna. Sur le chemin du retour, on vit un aigle capturer une tourterelle triste, et si Robbie frémit en voyant le bec déchirer les chairs, il le dessina tout de même de mémoire une fois rentré.

J'avais pris tellement de retard dans mes cours que je risquais de perdre ma titularisation. Malgré tout, après dîner, je le pris par les épaules en disant : « Qu'est-ce que tu veux faire ce soir ? Choisis la galaxie. »

Il savait déjà quoi répondre. D'un doigt impérieux, il m'ordonna de m'asseoir sur le canapé. Il me servit un verre de jus de grenade – le meilleur ersatz de vin disponible dans la maison – et alla chercher dans la bibliothèque une anthologie toute cornée et défraîchie. Il me la mit entre les mains.

Lis-moi le poème préféré de Chester. J'éclatai de rire. Il me donna des coups de pied dans les mollets. *Je suis sérieux.*

« Je ne sais pas au juste lequel il préférait. Et si je te lisais le préféré de ta mère ? »

Il ne prit même pas la peine de hausser les épaules, se contentant d'un geste sec de ses petites mains. Je lui lus *Une prière pour ma fille* de Yeats. Ce n'était peut-être pas le préféré d'Aly. Simplement celui que je la revoyais me lire. Le poème est long. Je le trouvais déjà long à l'époque, quand j'avais la trentaine. Alors, pour Robin, il dut s'étirer sur une durée géologique. Mais il l'écouta sans bouger. Il lui restait encore de la concentration. Je fus tenté de sauter des passages, mais je n'avais pas envie qu'il découvre, vingt ans plus tard, que je l'avais floué.

Je me sentis bien jusqu'à la neuvième strophe. Celle-là, je la lus entrecoupée de longs silences.

> *Puisqu'il est vrai qu'une fois toute haine chassée*
> *L'âme recouvre enfin l'innocence première*
> *Et apprend qu'elle est à elle-même sa joie*
> *Sa paix et sa terreur,*
> *Et que sa douce volonté est la volonté du Ciel ;*
> *Elle peut, même entourée des regards noirs du monde*
> *Des hurlements de tous les vents du monde*
> *Même dans l'explosion de tous les vieux soufflets du monde,*
> *Connaître encore le bonheur.*

Robin demeura immobile durant toute cette longue traversée. Sans le moindre tressaillement jusqu'à ce que je termine. Même alors, il resta lové contre ma hanche. De sa voix pure de soprano, il dit : *J'ai pas tout pigé, papa. Chester en a sans doute mieux profité que moi.*

Je lui avais promis des mois plus tôt qu'on pourrait envisager de prendre un autre chien. Rien ne m'avait empêché de mettre la promesse à exécution, sinon une lâcheté égoïste. Je lui donnai un petit coup de hanche. « On doit encore te trouver un cadeau d'anniversaire, Robbie. Ça te dirait, qu'on cherche un nouveau Chester ? »

Je pensais que ces mots le galvaniseraient. Il ne leva même pas la tête. *Peut-être, papa. Ça pourrait aider.*

La première déflagration survint dans la voiture, en revenant d'acheter des chaussures au centre commercial. On était à six rues de la maison, aux limites de notre quartier tranquille, quand je heurtai un écureuil. Le problème des écureuils, c'est qu'ils prennent une voiture pour un prédateur. Or la sélection naturelle les a formés à échapper à leurs poursuivants en faisant volte-face pour leur foncer dessus, alors qu'un humain va continuer tout droit.

La créature se précipita sous mes roues avec un bruit mat, atténué par la fourrure. Robin pivota pour regarder l'être sensible qui gisait derrière nous sur la chaussée. Moi aussi je le vis, dans le rétroviseur, masse informe sur le bitume. Mon fils hurla. Dans l'habitacle fermé, le son se fit sauvage et incontrôlé, interminable et glaçant, pour converger sur le mot *papa*.

Il détacha sa ceinture et ouvrit la portière. Je hurlai à mon tour et lui agrippai le bras gauche pour l'empêcher de descendre de la voiture en marche. Je parvins à m'arrêter sur le trottoir de la rue résidentielle. Il hululait toujours, se débattant contre mon emprise et tentant de sortir. Je le tins fermement jusqu'à ce qu'il cesse de lutter. Mais la fin de la lutte ne marqua pas la fin de ses cris. Il se calma juste assez pour m'assaillir de plus belle.

Tu l'as tué ! Punaise, tu l'as tué !

Je lui expliquai que c'était un accident, que tout s'était passé trop vite pour que j'aie le moindre choix. Je lui demandai pardon. Ça ne changea rien.

T'as même pas ralenti ! T'as même pas... maman est morte pour ne pas tuer un opossum, et toi t'as même pas levé le pied !

Je tentai de lui caresser les cheveux, mais il me repoussa. Il se tourna pour regarder par la lunette arrière. « Robbie », dis-je. Mais il ne détournait pas les yeux de cette masse sur la chaussée. Je lui demandai de dire quelque chose, de m'expliquer ce qu'il ressentait. Mais il se cacha la tête dans les mains. Il n'y avait plus qu'à redémarrer pour rentrer à la maison.

Une fois arrivé, il alla droit à sa chambre. À l'heure du dîner, je frappai à la porte. Il l'entrebâilla à peine et demanda s'il pouvait sauter le repas. Je lui dis qu'il pouvait manger dans sa chambre s'il voulait. Je remplis à ras bord un bol de pommes grillées, un de ses mets préférés. Mais quand je revins à sept heures et demie, il n'y avait pas touché. Il était couché dans son pyjama à carreaux, lumière éteinte, les mains derrière la tête.

« Ça te dirait, une planète ? »

Non, merci. J'en ai déjà une.

Je m'installai dans mon bureau et fis mine de travailler. Il fallut une éternité pour atteindre une heure décente de coucher. Je m'éveillai d'un cauchemar en sentant une petite main cramponnée à mon poignet. Robin se tenait près de mon lit. Dans le noir, impossible de le déchiffrer. *Papa. Je pars à l'envers. Je le sens.*

Je restai figé, hébété de sommeil. Il lui fallut mettre les points sur les *i*.

Comme la souris, papa. Comme Algernon.

Dans les jours qui raccourcissaient, je m'employai à le garder concentré sur ses leçons. Il aimait bien s'installer avec moi pour étudier. Mais dès que je me consacrais à mon propre travail, il basculait dans sa léthargie.

On parvint à franchir l'équinoxe et, plus difficile encore, les fêtes de fin d'année. Je mentis à la famille d'Aly en disant qu'on était invités ailleurs. D'un commun accord, on passa la semaine rien que tous les deux. On fit des promenades en raquettes dans les champs de maïs enneigés à la sortie de la ville. Robbie confectionna des décorations pour le sapin avec des dessins découpés dans ses carnets. Pour la Saint-Sylvestre, il voulut seulement faire des parties de Memory sans fin sur les oiseaux chanteurs de l'est des États-Unis, en utilisant le jeu de cartes qu'il m'avait offert pour Noël. À huit heures du soir, il dormait déjà.

Tout au long de janvier, il redescendit par petites étapes de la couleur au noir et blanc. Début février, je lui accordai une semaine de congé, sans raison particulière. Il en avait besoin. Il se remit à jouer sur sa ferme virtuelle, délaissée depuis des mois. Il se vexait quand je lui disais de lâcher un peu l'ordinateur. Avant même la fin de la semaine, il eut envie de retourner à ses leçons. Il n'avait pas assez de concentration pour étudier plus d'une demi-heure d'affilée, mais il voulait désespérément apprendre quelque chose. Si ça continuait comme ça, je savais que je devrais finir par l'emmener voir un médecin.

Donne-moi une chasse au trésor, papa. N'importe quoi.

« Il t'en reste beaucoup, du papier kraft que tu avais pris pour Washington ? »

Il fit la grimace. *Ne me parle pas de Washington. Je t'ai causé des embêtements.*

« Robin ! Arrête ! »

C'est à cause de moi si l'expérience du Dr Currier a été stoppée. Et maintenant tu vois ce qui se passe !

« Ça n'est pas vrai. J'ai parlé au Dr Currier il y a deux jours. Il y a une chance que le labo redémarre bientôt. »

Dans combien de temps ?

« Je ne sais pas. Peut-être d'ici l'été. » Sur le moment, ça ne semblait pas un mensonge. Et ça permit qu'il se redresse comme un chien de prairie aux aguets. S'il le fallait, je recommencerais.

Cette perspective de grâce parut lui donner de la force. S'imaginer reprendre les séances lui faisait presque autant de bien que de les suivre effectivement. Quelque part dans l'univers, il y a des créatures pour qui il en va toujours ainsi. Il tripota ses lacets, tout pétrifié de contrition. Il dit à ses chaussures : *Il en reste un bon paquet, du papier kraft.*

En pratique, il lui en restait un peu plus de trois mètres. On raccourcit le rouleau des centimètres excédentaires. « Trois mètres pile. Parfait. Et maintenant, va le dérouler dans le salon. »

En vrai ? Il fallut le convaincre. Il déploya un chemin de papier dans tout le milieu de la pièce.

« Très bien. Trois mètres pour quatre milliards et demi d'années. Ça fait un milliard et demi par mètre. On va faire un tableau chronologique. »

Il se ressaisit un peu et leva un doigt. Il fila dans sa chambre et en rapporta un plein panier de feutres et de pinceaux. Puis on s'installa tous les deux par terre pour se mettre à la tâche. Je marquai au crayon les grands tournants : la fin de l'ère hadéenne, à trente centimètres du bord. Et juste après, le début de la vie. Robbie dessina les tout premiers microbes, en centaines de points colorés qu'on ne voyait quasiment qu'à la loupe. Il remplit le mètre suivant d'un arc-en-ciel de cellules.

À mi-rouleau environ, je marquai le moment où la rivalité biologique avait cédé la place à l'association en réseaux, et où les cellules complexes avaient proliféré sur la Terre. Les cellules de Robbie grossirent un peu et gagnèrent en texture. Pendant cinquante centimètres encore, ses formes s'épanouirent en vers et en méduses, en algues et en éponges. Ce soir-là, quand enfin je l'interrompis, il était redevenu lui-même.

C'est une bonne journée, déclara-t-il tandis que je le bordais.

« Je suis bien d'accord. »

Et on n'est même pas encore arrivés au gros morceau.

Il était déjà dans le salon quand je m'éveillai le lendemain matin, à compléter, à affiner, à retoucher, en attendant que je donne le signal du grand spectacle. Je l'indiquai au crayon : l'explosion cambrienne, à guère plus de trente centimètres du bout du parchemin.

Papa, on n'a pas la place. Et ça commence à peine. Il nous faut un papier plus large.

Il écarta les bras, les laissa retomber. Enthousiasme et détresse ne se distinguaient plus. Je le laissai à son dessin pour reprendre ma propre modélisation en jachère. Toute la matinée il y travailla. Un défilé de créatures géantes se déploya sur toute la largeur du papier. Il déjeuna par terre, perché à quatre pattes sur son chef-d'œuvre en expansion. Il se levait, reculait d'un pas, la bouche grande ouverte de fierté et de courroux. Quelques instants d'évaluation en surplomb, et il replongeait au cœur des créatures.

Tout l'après-midi, on travailla de conserve. Je jetai un coup d'œil une ou deux fois, mais son immense odyssée avançait à plein régime, et s'il n'avait pas envie d'une chose c'était bien d'un coup de main. À cinq heures, les yeux brouillés à force de loucher sur mes modèles, j'arrêtai de travailler pour préparer le dîner. La journée s'était si bien passée que je voulais récompenser Robin, ce qui voulait dire des burgers de champignons avec des frites.

Je mis mes écouteurs pour écouter les infos tout en cuisinant. La rouille noire qui avait anéanti un quart de la récolte de blé en Chine et en Ukraine avait été détectée dans le Nebraska. L'eau douce d'un Arctique en pleine fonte se déversait dans l'Atlantique, faisant tourbillonner les courants protecteurs comme quand on passe la main dans un nuage de fumée. Et un horrible virus frappait le bétail dans les élevages intensifs du Texas.

Je m'oubliai, j'oubliai que mon fils était à quatre

pattes dans la pièce d'à côté. Je lâchai une obscénité, sans me rendre compte que je criais. À cause des écouteurs, je n'entendis pas Robin jusqu'à ce qu'il tire sur ma chemise. Il me fit sursauter. Il en fut agacé, aussitôt sur la défensive. *Tu n'as qu'à pas m'ignorer comme ça ! Qu'est-ce qui t'arrive ?*

« C'est rien. » J'ôtai mes écouteurs et fermai l'appli. « Juste les infos. »

Un truc grave ? Je suis sûr que c'est grave. T'as crié un gros mot.

Je commis une erreur. « C'est rien, Robbie. Ne t'en fais pas. »

Il bouda pendant le dîner, en mangeant au lance-pierre. Mais bien trop vite, il parut me pardonner. Quand je sortis les amandes au chocolat, il avait retrouvé le sourire. Quel crétin j'étais de ne pas deviner.

Quand on eut terminé, il regagna son poste sur le sol du salon pendant que je me remettais à l'ordi. J'affinais un de mes algorithmes pour les éruptions volcaniques dans les mondes aquatiques lorsqu'un bruit sourd résonna à l'autre bout de la maison. Je poussai un nouveau juron. Un petit mammifère avait dû s'introduire dans les murs de la chambre de Robin et faire son nid dans la charpente. Je ne pourrais jamais le déloger et sauver ma maison sans que mon fils reparte en vrille.

Il y eut un nouveau bruit sourd, puis plusieurs autres, trop métronomiques pour ne pas être humains. On aurait dit un plombier qui accumulerait les bourdes. J'allai voir.

Le bruit venait de la chambre de Robin. J'ouvris la porte et le vis recroquevillé dans un coin, son Transpondeur à la main. Il se tapait la tête contre le mur.

Au ralenti, doucement, méthodiquement, comme s'il menait une expérience d'ultime pénitence.

Je me précipitai sur lui en hurlant. Avant que je ne puisse l'arracher au mur, il se releva d'une ruade, me glissa entre les bras et fusa hors de la chambre. Je pris juste le temps de vérifier la tablette. À l'écran, des vaches prises de folie trébuchaient les unes sur les autres. Elles avaient perdu le contrôle de leur corps. L'une d'entre elles s'affaissa au sol, dans un meuglement égaré. À ce gros plan succéda une vue aérienne d'une masse animale hallucinante – un carré large de centaines de créatures.

La nouvelle faisait le tour du Net : une infection cérébrale qui ravageait les quatre millions et demi de têtes de bétail du Texas en se répandant d'un élevage intensif à l'autre avec une efficacité industrielle. Robin s'était connecté à mon compte en utilisant le mot de passe que je n'avais jamais changé : l'oiseau préféré de sa mère, volant à l'envers.

Un hurlement s'éleva du dehors, en boucle pardessus l'atroce vidéo. *Arrêtez ! Ça suffit ! Arrêtez !* Je me ruai hors de la chambre et de la maison. Il était seul dans le jardin obscur. Aucun danger nulle part, pas une présence sauf mon enfant en pleurs. Il s'effondra comme un poids mort dès l'instant où je le rejoignis. Ses cris empirèrent quand je tentai de l'étreindre. *Ça suffit. Arrêtez. Arrêtez !*

Je tombai à genoux et pris son visage entre mes mains. Mes chuchotements hurlés étaient mi-réconfort, mi-bâillon. « Robbie. Chut. Fais pas ça. Ça va aller. Tout est OK. »

Le mot *OK* lui arracha un cri strident qui me fracassa, tellement incontrôlé, si proche de mon oreille. J'eus un mouvement de recul et il se dégagea. Avant que je sois debout, il avait déjà traversé le jardin et contourné la maison. Je le pourchassai à l'intérieur. Il était de nouveau prostré dans un coin de sa chambre, à marteler le mur avec son cerveau. Je franchis le seuil d'un bond et m'interposai entre la cloison et son crâne. Mais au même instant il s'arrêta. Se tassa dans mes bras. Un son lui échappa, aussi terrible que ses cris. Un long gargouillement sourd de défaite.

Je le serrai sur mon cœur, lui caressai les cheveux. Il ne résista pas. Aly avait cessé de me murmurer à l'oreille au moment où j'avais le plus besoin d'elle. Mon cerveau chercha quelque chose à dire qui ne raviverait pas sa fureur. Tous les mots possibles semblaient ineptes. On vivait dans un monde qui subventionnait l'élevage en batterie et interdisait l'élévation par le feedback. Je n'aurais jamais dû lui faire visiter cette planète.

« Robbie. Il y a d'autres mondes. »

Il leva la tête pour me foudroyer du regard. Ses yeux étaient deux petites billes dures. *Où ça ?*

Son corps se fit tout mou. La rage l'avait vidé. Je le laissai allongé encore un moment. Puis je le remis sur ses pieds pour l'emmener dans la cuisine, où je lui déposai de la glace sur le front. Dans la salle de bains, il se débarbouilla et se brossa les dents, hébété. La bosse apparut, replète et sombre, tel un œuf vieux de mille ans serti au-dessus de son sourcil droit.

Il ne voulait pas lire, ni que je lui fasse la lecture. Il rejeta violemment l'idée d'un voyage dans l'espace. Il restait allongé, à fixer le plafond. *Pourquoi tu m'as caché ça, papa ?*

Parce que je craignais précisément ce qui était

arrivé. C'était la réponse franche, et pourtant je dissimulai. « Je n'aurais pas dû. »

Qu'est-ce qui va se passer ?

« Ils vont les abattre. C'est sans doute déjà fait. »

Les tuer.

« Oui. »

Et ça va pas se répandre ? Avec les animaux entassés comme ça ? Et qu'on trimballe d'un endroit à l'autre ?

Je lui répondis que je n'en savais rien. À présent, je sais.

Couché dans son lit étroit, il était d'une pâleur surnaturelle. Sa main sortit de sous les draps pour couvrir ses yeux. *Tu les as vues ? T'as vu comment elles bougeaient ?* Dans le silence, son corps eut un spasme, comme la secousse galvanique juste avant l'endormissement. Il se cramponna à ma main pour retrouver l'équilibre. Le haut de son bras semblait atrophié, bon à rien.

Le mois dernier, dit-il, et puis il perdit le fil. *La semaine dernière ? J'aurais pu encaisser.*

« Robbie. Mon gars. Tout le monde a des hauts et des bas. Tu vas... »

Papa ? Il avait l'air terrifié. *Je ne veux pas redevenir moi.*

« Robbie. Je sais que ça paraît la fin du monde. Mais c'est pas le cas. »

Il remonta le drap sur son visage. *Va-t'en. Tu sais pas ce qui se passe. Je veux pas te parler.*

Je restai silencieux. Tout ce que j'aurais pu dire risquait de le renvoyer hurlant dans le jardin. Les minutes passèrent. Il parut s'adoucir. Peut-être qu'il s'endormait. Il écarta le drap de son visage et leva la tête de l'oreiller.

Pourquoi t'es encore là ?

« T'as pas oublié quelque chose ? Puissent tous les êtres sensibles… »

Il leva une main flasque. *Je veux changer les mots. Puisse toute vie. Être délivrée. De nous.*

Les visiteurs se pointèrent le lundi suivant. Il n'était même pas dix heures. J'étais plongé dans un fil de discussion relayé par des gens de la NASA, avec les dernières nouvelles du Guetteur. Ça ne se présentait pas bien. Robbie s'était étalé sur la table de la salle à manger pour apprendre les provinces du Canada. Ils sonnèrent à la porte, une femme et un homme, tous deux en doudoune. L'homme serrait un cartable contre sa poitrine. J'entrouvris la porte. Ils me tendirent la main et leurs cartes : Charis Siler et Mark Floyd, travailleurs sociaux pour la section Enfance, Jeunesse et Famille du département des Affaires sociales. J'aurais été en droit de ne pas les laisser entrer. Mais ça ne paraissait pas très sage.

Je pris leurs doudounes et les conduisis au salon. Robin m'appela à travers la cloison. *Y a quelqu'un ici ?* L'espace d'un instant, on aurait cru le garçon de la vidéo. La voix de Jay. Il rappliqua dans le salon, déconcerté à la vue d'inconnus dans la maison en pleine journée.

« Robin ? » demanda Charis Siler. Robin la dévisagea, intrigué.

J'intervins : « J'ai de la visite, Robbie. Si tu allais faire un tour à vélo ?

— Assieds-toi une minute », ordonna Mark Floyd.

Robin me regarda. Je hochai la tête. Il grimpa dans le fauteuil œuf pivotant, le préféré d'Aly, et balança les jambes contre l'ottomane.

Floyd lui demanda : « Tu travailles sur quoi ? »

Je ne travaille pas vraiment. Je fais juste un jeu de géographie.

« Quel genre de jeu ? »

Un truc qu'il a inventé. Robin me désigna du pouce. *Il sait plein de choses, mais des fois il s'emmêle un peu.*

Floyd le cuisina sur ses études et Robin répondit. Si l'État voulait vérifier qu'il suivait le programme, il y avait de quoi être satisfait. Charis Siler suivait le ping-pong des questions-réponses. Au bout d'un moment, elle se pencha en avant et demanda : « Tu t'es fait mal à la tête ? » Et là, j'eus enfin le déclic. Elle se leva et traversa la pièce pour examiner la bosse, qui dépassait de son front comme un furoncle bleu. « Comment c'est arrivé ? »

Robin se braqua, réticent à avouer à une inconnue ce qu'avait fait sa part animale. Il me lança un regard. Ma tête s'inclina à peine. Siler et Floyd s'en aperçurent, j'en suis sûr.

Je me suis cogné. Ses mots étaient hésitants, presque une question.

Siler lui écarta les cheveux avec deux doigts. Je fus tenté de lui dire de ne pas toucher à mon fils. « Comment c'est arrivé ? »

La réalité s'échappa de la bouche de Robin. *Je me suis cogné contre le mur.* La franchise fut sa perte.

« Comment ça, mon chéri ? » On aurait dit la médecin scolaire.

Robbie me glissa à nouveau un regard penaud. Nos visiteurs l'interceptèrent. Mon fils toucha sa bosse et baissa les yeux. *Faut vraiment que je le dise ?*

Tous trois se tournèrent vers moi. « C'est bon, Robbie. Tu peux leur dire. »

Il releva la tête, d'un air de défi qui dura cinq secondes. Puis il la laissa retomber. *J'étais en colère.*

« À cause de quoi ? » demanda Charis Siler.

À cause des vaches. Ça vous met pas en colère, vous ?

Elle se figea en plein interrogatoire. Je crus un instant qu'elle avait honte. Mais les plus infimes muscles de son visage exprimaient la perplexité. Elle ne savait pas de quelles vaches il parlait.

La situation dégénérait. Je surpris le regard de Robin et inclinai la tête vers la porte d'entrée. « Tu veux pas aller voir le grand duc ? » Il haussa les épaules, vaincu par la bêtise adulte. Mais il murmura au revoir à nos hôtes et se glissa hors de la maison. La porte se referma derrière lui, et je me retournai contre mes accusateurs. Leur masque de neutralité professionnelle me rendait fou.

« Je n'ai jamais levé la main sur mon fils. Vous vous croyez où ?

— On a reçu un appel, dit Floyd. Il en faut beaucoup pour que quelqu'un nous alerte.

— Il a eu peur. Il était vraiment, vraiment bouleversé par cette histoire d'encéphalopathie bovine. Il est très sensible aux êtres vivants. » J'aurais dû ajouter que ça devrait tous nous terrifier. Je n'en fis rien. Ça paraissait encore une peur d'enfant.

Mark Floyd fouilla dans son cartable et en sortit

un gros classeur. Il l'ouvrit sur la table basse entre nous. Il contenait deux ans de documents et de mémos, qui allaient de la première exclusion temporaire de Robbie, en CE2, à mon arrestation à Washington pour des troubles à l'ordre public où j'avais impliqué mon fils.

« Qu'est-ce que c'est que ça ? Vous avez un dossier sur nous ? Est-ce que vous fichez comme ça tous les enfants à problèmes du pays ? »

Charis Siler me toisa en fronçant les sourcils. « Mais oui. Absolument. C'est notre boulot.

— Eh bien, mon boulot à moi, c'est de m'occuper de mon fils aussi bien que possible. Et c'est exactement ce que je fais. »

Je ne me rappelle pas bien ce qui s'est dit ensuite. Les hormones qui m'inondaient le cerveau m'empêchaient d'entendre grand-chose. Mais le propos était clair : Robin était un dossier en cours, et le système m'avait à l'œil. Au moindre soupçon de maltraitance ou de négligence parentale, l'État interviendrait.

Je parvins à garder un air assez contrit pour les raccompagner sans nouveau drame. En regardant du haut du perron leur voiture s'éloigner, j'aperçus Robbie au bout de la rue, immobile, son vélo entre les jambes, attendant le moment où il pourrait rentrer sans risque. Je lui fis signe de revenir. Il se hissa de la fourche à la selle et pédala à toute allure. En arrivant, il sauta en marche et laissa le vélo se renverser sur la pelouse. Il courut jusqu'à moi et me serra la taille de toutes ses forces. Il fallut que je le décolle de moi pour qu'il parle enfin. Et les premiers mots sortis de sa bouche furent : *Papa. Je ne suis bon qu'à te pourrir la vie.*

Il est long, le fleuve du devenir. Et parmi les milliards de formes qu'il a produites à ce jour, humains et vaches sont proches parents. Rien d'étonnant donc si un organisme aux marges de la vie – un brin d'ARN qui ne codait que douze protéines – fut ravi, après un petit réglage, de tenter sa chance avec un nouvel hôte.

Los Angeles, San Diego, San Francisco, Denver : aucune de ces villes n'égalait, en densité, un élevage intensif. Mais c'était compensé par la mobilité humaine et le flot incessant des échanges. Pourtant, en février, personne ne s'inquiétait encore. Le virus qui ravageait l'industrie du bœuf était éclipsé par le Président. Semaine après semaine, il ne cessait de repousser les élections reprogrammées, arguant que dans plusieurs États la sécurité numérique n'était pas encore assurée et que divers ennemis restaient prêts à interférer.

Quand arriva le troisième mardi de mars, c'est tout un pays exsangue qui fut étonné que les bureaux de vote ouvrent enfin. Mais seule une moitié d'entre nous se scandalisa quand une nouvelle vague d'irrégularités fut jugée négligeable, et le Président proclamé vainqueur.

Le signal venait de Xenia, une petite planète d'un modeste système stellaire situé près de la pointe d'un bras en spirale de la galaxie du Moulinet. C'est là que, au commencement d'une nuit qui dura plusieurs années terriennes, un presque enfant brandit une quasi-torche vers un je-ne-sais-quoi fort peu semblable au ciel de la Terre.

Près de l'enfant se tenait l'être vivant le plus proche de ce qu'on pourrait appeler un parent. Sur Xenia, l'espèce entière des créatures intelligentes donnait une part de germoplasme pour engendrer chaque enfant. Mais on ne confiait à chaque Xenien qu'un seul enfant à élever. Sur Xenia, tout le monde était parent de tout le monde et enfant de tout le monde, sœur aînée et frère cadet en même temps. Quand un individu mourait, tout le monde mourait et personne ne mourait. Sur Xenia, la peur et le désir et la faim et la fatigue et la tristesse et toutes les autres émotions passagères disparaissaient dans une grâce partagée, comme les étoiles isolées disparaissent dans le soleil du jour.

« Là-bas, dit le presque père à son presque enfant dans un presque langage. Un peu plus haut. Juste là. »

Le petit flottait allongé sur son parent, radeau vivant, au-dessus du sol intelligent. Il sentit son quasi-bras saisi, en un geste d'assistance pour lequel nul sur Terre n'aurait de nom.

« Là-bas ? demanda-t-il. Juste là ? Mais pourquoi n'ont-ils jamais répondu ? »

L'aïeul répondit non par des sons ni des lumières, mais par des changements dans l'air environnant. « Nous les avons baignés de signaux pendant des milliers de leurs générations. Nous avons tout essayé. Mais nous n'avons jamais réussi à attirer leur attention. »

La séquence chimique qu'émit le petit n'était qu'un quasi-rire. C'était plutôt un verdict, une théorie astrobiologique tout entière. « Ils devaient être très occupés. »

Les jours rallongèrent. Le soleil fit son grand retour. Mais pas mon fils. Il était convaincu de m'avoir trahi, d'avoir trahi toutes les créatures auxquelles il était forcé de survivre. Il restait blotti dans le fauteuil d'Aly, ou penché sur la table de la salle à manger, le regard fixé sur ses devoirs. Une heure s'écoulait tandis qu'il restait immobile et ratatiné. Un jour, je le surpris les paumes dressées face à son visage, ébahi par toute la vie qui continuait d'y circuler.

Il était en mon pouvoir de l'aider. Le temps de la peur et des principes était passé. Il me suffisait d'accepter quelques risques futurs pour que je puisse soulager sa souffrance présente. Il lui fallait des cachets.

Un soir, après sa douche, il s'attarda si longtemps dans la salle de bains que je m'inquiétai pour lui. Je le trouvai, son corps frêle d'enfant enveloppé dans une serviette, debout face au miroir. *C'est parti, papa. Je me rappelle même pas ce que je me rappelle pas.*

Voilà ce qui me manque le plus chez lui. Même sa lumière éteinte, il cherchait à voir.

Mes vacances de printemps commenceraient dans quelques jours. J'avais tout préparé en secret. Je lui fis la surprise. « Ça te dirait, une chasse au trésor géante ? » Ses épaules s'affaissèrent. Il en avait fini avec la découverte. « Mais non, Robbie. Une vraie. »

Il me dévisagea, méfiant. *Qu'est-ce que tu veux dire ?*

« Mets ton pyjama et retrouve-moi dans le bureau. »

Il obéit, trop curieux pour refuser. Quand il surgit à côté de moi, je lui tendis une feuille de papier remplie de noms, deux douzaines au total. Claytonia. Trinitaire. Épigée rampante. Mitrelle. Silène de Virginie. Six variétés de trillium.

« Tu sais ce que c'est ? » S'il l'ignorait au début de son hochement de tête, il devina avant d'achever son geste. « Combien de ces plantes tu peux trouver et dessiner ? »

Ses membres se mirent à trembloter. Il poussa un grognement de détresse. *Papa !* Je lui pris le bras pour le calmer.

« Je veux dire : en vrai. Sur le vif. »

La perplexité l'empêcha d'imploser. Sa main pagaya dans l'air, me suppliant d'être raisonnable. *Mais comment ? Où ça ?* Comme si les fleurs ne devaient plus jamais arriver, pour quelqu'un de si déchu.

« Pourquoi pas les Smoky Mountains ? »

Il secoua la tête, refusant d'y croire. *En vrai ? Sérieux ?*

« Complètement, Robbie. »

Quand ça ?

« Pourquoi pas la semaine prochaine ? »

Il scruta mon visage pour voir si je ne mentais pas. Pour la première fois depuis des semaines, il laissa échapper un mince filet d'espoir. *On pourra retourner dans la même cabane ? On pourra dormir à la belle étoile ? On pourra aller à la rivière avec les rapides, là où tu allais avec maman ?* Et puis tout l'accablement de la vie le submergea de nouveau. Il leva à hauteur d'œil la liste de fleurs sauvages et grommela : *Et comment je vais faire pour apprendre tout ça en une semaine ?*

Je me jurai, à notre retour de la montagne, de prendre rendez-vous avec son médecin pour lui prescrire un nouveau traitement.

Il fut intenable pendant tout le voyage. Sa moindre pensée exigeait à présent un réconfort sans fin. Il ne cessait de poser des questions sur le passé. À partir de l'Illinois, et tout au long de l'Indiana et du Kentucky, il parla d'Aly. Il voulut savoir où elle avait grandi, ce qu'elle avait étudié. Il demanda comment on s'était rencontrés, combien de temps on avait attendu avant de se marier, et quels endroits on avait explorés avant qu'il survienne. Il voulut tout savoir de ce qu'on avait fait ensemble durant notre lune de miel dans les Smoky Mountains, et ce qu'Alyssa avait préféré dans ces montagnes.

Quand il cessait de me cuisiner, il étudiait un guide des fleurs sauvages des Appalaches que je lui avais déniché, indexé par couleur et classé par période de floraison. *C'est quoi, une* « épémère *du printemps* » *?*

Je corrigeai sa prononciation avant de lui expliquer.

Et pourquoi elles disparaissent si vite ?

« Parce qu'elles poussent dans les sous-bois, où il y a très peu de soleil. Elles doivent donc germer, bourgeonner, fleurir, fructifier et déposer leur semence avant que les arbres ne deviennent trop touffus, parce que, ensuite, la partie est terminée. »

Et maman, c'était quoi, sa fleur de printemps préférée ?

J'avais dû le savoir un jour. « Je ne me rappelle pas. »

Et son arbre préféré ? Tu te rappelles même pas son arbre *préféré ?*

Je souhaitai de toutes mes forces qu'il arrête ses questions, avant que j'oublie le peu que j'avais jamais su.

« Je peux te dire son oiseau préféré. »

Il se mit à me hurler dessus. Le trajet parut long.

J'avais réussi à louer la même cabane que la première fois – si lointaine déjà –, entourée de sa terrasse ouverte aux bois et aux étoiles. On s'engagea dans l'allée en pente, faisant crisser le gravier sous nos pneus et poursuivant l'ombre des arbres. Robin jaillit hors de la voiture et monta les marches deux par deux. Je suivis, avec les bagages. À l'intérieur, tous les interrupteurs étaient encore étiquetés – *Couloir, Perron, Cuisine, Plafonnier* – et les placards toujours couverts d'instructions en codes couleurs.

Robbie se rua dans le salon et s'affala sur le canapé armorié de sa procession d'ours, d'élans et de canoës. Trois minutes plus tard, il dormait. Sa respiration était si paisible que je le laissai passer la nuit là. Il ne se réveilla que lorsque l'aube déversa sa lumière.

Dès le matin, on prit les sentiers. Je repérai une montée juste après l'entrée du parc, qui faisait face au soleil du sud et donnait à l'arrière sur une saillie mouillée de rosée. Tous les vingt mètres, on tombait sur un affleurement humide peuplé de plus d'espèces qu'un terrarium déchaîné. On aurait pu en couper une tranche, la charger dans la soute d'un vaisseau intersidéral, et s'en servir pour terraformer une super-Terre lointaine.

Robin était cramponné à sa liste. Il ne cessait de découvrir de nouvelles fleurs à droite et à gauche. Mais il avait perdu sa capacité de nommer les choses. *Ça, papa, ce sont des rues anémones ?*

Il avait trouvé un massif analogue à l'illustration de son guide. « Je ne sais pas. Qu'est-ce que t'en dis ? »

Ben, les pétales ne correspondent pas tout à fait. Et les petits machins au milieu sont un peu plus longs.

Je regardai l'illustration, puis je le regardai. Il avait perdu toute confiance en lui. Quatre mois plus tôt, c'est lui qui aurait corrigé le livre. « Fie-toi à ton jugement, Robbie. »

Il s'agita, gesticula. *Papa, s'il te plaît. Dis-moi, un point c'est tout.*

Je confirmai sa supposition. Il dessina maladroitement une petite touffe de rues anémones. Puis il découvrit, et s'interrogea sur deux sceaux de Salomon, un vrai et un faux, qu'il dessina aussi.

Seul le dessin lui procurait un peu de paix. Tant qu'il avait un crayon taillé à la main et une souche pour s'asseoir, ça allait encore. Mais il lui fallait une éternité pour recréer les veines d'un pourpre spectral tapissant l'intérieur d'une claytonia. Les contours tremblés de ses érythrones le mettaient en rage. Et, en toute franchise, son trait s'était un peu flétri, comparé à la sûreté aérienne et épanouie qu'il avait encore un mois plus tôt.

Les cases de la liste se cochaient peu à peu. Il dénicha dix, puis douze espèces d'éphémères en pleine floraison, plus vite qu'un profane n'aurait pu l'imaginer. Chaque nouvelle trouvaille l'emplissait d'une satisfaction têtue. Au bout de cinq cents mètres de piste, il avait repéré chaque variété de plante que j'avais inscrite à mon défi. Il se retourna pour contempler de haut cette muraille de roche humide et ensoleillée si peuplée d'expériences coopératives. *Le printemps reviendra toujours, quoi qu'il arrive. Pas vrai, papa ?*

Il y avait des arguments pour et contre, également solides. La Terre avait été un enfer aussi bien qu'une boule de neige. Mars avait perdu son atmosphère pour s'effriter en désert glacé, tandis que Vénus dégénérait vers un martèlement de vents et une surface plus brûlante qu'une fournaise. La vie pouvait s'effondrer et partir en vrille, pratiquement du jour au lendemain. C'est ce que disaient mes modèles, tout comme les roches de cette planète. Et nous, on était perdus dans un monde qui devenait autre chose à une vitesse accélérée. Difficile de faire des prédictions fiables à partir d'un échantillon unique.

« Oui, répondis-je. Tu peux toujours compter sur le printemps. »

Il opina pour lui-même et reprit l'ascension. Après un tournant, on se retrouva en terrain plat. D'un pas à l'autre, la forêt se clairsemait. Le sous-bois de lauriers luxuriants cédait la place à des bouquets clairsemés de chênes et de pins. Mon téléphone tinta. Je fus stupéfait d'être couvert par le réseau, même ici. Mais c'était le boulot d'une couverture, de couvrir le moindre point découvert sur Terre.

Je vérifiai ma messagerie. Je ne pus m'en empêcher. Je balayai le fond d'écran : Aly et Robbie, le jour de ses sept ans, maquillés en tigres. Dix-sept messages de six fils de discussion différents m'attendaient. Je levai les yeux vers Robbie qui poursuivait son chemin, d'une démarche enfin presque détendue. Je jetai un coup d'œil aux messages, craignant le pire. Mais je ne pouvais imaginer de quoi il s'agissait.

Le télescope NextGen était mort. Trente ans de préparation et d'inventivité, douze milliards de dollars, le travail de milliers de grands esprits originaires de vingt-deux pays, l'espoir de toute l'astronomie, et notre première chance sérieuse d'apercevoir les contours d'autres planètes. Le Président fraîchement réélu venait de l'abattre avec jubilation :

LA PLUS GRANDE ARNAQUE COMMISE CONTRE LES FIDÈLES DEPUIS LA TENTATIVE DE PUTSCH !!!

Mes collègues tâtonnaient dans les ruines, déversaient leur fureur, leur chagrin, leur incrédulité. J'écrivis une réaction, sept mots de solidarité stupéfaite. Le message resta bloqué dans la boîte d'envoi.

Plus loin sur la piste, Robbie, agenouillé au pied d'un sapin-ciguë, était obnubilé par quelque chose. Je rangeai mon téléphone et me dirigeai vers lui. Il se leva à mon approche. *Est-ce que maman avait fait cette randonnée ?*

Car l'amour est féroce comme la mort. « Qu'est-ce que tu regardais ? »

Ses yeux restaient rivés sur un point parmi les rhododendrons, en contrebas, dans le ravin. *Oui ou non ?*

« Je ne crois pas. Pourquoi ? »

Alors est-ce qu'on pourrait aller plutôt à la rivière ? Celle qu'elle aimait ?

« Il est encore tôt, mon gars. Je me disais qu'on y descendrait après le déjeuner. On va y camper cette nuit. »

Mais est-ce qu'on pourrait y aller tout de suite ? S'il te plaît ?

On rebroussa chemin, par-delà la crête, le long des rochers suintants et de leurs bouquets massés. Il dévalait la pente. Je tentai de le faire ralentir pour profiter du spectacle. « Regarde un peu les silènes. Ils étaient à peine ouverts quand on est montés. T'as vu ce qu'ils ont fait en une heure ? C'est incroyable, non ? »

Il regarda, proclama son émerveillement. Mais il était ailleurs.

On parvint au bas de la montagne et on reprit la voiture. Je roulai jusqu'à l'entrée de l'autre piste, celle qu'on avait suivie un an et demi plus tôt. Celle que ma femme et moi avions suivie lors de notre voyage de noces, une décennie plus tôt encore. Je l'avais séduite, tout en marchant, par mes récits d'exoplanètes qui surgissaient par milliers de tous les côtés, là où il n'y en avait aucune depuis le début de l'histoire humaine.

Il te faudra combien de temps pour trouver les petits hommes verts ?

« Très peu. Sans doute pas des hommes. Et peut-être même pas verts. Mais on vivra tous les deux assez longtemps pour les voir. » Ni elle ni moi, en fait.

Robin sentit quelque chose, tandis qu'on enfilait les sacs à dos sortis du coffre. Il attendit qu'on soit au premier tournant, à quatre cents mètres du début de la piste. Il s'arrêta sous un bouquet d'amélanchiers tout juste en fleur et me regarda en biais. *Y a un truc qui te tracasse.*

Une part primitive de mon cerveau s'imaginait que si je n'énonçais pas les faits à voix haute, ils pourraient encore avoir une autre issue. « C'est rien. Je suis juste un peu pensif. »

C'est moi, hein ?

« Robbie ! Ne dis pas de bêtises ! »

C'est à cause de mes cris qu'on a des problèmes avec les protecteurs de l'enfance. Ils vont m'enlever à toi, pas vrai ?

Pas facile d'étreindre quelqu'un qui est deux fois plus petit quand on est tous les deux chargés d'un sac à dos. Ma tentative maladroite ne fit que confirmer ses soupçons. Il se dégagea et reprit son chemin. Puis il s'arrêta, se retourna et me mit en garde d'un doigt tendu.

Tu ne devrais pas essayer de me protéger de la vérité.

« Ça n'est pas le cas. » Ma main se leva pour dessiner un gribouillis dans l'air, sur dix centimètres de haut et cinq de large. Ça voulait dire : *Pardonne-moi, je fais beaucoup de gaffes.* Sa tête s'inclina d'un millimètre. Ça voulait dire : *Moi aussi.*

« Robbie, je suis désolé. On a des mauvaises nouvelles. De Washington. »

Ils vont couler le Guetteur ?

« Pire. Ils vont couler le NextGen. »

Il plaqua les mains sur ses oreilles et poussa un cri étouffé, comme une créature en plein envol. *C'est délirant. Toutes ces années. Tout ce travail, cet argent. Ils n'ont pas écouté ton discours ?*

Je ravalai un rire amer.

Et le Guetteur, alors ?

« Aucune chance. »

Jamais ?

« Pas de mon vivant. »

Il secouait la tête sans pouvoir s'arrêter. *Attends. C'est pas juste.* Il fronça les sourcils en faisant le calcul dans sa tête. Les années qu'il avait fallu pour concevoir, dessiner et construire le NextGen. Les années de préparation gâchées consacrées au Guetteur. Les années qui s'écouleraient avant que quelqu'un ose de nouveau proposer un télescope spatial. Et les années qu'il me restait. Le calcul n'était pas sa matière forte. Mais ça n'était même pas nécessaire.

Et qu'est-ce qu'ils vont en faire ?

Une question qui allait hanter les nuits des astronomes et des enfants de dix ans partout dans le monde. Un engin de douze milliards de dollars, conçu pour s'aventurer cinquante mille fois plus loin de la Terre que Hubble, ajuster ses dix-huit miroirs hexagonaux avec une marge d'erreur de moins d'un dix millième de millimètre, et scruter les confins de l'univers, allait vraisemblablement être désossé et dispersé par morceaux – l'épave la plus chère de l'Histoire.

Papa. Tout marche à l'envers.

Il avait raison. Et je ne comprenais pas pourquoi.

La piste se réduisit à un sentier étroit qui traversait un long tunnel de rhododendrons. J'observai Robin de dos, qui luttait sous le poids de son sac et de sa prise de conscience. On franchit la crête et on entama les deux kilomètres de redescente jusqu'à la rivière. Il s'arrêta si net que je faillis le faire tomber.

Toutes ces civilisations là-haut. Elles vont se demander pourquoi on ne leur a jamais fait signe.

On atteignit l'emplacement, niché dans un coude de la rivière abrupte. Robin se délesta de son énorme sac et se retransforma en petit garçon.

On peut s'asseoir au bord de l'eau, avant de planter la tente ?

La journée était fraîche et claire, avec des heures de lumière devant nous et aucun risque de pluie. « On peut s'asseoir au bord de l'eau tout le temps qu'il faudra. »

Qu'il faudra pour quoi ?

« Pour comprendre l'espèce humaine. »

Il me traîna sur la dizaine de mètres qui nous séparait de la berge. La rivière sentait le vert et le nouveau-né. On trouva chacun un rocher où s'asseoir, juste au bord. Il risqua sa main dans le courant vif et le froid le fit grimacer. *On peut se tremper les pieds ?*

Le NextGen était mort. Le Guetteur aussi. Mes modèles ne seraient jamais mis à l'épreuve. Je n'y voyais plus clair. La force et la liberté des cascades blanches emplissaient l'air. « On peut essayer. »

J'ôtai vivement mes rangers et mes lourdes chaussettes de randonnée et plongeai mes pieds meurtris dans le tourbillon. Le flot glacial testait la limite entre soulagement et douleur. C'est seulement quand je retirai mes jambes gelées que je sentis à quel point elles étaient engourdies. Robbie, grelottant, agitait frénétiquement les pieds en eau peu profonde pour les réchauffer.

« Ça suffit pour le moment, d'accord ? » Il arracha au courant ses membres raidis. Des pieds jusqu'à mi-mollet, il était rouge brique. *Cui-cui ! je suis un fou à pieds rouges !* Il empoigna ses orteils, au supplice, pour tenter de les dégeler. Son rire était un sanglot. Il scrutait l'eau, en quête de quelque chose. J'avais peur de lui demander quoi. Un autre enfant, à une autre époque, sur une autre planète, m'avait dit un jour que sa mère était devenue une salamandre. J'observai l'aval avec lui, espérant repérer de quoi racheter cette journée.

C'est Robin qui l'aperçut le premier. *Un héron !*

Je n'aurais pas cru qu'il avait encore en lui tant de calme immobile. L'oiseau, une patte enfoncée dans l'eau, fixait le vide. Et Robin aussi, pendant un long temps hypnotique. Ils se défiaient du regard, mon fils avec ses yeux frontaux, et l'oiseau d'un œil latéral. Le NeuroDec s'était retiré de Robin, mais pas la capacité à se brancher sur un feedback chatoyant. Un jour nous réapprendrons à nous connecter à ce monde vivant, et l'immobilité sera comme un envol.

Un grand oiseau aux aguets. Toutes les cinq minutes, un demi-pas. L'oiseau dressé était un bout de bois flotté. Même les poissons finirent par l'oublier. Quand enfin il piqua, Robin poussa un cri. L'oiseau frappa à deux mètres en s'inclinant à peine. Il redevint tout droit, avec, pendu au bec, un festin grand comme l'ébahissement. Le poisson semblait trop gros pour sa gorge. Mais l'ample gosier s'ouvrit, et l'instant d'après il ne restait même pas une bosse pour trahir ce qui s'était passé.

Robin l'acclama d'un hululement, qui fit fuir l'oiseau effarouché. Il se pencha, se lança d'un coup de patte, battit de ses ailes massives. En décollant, il parut plus ptérodactyle encore, et son croassement de départ était plus ancien que toute émotion. Son envol gauche se fit gracieux. Robin se cramponna au héron, qui fila en frôlant les sous-bois avant de disparaître. Il garda les yeux rivés sur le point où la majestueuse créature s'était volatilisée. Puis il se tourna vers moi et dit : *Maman est là.*

On se rechaussa et on se fraya un chemin sur cent mètres vers l'amont, le long des berges caillouteuses, jusqu'à l'endroit où toute ma famille avait jadis nagé, quoique pas au même moment. En arrivant aux trous d'eau sous les rapides, je lâchai un énorme juron, qui fit blêmir Robin. *Quoi, papa ? Qu'est-ce qu'il y a ?*

Il ne remarqua rien jusqu'à ce que je lui montre. Tout ce segment de rivière était couvert de cairns. Des empilements de cailloux se dressaient partout, sur les deux rives comme sur les rochers au milieu du courant. Ils ressemblaient à des menhirs néolithiques ou à des tours de Hanoï fuselées.

Robin m'interrogea du regard, sans comprendre.

C'est quoi le problème, papa ?

« Ces trucs, c'était le pire cauchemar de ta mère. Ça détruit les habitats de tout le monde dans la rivière. Imagine des créatures d'une autre planète qui se matérialiseraient dans notre espace aérien pour démolir nos quartiers, encore et encore. »

Il darda les yeux de tous côtés, en quête des chevaines, des ménés, des truites, des salamandres, des algues, des écrevisses et des larves flottantes, des ménopomes et poissons-chats menacés d'extinction, tous sacrifiés à l'art de marquer son territoire. *Il faut qu'on les enlève.*

Je me sentais si las. J'avais envie de déposer la vie et de la laisser au bord de l'eau. Au lieu de ça, on se mit au travail. On démolit toutes les tours à notre portée. Je renversais les miennes. Robin démantelait les siennes pierre par pierre, en scrutant dans l'eau limpide le meilleur endroit où déposer chacune. Quand on en eut fini avec les cairns de cette rive, il regarda les autres au milieu du courant. *Viens, on va faire le reste.*

Quatre mille kilomètres de rivières caillouteuses traversaient ces montagnes. Et la machine humaine finissait toujours par les atteindre. On aurait beau démonter des cairns tous les jours, tout l'été et tout l'automne, au printemps prochain les tours se dresseraient de nouveau.

« Ils sont trop loin. Le courant est trop fort. Et t'as bien vu comme l'eau est froide. »

Chez tout enfant de dix ans apparaît un regard, premier signe de la longue guerre à venir. Robin hésita sur le seuil du défi. Oserais-je l'en empêcher ? Puis il s'assit sur un rocher couvert de lichen millénaire.

Maman le ferait.

Sa mère, la salamandre.

« Pas aujourd'hui, Robbie. C'est pas possible. Cette eau, c'est de la neige fondue. On reviendra en juillet. Il y aura encore des cairns partout. Je te le garantis. »

Il contempla le chenal bordé de vert qui plongeait dans la forêt et jusqu'au bas de la montagne. Le chant d'une grive fauve parut l'apaiser. Sa respiration se fit plus profonde, plus lente. Une couvée de moucherons grouillait au-dessus des rapides, et un vol de soufrés aux ailes d'un blanc bleuâtre, les premiers de la saison, barbotait dans un trou d'eau à ses pieds. En ce lieu, il aurait été difficile à quiconque, même à mon fils, de ne pas oublier sa colère. Il se tourna vers moi, trop vite redevenu mon ami. *Qu'est-ce qu'on mange ce soir ? Je pourrai me mettre aux fourneaux ?*

Au campement, personne ne pouvait nous atteindre. On planta la tente près de la berge et on étendit nos sacs de couchage à même le sol. On installa la cuisine à l'emplacement noirci d'un ancien feu, et Robbie nous mitonna des lentilles à la tomate, au chou-fleur et aux oignons. Le dîner le disposa à tout me pardonner.

On suspendit nos sacs aux mêmes sycomores, près de l'eau. Le ciel, dans notre trouée entre tulipiers et caryers, était si clair que de nouveau on tenta le sort en enlevant la bâche. Bientôt il fit nuit. Allongés côte à côte, sur le dos, sous la trame transparente, on contempla le lavis bleu-noir, où les étoiles réinventaient les règles dans tous les quartiers de la nuit.

Il me donna un petit coup d'épaule. *Alors comme ça, il y a des milliards d'étoiles dans la Voie lactée ?*

Cet enfant me redonnait le monde. « Des centaines de milliards. »

Et il y a combien de galaxies dans l'univers ?

C'est moi cette fois qui lui donnai un coup d'épaule. « C'est marrant que tu demandes. Une équipe de chercheurs anglais vient justement de publier un article où ils disent qu'il y en a peut-être bien deux billions. C'est dix fois plus qu'on ne pensait ! »

Il hocha la tête dans le noir, légitimé. Sa main répandit une question dans le ciel. *Des étoiles partout. Plus qu'on ne peut en compter ? Alors pourquoi, la nuit, le ciel n'est pas rempli de lumière ?*

Une ancestrale réaction de peur mammifère hérissa mes poils des pieds à la tête. Mon fils venait de redécouvrir le paradoxe d'Olbers. Aly, absente depuis si longtemps, colla sa bouche à mon autre oreille. *C'est quelque chose, cet enfant. Tu le sais, hein ?*

Je fis de mon mieux pour lui expliquer. Si l'univers était stable et éternel, s'il existait depuis toujours, la lumière d'innombrables soleils de tous les coins du soleil rendrait la nuit aussi lumineuse que le jour. Mais notre pauvre univers n'avait que quatorze milliards d'années, et toutes les étoiles s'éloignaient de nous à une vitesse vertigineuse et toujours croissante. Ce monde était trop jeune, et son expansion trop rapide, pour que les étoiles effacent la nuit.

Allongé tout contre lui, je sentis ses pensées fuser vers les ténèbres. Ses yeux parcouraient le ciel en sautant d'étoile en étoile. Il dessinait des tableaux, composait ses propres constellations. Lorsqu'il parla enfin, sa voix était ténue mais sage. *Faut pas que tu sois triste. À cause du télescope, je veux dire.*

Il me donna des frissons. « Et pourquoi ? »

Qu'est-ce qui est plus grand, d'après toi ? L'espace du dehors... ? Il m'effleura le crâne du bout des doigts. *Ou celui du dedans ?*

Des phrases de *Créateur d'étoiles* d'Olaf Stapledon, la bible de ma jeunesse, s'illuminèrent dans un coin perdu de mon cerveau. Je n'avais plus repensé à ce livre depuis des décennies. *Le cosmos tout entier représentait infiniment moins que le tout de l'existence... Toute l'infinité de l'existence sous-tendait chaque instant du cosmos.*

« Le dedans, dis-je. Aucun doute là-dessus. »

OK. Donc, peut-être que les millions de planètes qui n'auront jamais lancé de télescope ont autant de chances que celles qui l'ont fait.

« Peut-être. » Je détournai la tête.

Celle-là, là-bas. Il pointa le doigt. *Qu'est-ce qui se passe sur celle-là ?*

Je lui racontai. « Sur celle-là, les gens peuvent se scinder en deux et devenir deux personnes distinctes, en gardant tous leurs souvenirs. Mais seulement une fois dans leur vie. »

Son bras pivota vers le fond du ciel. *Et celle-là ? Tout là-bas ?*

« Sur celle-là, on a des chromatophores sur toute la peau qui révèlent exactement ce qu'on ressent. »

Cool. Ça me plairait de vivre là-haut.

Longtemps on parcourut l'univers. On voyagea si loin que la lune croissante, qui serait pleine dans deux jours, s'éleva au-dessus de la cime des montagnes et éclipsa les étoiles. Il désigna l'une des dernières lueurs encore vives. Brillant comme ça, ça devait être Jupiter.

Et sur celle-là ? Tes souvenirs restent toujours aussi forts, ils ne partent jamais.

« Aïe. Même une fracture ? Même une dispute ? »

L'odeur de la peau de maman. Le héron qu'on a vu.

Je regardai dans la direction de son doigt. La lueur pâlissait au plein éclat de la Lune. « T'as envie d'y aller ? »

Ses épaules se soulevèrent de l'oreiller. *Je sais pas.*

Quelque chose cria dans les bois. Ça n'était pas un oiseau, ni aucun mammifère de ma connaissance. Le cri perça la nuit et y flotta, par-dessus le rugissement de la rivière. Cri de douleur ou cri de joie, de chagrin ou d'allégresse. Robbie sursauta et m'agrippa le bras. Il me fit taire, moi qui ne faisais pas un bruit. Le cri revint, plus loin. Un nouvel appel provoqua une autre réponse, dans un chevauchement d'accords débridés.

Et puis tout cessa, et la nuit s'emplit d'autre musique. Robbie se tourna et m'agrippa plus fort encore, le visage baigné de lune. Chaque créature vivante ressentait toutes les choses qu'elle était conçue pour ressentir.

Écoute ça, m'ordonna mon fils. Et puis les mots qui seraient toujours aussi forts, qui ne partiraient jamais : *Tu te rends compte où on est ?*

Dans le cocon obscur de notre tente, à trente centimètres de mon visage, Aly murmura : *Pourquoi ça a tant d'importance ?*

On avait randonné huit heures jusqu'à ce que j'aie les pieds en sang. On avait nagé ensemble dans le torrent déchaîné. Mon épuisement était si total que je dus lutter pour allumer le réchaud et préparer le dîner. Je ne me rappelle pas le menu. Je me rappelle seulement qu'elle en redemandait.

J'avais envie de m'affaler, la tête la première, sur mon oreiller gonflable, et de dormir pendant une semaine. Elle avait envie de me tenir éveillé toute la nuit pour parler philosophie. *Est-ce que ça changerait quelque chose que ça soit arrivé aussi ailleurs ? C'est arrivé* ici. *Et c'est tout ce qui compte, non ?*

Je n'avais plus de cerveau. J'avais même du mal à accorder mes verbes avec mes sujets. « Une fois, c'est un accident. Deux fois, c'est inévitable. »

Elle m'appuya sur la poitrine en disant : *Ça me plaît bien, finalement, le mariage*. Elle parut surprise, comme si cette découverte réglait toutes les questions.

« Si on en trouve la moindre trace quelque part, on saura que l'univers veut la vie. »

Elle éclata d'un rire si franc. *Oh oui, monsieur, l'univers veut la vie.* Elle roula sur moi, petite mais planétaire. *Et il la veut* maintenant.

Pendant un instant, l'univers, ce fut nous. Et puis ce fut fini. Je dus m'assoupir ensuite, car je me réveillai aux accents d'un son d'un autre monde. Dans la nuit, quelqu'un chantait. Je crus d'abord que c'était elle. Trois notes fluides, en boucle : la plus brève des mélodies, qui essayait sans fin de nouvelles tonalités. Je regardai Aly. Elle avait dans le noir les yeux écarquillés, comme si cet air mélancolique sur trois notes était du Beethoven. Elle me saisit le bras, faussement paniquée.

Chéri ! Ils ont atterri. Ils sont là !

Elle connaissait le nom du chanteur. Mais j'omis de lui demander, et maintenant je ne le saurai jamais. Elle écouta, jusqu'à ce que l'oiseau se taise. Son sillage s'emplit aussitôt de la rumeur d'autres créatures, toile déployée dans toutes les directions à travers les six variétés de forêt qui nous entouraient. Elle restait immobile en pure et simple extase, celle que notre fils apprendrait brièvement.

C'est ça la vie, dit-elle. *Si je pouvais garder ça en moi pour toujours...*

Il y a si peu d'écart, entre *toujours* et *une seule fois*.

Je m'assoupis, sans m'en rendre compte. C'est le bruit de la glissière de la tente qui me réveilla. Je n'en revenais pas qu'il ait pu s'habiller et s'engager hors de la tente avant que je m'en aperçoive. « Robbie ? »

Chhhhh ! fit-il. Je ne voyais pas pourquoi.

« Ça va ? »

Très bien, papa. Super bien.

« Tu vas où ? »

La petite commission, papa. Je reviens tout de suite. Au clair de lune, sa main tournoya comme un globe terrestre, le vieux signal pour m'indiquer que tout allait bien. Je reposai ma tête sur l'oreiller gonflable, remontai jusqu'au cou mon duvet d'hiver, et je me rendormis.

C'est le silence qui me réveilla. Aussitôt je sus deux choses. Premièrement, j'avais dormi plus longtemps que je ne croyais. Et deuxièmement, Robin n'était pas là.

Je m'habillai et sortis de la tente. L'herbe du campement était humide de rosée. Ses chaussures et ses chaussettes étaient restées à l'entrée. La torche aussi : pas nécessaire. La Lune dans le ciel limpide transformait la Terre en aquatinte gris-bleu. Naviguer entre racines et pierres était aussi facile que de marcher à la lumière des réverbères.

Je l'appelai mais n'entendis rien en retour, dans le grondement des rapides. Je fis le tour du campement en criant plus fort. « Robin ? Robbie ! Ohé, mon gars !? » Un gémissement étouffé me parvint du torrent, à quelques mètres à peine.

En deux secondes j'atteignis la berge. Dans la lumière argentée, les rapides étaient un fouillis de tessons. Il m'avait dit un jour : *Plus il fait sombre, mieux je vois du coin de l'œil.* Ma tête pivota de l'aval vers l'amont. Il était recroquevillé sur un rocher en plein milieu du courant, et il l'étreignait.

Au bout de deux mètres, je glissai sur du lisse. Un caillou se renversa sous mon pied et je basculai. Je me heurtai et m'écorchai le genou droit et le coude gauche. Le flot glacial m'entraîna à dix mètres en aval avant que je m'accroche à une autre grosse pierre. Je remontai le courant à quatre pattes, d'une pierre à l'autre. Chaque mètre prenait une éternité. En approchant du rocher, je compris tout. Il avait entrepris de démanteler les cairns. De refaire de la rivière un havre sûr.

Il était trempé jusqu'au thorax. Tout son corps grelottait. Il voulut me tendre la main, mais son bras ballotta mollement dans l'air. Des sons indistincts sortirent de sa bouche, qui n'avaient rien de mots. Il trembla tout entier sous ma main comme le flanc d'une bête effrayée. Il était si froid.

Le temps se démembra. Je n'arrivais pas à décider quoi faire. Son pouls était si faible que je n'osais pas le soulever. Si je tentais de le ramener en rampant à travers les rapides, ça m'obligerait à l'immerger dans l'eau glaciale trop longtemps peut-être pour qu'il y survive. Je le pris dans mes bras pour le porter jusqu'à la rive. Dès le deuxième pas, je perdis l'équilibre et il plongea dans l'eau. Des bruits horribles lui échappèrent. Personne n'aurait pu franchir ces roches mouillées debout, avec un poids dans les bras.

Je l'allongeai de nouveau sur cet îlot qu'il avait étreint et le maintins immobile pour me hisser à côté de lui. Je lui enlevai son pantalon et son tee-shirt ; il fallut un temps infini pour décoller de sa peau ces vêtements détrempés. Son tee-shirt chiffonné resta accroché au rocher étroit ; son minuscule jean glissa et fut emporté par le courant. Ses tremblements empirèrent. Je tentai de le sécher, mais ne réussis qu'à accélérer le refroidissement par évaporation.

Je luttai pour rester calme et concentré. Il fallait que je l'enveloppe dans quelque chose de chaud, mais mes propres vêtements étaient trempés depuis ma chute. Son souffle s'exhalait en faibles soupirs laborieux. Je lui ramenai les genoux sur la poitrine, ôtai mon tee-shirt dégoulinant et blottis Robbie contre mon torse. Mais ma peau était aussi froide et humide que la sienne.

Je levai la tête. Le monde était argenté et paisible. Même la rivière déferlait trop lentement pour être vraie. Nous étions à des kilomètres de l'entrée de la piste. Les montagnes bloquaient toute couverture réseau. La personne la plus proche était de l'autre côté de la crête. Et pourtant je me mis à appeler au secours. Mes cris affolèrent Robin, et son gémissement s'aggrava. Même si par miracle quelqu'un m'entendait, on ne nous trouverait jamais à temps. Je le frictionnai, le tapotai, criai son nom. Le tapotement vira aux gifles. Il cessa de gémir, de réagir tout court. Toute volonté s'échappait de son corps.

Malgré toutes mes frictions, sa peau passait du rouge au bleu. De nouveau je me penchai pour l'envelopper dans mes bras humides, mais ça ne servit à rien. Il fallait que je trouve un autre moyen de le réchauffer. Encore quelques minutes, nu dans l'air froid du printemps, et c'en serait fini de lui.

Je levai les yeux. La tente, et mon duvet chauffant tout sec, était juste au-dessus de la berge, à guère plus de cinq mètres. Je l'enveloppai de mon corps en tentant de ménager une couche d'air autour de sa poitrine. Le tremblement continuait, mais je ne sentais plus son cœur

Une voix dit : *Essaie.* Je le laissai recroquevillé sur le rocher et je traversai les rapides en trébuchant. J'escaladai la berge caillouteuse et bordée d'arbres. La glissière de la tente se déchira entre mes mains fiévreuses. J'empoignai le duvet et courus à la rivière. Sur la rive, j'enveloppai le duvet autour de mon cou et, sans savoir comment, je parvins à fendre les flots jusqu'au rocher sans tomber. Tant bien que mal, j'enfilai le duvet autour du corps de Robbie et je le fermai soigneusement. Puis je le couvris de mon corps. Je l'abritai de mon mieux, en guettant le bruit de son souffle dans le fracas des eaux.

Un long temps s'écoula avant que j'admette enfin qu'il n'avait plus besoin de moi.

Il était une fois une planète qui ne comprenait pas où étaient passés tous les êtres. Elle mourut de solitude. C'est arrivé des milliards de fois rien que dans notre galaxie.

L'université m'accorda un congé exceptionnel. Après les obsèques, après de longues journées passées avec la famille de Robbie et tous les gens qui nous comptaient parmi leurs amis, je n'éprouvai plus le besoin de parler à quiconque, jamais. Ça me suffisait de rester à la maison, de lire ses carnets et de regarder ses dessins, et de noter tout ce que je pouvais me rappeler de nos moments ensemble.

Des gens m'apportaient à manger. Et moins je mangeais, plus ils m'en apportaient. Je n'avais pas la force de payer une facture, tondre la pelouse, faire la vaisselle ou regarder les infos. À Shanghai, deux millions de personnes perdirent leur foyer. Phoenix se retrouva totalement privé d'eau. L'encéphalopathie bovine passa du bétail aux humains. Il fallut des semaines pour qu'on s'en rende compte. Je dormais le jour et je veillais la nuit, en lisant des poèmes à une pièce peuplée d'êtres sensibles qui étaient partout sauf ici.

Je ne répondais pas au téléphone. De loin en loin, je parcourais les messages vocaux, survolais les SMS. Rien qui réclame une réponse. D'ailleurs, je n'aurais pas eu de réponses à offrir.

Et puis, un jour, un message de Currier. *Si jamais vous voulez être avec Robbie, c'est possible.*

« OK, dit l'homme que j'ai cessé de haïr. Détendez-vous, bien immobile. Regardez le point lumineux au milieu de l'écran. Et maintenant, déplacez-le vers la droite. »

Je ne sais pas comment faire. Il dit qu'il n'y a rien de plus facile au monde. Attendez qu'il commence à se déplacer tout seul. Et ensuite restez dans le même état d'esprit.

Il risque gros pour moi, en enfreignant la loi. Bientôt, d'ailleurs, on sera tous hors la loi. Mais Martin n'est pas simplement délinquant. Il dépense un budget qu'il n'a pas, alimente ces machines d'une énergie qui ne va pas tarder à devenir inaccessible même au prix fort. Il fait fonctionner le scanner lui-même, puisqu'il a licencié tout son personnel. Comme tant d'autres, son labo ferme ses portes.

Allongé dans le tunnel, je me règle sur un tracé de Robbie. Enregistré en août dernier, quand il était à son sommet. Rien que d'être dans cet espace m'aide à respirer. J'apprends à déplacer le point, à le faire grossir, rétrécir, changer de couleur. Deux heures passent comme un rêve. Currier demande : « Ça vous dirait de revenir demain ? »

Je ne sais pas au juste pourquoi il m'aide. Ça n'est pas seulement de la pitié. Comme beaucoup de scientifiques, il adore l'idée de rédemption. Et pour une raison obscure, il s'investit personnellement dans mes progrès. Il faudrait une science du cerveau infiniment plus avancée que la sienne pour expliquer ça. À vrai dire, cette question relève plutôt de l'astrobiologie. Les planètes en zone habitable peuvent transformer la pluie, la lave et un peu d'énergie en volonté et en action. La sélection naturelle peut retailler l'égoïsme en son contraire.

Je reviens le lendemain, et le jour d'après. J'apprends à rendre plus aigu et plus grave le son de la clarinette, à la ralentir, l'accélérer, la transformer en violon, en alignant simplement mes émotions sur celles de mon fils. Le feedback me guide, et pendant tout ce temps mon cerveau apprend à ressembler à ce qu'il aime.

Et puis, un jour, mon fils est là, dans ma tête, aussi réel que la vie. Et ma femme aussi, toujours en lui. Ce qu'ils ont ressenti alors, je le ressens à présent. Qu'est-ce qui est plus grand, l'espace du dehors ou celui du dedans ?

Il ne dit pas un mot. Ce n'est pas nécessaire. Je sais ce qu'il veut de moi. Il veut simplement voir ce qu'il y a là-haut. La lumière voyage à trois cent mille kilomètres par seconde. Il lui faut quatre-vingt-treize milliards d'années pour traverser l'espace d'un bout à l'autre, passant sur son chemin des trous noirs, des pulsars et des quasars, des étoiles à neutrons, à préons et à quarks, des étoiles métalliques et des lanternes bleues, des systèmes binaires et d'autres à triple étoile, des amas globulaires et des hypercompacts, des couronnes, des marées, des halos galactiques, des nébuleuses par réflexion et des plérions, des disques stellaires, interstellaires et intergalactiques, de la matière noire et de l'énergie, de la poussière cosmique, des filaments, des vides, tous tissés des mêmes lois repliées en vibrations bien plus infimes que nos plus infimes unités de mesure. L'univers est un être vivant, et mon fils veut m'emmener faire un tour rapide tant qu'il est encore temps.

On s'élève ensemble en orbite, bien au-dessus du monde qu'on vient de visiter. Une pensée le traverse, et je l'ai du même coup. *Tu te rends compte où on était ?*

Oh, elle était bien, cette planète. Et nous aussi, on était bien, bien comme la brûlure du soleil, la piqûre de la pluie, l'odeur du sol vivant, le chant universel des formes infinies, paraphant l'air d'un monde changeant qui, d'après tous les calculs, n'aurait jamais dû exister.

NOTE DU TRADUCTEUR

Toutes les citations figurant dans cet ouvrage ont été retraduites pour l'occasion, à l'exception des suivantes :

— l'épigraphe de Lucrèce, p. 7 (Lucrèce, *De la nature des choses*, Le Livre de Poche, traduction de Bernard Pautrat, 2002) ;

— le vers de *Hamlet* de Shakespeare cité par Currier, p. 162 (William Shakespeare, *Hamlet*, Club français du livre, traduction d'Yves Bonnefoy, 1957 ; Gallimard, 1978) ;

— la strophe du poème de Yeats, p. 350 (William Butler Yeats, *Cinquante et un poèmes*, © William Blake & Co. / Art & Arts, traduction de Jean Briat, 1998).

*

Cette traduction est née à la lumière de Calypso.

#lisez! engagé
www.lisez.com
Pour plus d'information :
Imprimé sur du papier issu de forêts gérées durablement.

10/18 – 92 avenue de France, 75013 PARIS

Imprimé en France par CPI

N° d'impression : 3052140
X07990/02